# 生锈的滑轮

［日］**若竹七海** 著

**TAKOLEGS** 绘

周庠宇 译

北京燕山出版社
BEIJING YANSHAN PRESS

◇ 千本櫻文庫 ◇

文库，原本是指收纳书物的仓库和书库，也指收纳书与记事簿，以及不常用物品的小箱子。以前者为例，京浜急行线的"金泽文库站"就是以前镰仓时代北条氏用来收藏汉书用的，"金泽文库"名字的由来便是如此。东京都的世田谷区也存在着收集着珍贵汉书的"静嘉堂文库"。后者则更多地被称为"手文库"。

江户时代以来，可以放入袖袂的小开本书籍逐渐流行起来，被称为"袖珍本"。明治三十六年（1903 年），富山房发行了小开本的丛书，起名"袖珍名著文库"。随后，明治四十四年（1911 年），讲述战国时代的猿飞佐助和雾隐才藏系列故事的讲谈社"立川文库"发行出版。讲谈是日本民间艺术，以口语化的方式讲述历史故事的形式。而"立川文库"则是将讲谈收录成册集中出版的丛书，据统计，当时刊行量为 200 册左右。从那时起，文库就脱离了原本的释意，逐渐演变成了现在的类书集丛。

文库说法借鉴了日本出版业界的传统说法。而千本樱源自日本奈良县吉野山樱花盛开的奇景，世人皆称"一目千本樱"来形容樱花美景。千本樱文库的纳入作品皆为日系作品，题材包括推理、悬疑、幻想、青春、文化等类型，正如千本樱满山盛开的绝景。

现代日本，以"文库"命名刊行的丛书系列有200种以上，所谓"文库本"只不过是统称而已。日本传统的"文库本"常用的是A6尺寸的148mm×105mm，也叫"A6判"。千本樱文库的所有书籍将在"文库本"的基础上提升，达到148mm×210mm的开本标准。追求还原的前提下，力图带给读者更清晰的阅读体验。

从20世纪70年代以来，日系推理小说逐步进入中国读者的视野。随着时代更替，涌现出了各种不同风格的作家。1991年，凭借《我的日常推理》出道的若竹七海，无论是本格推理、冷硬派推理还是历史系推理都不在话下。她擅长营造轻松幽默氛围的同时，冷静地审视隐藏在人们日常生活中的恶意，而这一特点也奠定了她在日常系推理作家中的特殊地位。

1996年，若竹七海创作出以不幸女侦探为核心的"叶村晶系列"，冷酷笔触下讲述了叶村晶经历的种种事件。《生锈的滑轮》作为该系列的最新长篇，独特的社会派特性使其荣获"这本推理小说了不起2019"第3位。本作的案件进展正如书名般苦涩难行，多种缘由汇聚酿造一场悲剧。扭曲的情感、始料未及的真相、一念之差造就锈迹人生。希望各位读者能随叶村晶一起，撕开这遮蔽光明的夜幕。

千本樱文库编辑部

本格

《巫女馆的密室》
《圣女的毒杯》
《哲学家的密室》
《衣更月一族》

《美浓牛》
《少年检阅官》
《宛如碧风吹过》

千本樱文库

日常

《推理要在早餐时》
《会错意的冬日》
《喜鹊的计谋》

《午夜零点的灰姑娘》
《谷中复古相机店的日常之谜》

科幻

《电子脑叶》
《复写》
《蒸汽歌剧》

《巴比伦》
《里世界郊游》

悬疑

《千年图书馆》
《鲁邦的女儿》
《狂乱连锁》
《神的标价》

《恶意的兔子》
《癌症消失的陷阱》
《沉默的声音》
《死之泉》

轻文芸

《戏言系列》
《忘却侦探系列》
《弹丸论破雾切》
《这个不可以报销》

《天久鹰央的事件病历表》
《吹响吧!上低音号》
《宝石商人理查德的谜鉴定》

生锈的滑轮

目 录

C O N T E N T S

人 物 介 绍

**牧村英惠**
……………
光枝的表妹

**叶村晶**
……………
侦探

**青沼光贵**
……………
博人的父亲，已去世

**石和梅子**
……………
调查对象

**青沼李美**
……………
博人的母亲

**青沼博人**
……………
遭遇交通事故的大学生

**江岛"万理华"**
……………
（井之头江岛医院）
院长的妻子

**青沼光枝**
……………
博人的祖母，梅子的朋友

**小暮修**（又称"里奥大爷"）
……………
公寓的租客

**大场、片桐、早坂**
住在青沼家附近的人

**樱井肇**
（东都综合调查）调查主任

**出石武纪**
博人在大学里的朋友

**当麻茂**
警视厅警部

**游川圣**
博人在大学里的朋友

**郡司翔**
当麻的部下

**高野咲**
死去的女性棒球选手

**泉原圭**
搜查官

**冈部巴**
叶村晶的房东

**飞岛市子**
巴的侄女

**佐佐木瑠宇**
叶村晶的室友

**富山泰之**
推理小说书店 "MURDERBEAR
BOOKSHOP（杀人熊书店）" 店长

我又在仰望星空。

所有的星星，都变成了带着生锈滑轮的水井。

所有的星星，都在向我浇注饮用水。一定是这样没错。

——圣·埃克苏佩里著、山崎庸一译，日文版《小王子》

## 生锈的滑轮

### 1

人生就是一连串的选择。我们每天都在做选择。以这个选择为基础，再去做那个选择。看到选择造成的结果，我们或是称赞叫好，或是后悔懊恼。然后，继续做选择。

寒风刺骨，那年的十一月已经冷得如同严冬一般。各地都有停电发生，还有人因此被冻死了。在这样的严寒中，我做出了几个无法预知后果的选择。这些选择，使得我和青沼博人相遇，进而我们又住在了同一个屋檐下。不过，在那个时候，很多人其实已经做出了自己的选择。推动故事发展的齿轮也已开始转动。我想，不论我选择什么抑或是如何选择，转动的齿轮都不会停下。

……可能是这样吧。如果不这样做的话，我是不会得救的。

### 2

我叫叶村晶，日本人，性别女。在位于吉祥寺住宅区的一家名为"MURDER BEAR BOOKSHOP（杀人熊书店）"的推理小说专门书店打工。我同时还是位于这家书店二层的"白熊侦探社"的一名调查员。

我做侦探已经很久了。以前，我和某侦探事务所签订了合约，长期以来一直做着自由调查员的工作。那家事务所倒闭之后，我遇到了杀人熊书店的店长富山泰之。随后，我便开始在这里打工，到现在已经有三年多了。

　　目前，杀人熊书店只在周五到周日这三天营业。店长富山泰之说："要是推理小说书店里能有一家侦探社的话，那可就有趣了呢。"不过，他趁着热乎劲开办的这家"白熊侦探社"，平时很少受到委托人的光顾。

　　富山店长说："白熊侦探社由视侦探工作为天职的叶村全权运作。书店二层最靠里的那个房间，供叶村自由使用。只是，作为交换的条件，叶村在书店里打工所得的一部分收入，要被用来抵消事务所的租金。"以优先考虑侦探工作为前提，我答应了这个条件。可想而知，我在书店的打工收入也随即减少了一半。如此一来，如果得不到调查费的话，我就没办法养活自己了。我也曾为侦探社努力招揽过客人，只是效果并不理想。

　　实在没办法，为了糊口，我最近开始承接从以前就一直合作的——大型调查公司"东都综合调查"的转包工作。不过，这样的工作基本是又累又挣不到什么钱。日薪五千到八千日元不等，还有通宵监视的补助、跟踪补助、收集属于法律灰色地带的危险情报的补助……不过话说回来，能让一只脚已经迈入更年期的四十多岁的女人喜出望外并且手舞足蹈的工作，可以说首先就是不存在的。

　　那是发生在文化之日过后第二天的事情。

生锈的滑轮

我上周在川崎工作的时候感冒了，在家里躺了好几天。周末去杀人熊书店打完工之后，回家又接着睡，身体状况这才算是好些了。在川崎工作的内容，是进行车内监视。我原本应该在晚上十点接班的，但是我要换的人和车都没有出现。忍受着刺骨的寒冷，手里攥着看起来关系很好的——调查对象和共同经营者的双人合照，在室外待了十多个小时。

工作上的成功固然值得高兴。但是，因为感冒在家卧床休息的这几天，支出增加了不说，收入也减少了。就算是再怎么把侦探工作视为天职，我也从来没有以身殉职的念头。呆躺在床上，正当我想着"干脆去找个超市的兼职好了"的时候，手机铃声响了。

"叶村，你现在方便吗？应该闲着呢吧。"

樱井肇曾是"东都综合调查"的一名调查员，在五十岁之后进入了公司管理层。转包的工作就是他介绍给我的。明明长期从事出轨调查等暗中窥探别人隐私的工作，但他却是一个天性善良的人。正因为善良，他平时很乐观，也很会说好听的话。由于对我感到心中有愧，所以每次给我转包工作的时候，他总是会说："这次的工作很轻松，不用费任何力气。"不过，没有一次是能够轻松完成的。

"……托您的福。"

"啊，你还在生气啊？川崎的那次，是我不好。望月说他开着车在那附近转了好几圈，但是一直没有发现叶村的身影，所以他就把车停进了停车场，后来在车里睡着了。没想到在这种不利的情况下，你还能取得成果，真不愧是老手。我的上司也很感激你呢。"

"哎哟，那你打这通电话，难道是通知我准备收钱吗？"

"啊——你是知道的，我们公司的预算很有限……"

樱井的语气突然变得正经了起来。知道不会有奖金，所以我故意挖苦了他一下。我马上紧接着说：

"从难堪大用的望月君的工资里，匀出一部分给我，怎么样？"

"我说，我这不是正要给你分配新的工作呢嘛。最近，我受到一位在都厅[1]工作的公务员的委托，他说想让我们调查他妈妈的行动轨迹。他妈妈是独居老人，患有膝关节病，今年七十四岁。怎么样，这次的工作很轻松吧？"

高龄女性冲刺逃跑的例子确实很少。但他们的行动范围相对来说会比较小，去医院、超市、银行等场所的时候，都要花不少的时间，跟踪的一方也需要停下来等待很长时间。这样一来，即便自己没有暴露，也会被周围的人当成可疑人员的。他们一般还会长时间待在家里。而且，如果他们去访问私人住所的话，室内的样子也就不得而知了。

一般的出轨调查，只要知道被跟踪者到访的地点和停留的时间就够了。但是，对于上了岁数的老年人的调查来说，这可就不好说了。有的委托人并不满足于"访问了独居女性的家""两个小时之后出来了"这种内容的汇报。

"'那，我父亲去那个女的家里做什么了？''他们是男女关系还是普通的茶友关系？''这难道不重要吗？'揪着侦探的衣领质问

_____

1 都厅，即"东京都厅"。都内，即"东京都内"。

这些内容的委托人并不是没有。"

"这样啊。"

"所以说，确认高龄者的行踪就难上加难了。而且，这次的委托人是公务员吧？"

都内公务员的年收入，应该超过八百万日元了吧？对于现在的我来说，这简直就是一笔天文数字。不过，如果委托人还要养家的话，那他能开出的调查费估计就不会很高了。

"他的父母很有钱。他爸爸做到了大型建筑公司的董事，用退休金投资了房地产，虽然早在泡沫经济结束之后就去世了，但是他爸爸把位于世田谷区奥泽的别墅以及散落在东京还有神奈川的五栋公寓，全部留给了爱妻，好让她靠房租为生。接受了母亲的援助，儿子一家搬到了位于西新宿的高级公寓，平时开的是进口豪车，孩子的学费也很贵。"

也就是说，儿子用从母亲那里得到的钱，来调查母亲的行踪。虽说侦探并不会在意调查费出自哪里吧。

"又是公务员又是富二代，花钱也就大手大脚了。他光是定金就付了五十万日元。没有比这再好的顾客了吧。看在跟你交情这么久的份上，我就把这个工作交给叶村你好了。"

"愿意花这么多钱来让人跟踪他的母亲，他一定是有什么具体担心的事情吧？"

"可能是吧。委托人叫石和豪，他的母亲叫梅子。梅子当年从女子大学毕业之后，和岁数比她大的男人结了婚，成了家庭主妇。自幼娇生惯养的她，雇了个保姆替她做家务。丈夫死了以后，她靠收房租来维持自己的优雅生活。"

她把钱散在了去各地旅行、品尝美食还有观赏戏剧上，有时甚至还请老师上门指导技艺。在美食和珠宝上不惜重金的她，也是高级百货店的外国奢侈品牌的常客。

"但是，从今年夏天开始，她取消了旅行计划，外出和上门指导也都停止了，还辞退了保姆。说是不想得老年痴呆，自己开始修剪庭院、做饭，白天也不出门了。也许跟这个改变有关吧，她看起来比以前年轻了不少。"

问她是不是交到了新的朋友，梅子笑而不语。她把家里的宝石、和服还有奢侈品卖给熟人以及商人的事情，传到了儿子的耳朵里。还有传言说梅子曾在路边和年轻男子搂抱。

"总而言之，他是想让我们阻止他母亲找新的男人吧。"

"就是这么回事。在不谙世事的母亲的钱财被骗走之前，想阻止她做傻事。万一她真的跟那个男的结婚了，这可就不好办了。所以，在这之前想试着做些什么。"

明白樱井对此事热心的理由了。找到了梅子的交往对象，查清他的身份，发现问题，进而把他从梅子身边赶走，或者是用别的方法让二人的关系破裂。所要进行的调查、交涉以及背后交易等事项应该会有不少。如此看来，这将会是一个周期很长的案件。

陷入了沉默。樱井轻声细语地说道：

"怎么样，叶村？这次调查的行动确认小组的主任是我，所以，我保证一定不会再出现之前的情况了。调查期限是三天，根据情况变动也可延长至一周。日薪是八千日元。只是跟踪有膝关节痛的老太太，每天就能挣八千日元哦。这次的案件如此轻松，应该也就能抵消在之前那个调查中的辛苦了吧？"

我没有回话。樱井咳嗽了一声。

"我知道了。真拿你没办法。一万日元怎么样？"

"我接了。"

我回答得如条件反射一般。樱井紧接着说：

"好的。那你现在就去奥泽和小组成员会合吧。资料我马上发给你。"

"……啊？现在就去？"

看了一眼表。现在是上午的十点十分。我没有洗脸，也还没吃早饭。

"人手不够啊。在那边负责的，除了望月，剩下的两个都是资历尚浅的新人。拜托你了啊。"

我刚说了句"请等一下"，他就把电话挂了。从一起做自由调查的时候算起，我和樱井已经打了十五年的交道。他的手段我早就摸得一清二楚了。当然，他也对我的行动方法了如指掌。

赶紧洗了把脸，简单化了一下妆。换好衣服之后，我就从家里飞奔出去了。赶上了在仙川站停靠的开往本八幡站的区间急行列车。在明大前站换乘井之头线，再从涩谷站换乘东急线，在田园调布站下车。接完樱井那通电话的一个小时之后，我到达了调查对象石和梅子的住处。没过多久房门就开了。一个女人走了出来。

我把那个女人和自己手上拿着的拍摄于今年正月（一月）的梅子的照片比对了一下。照片里的梅子穿着印有梅花模样的和服，腰间缠的是奶油色的带子，带子中间有一个绿宝石的带留。此外，她还戴了一个绿宝石的戒指。与正月很相称的黑色盘发，她瓜子脸上的妆容也显得很高雅。

我眼前的这个女人，比照片上的梅子要丰满不少。她粉色针织套装的外面，披了一件灰色的动物毛皮的披肩，头上是明亮的栗色假发，脸上是突出了眼睛和鼻子的妆容。手戴皮手套，扶着楼梯旁的墙壁，缓缓地下楼。她脸颊和肚子上的肉如波浪一般摇晃个不停。

一开始我并不认为她是石和梅子，不过我马上就注意到了一点：不论是照片上的梅子还是眼前的这个女人，他们的耳垂都很大。以防万一，我又拍照比较了一下。果然没错。我又看了一眼那个女人，她丰满的脸颊之下分明藏着一张瓜子脸。梅子在正月里吃胖了。

在强风的吹拂下，我开始跟踪缓慢行走的梅子。

对于跟踪来说，这样的天气真是糟糕透了。不仅气温低，体温还被强风夺走了。扬起的尘土迷得眼睛无法睁开，我把身体缩在了大衣里。住在世田谷区奥泽这种高级住宅区的人们，这个时候应该都待在屋子里最暖和的地方呢吧。这样安静的住宅街，对于平时会被当成可疑人员的侦探来说，真的是非常感激。

梅子向着田园调布站的反方向，也就是北边走去。我估计她是要去东急目黑线的奥泽站那里。于是，我把梅子的特征还有获得的其他

情报，一并发给了全体小组成员。

一瞬间，停在梅子走着的那条路上的一辆白色面包车开始摇晃，从驾驶席下来了那个穿着西装的"没用的望月君"，从副驾驶下来了一位穿着短裙的年轻女子。二人差点儿就和石和梅子撞个正着。他们转过脸，特地绕到了面包车的后面。等梅子走了以后，他们立刻挽着胳膊跟了上去。

……喂，喂。

看来，这辆面包车应该是樱井调配的"东都综合调查"的便衣车吧。把车上装满电缆和圆锥路障，从而伪装成施工车辆。这种方法经常被用来监视高级住宅区。但是，虽然车子像是施工车辆，但是从里面出来穿着西服和短裙的人，这未免也太可疑了吧。

只见走在前面的那个女子摆弄了几下手机，我便收到了一条名为"米"发来的消息。

"真的是那个老太太吗？"

"和照片上的人完全不一样啊。这个人是个胖子。"

"没有认错人吗？

我回复了"看她的耳垂"。没过几秒，米马上跑了出去，接近梅子之后，米确认了梅子的侧脸。我看得紧张到心脏都快要跳出来了。

仔细看了许久，她像是明白了。只见米又跑了回来，再次拉起望月的手，另一只手则继续流畅地操作着手机。

"真的是呢。耳垂是一样的。"

"为什么会给我们和本人这么不一样的照片啊。"

"真是添乱。"

我本想着回复她"比起抱怨对方，不如睁大自己的眼睛好好看看"，最终还是放弃了。就算再难堪重用，他们也是东都的正式员工。我不过是一个接受了转包工作的临时工罢了。日薪一万日元，可不包括对新人的教育费。

石和梅子在奥泽站乘上了开往西高岛平的电车。在目黑站下车之后，她开始在街上行走。我从包里拿出了荣太楼的黑糖和装有隐藏摄像头的记事本。把镜头对准梅子，我一边含着糖，一边开始录像。

梅子走下了权之助坂坡道。这里明明是一等的黄金地段，街道却还保留了原来的古朴模样。梅子看着此般景色，来到了目黑川。沿着河边走了一阵之后，她在一栋商业办公楼一层的咖啡店前停了下来。一位穿着西服坐在窗边的男人起身出门迎接梅子。

土气的西装。三十多岁到四十多岁之间，戴着眼镜。扁平的大脸，耷拉的眼皮，已经开始后退的发际线，有些向外鼓的肚子。没想到像小猪小姐一样时髦的石和梅子，她的"男人"却完全不像是个懂得浪漫的人。不过，仅凭这一点可不好判断。

在这样的冷天，面朝目黑川的凉台关闭了。我急忙在网上搜索，查到店里有二十个席位。我知道自己没有进店这个选择。我微微地仰了下头，眼前的一幕让我大吃一惊：望月和米居然挽着手进了咖啡店。

我走到目黑川的对岸，待在樱花树的树荫下，时不时地收到米发来的情报。

"哇，这个老太太是认真的吗？"

"她握住了那个男人的手啊。那个男人比她要小好多岁呢吧。"

"老太太在哭。"

"好像是在说关于钱的事情。"

"不知道他们在说什么。"

我真想一把抓住米的领口，吼她一句"谈话的内容才是最关键的吧"？

刚过正午的时候，石和梅子和那个男人从店里出来了。她的眼圈红了，妆明显也花了。"石和梅子哭了"的情报看来属实。她抓靠着西装男的胳膊，抬头看着他的脸。顺着风，我听见她说了句"不要抛弃我"。

男人苦笑了两声，甩开了梅子的手。远离梅子几步之后，男人深深地鞠了一躬，说了一句"不好意思，失礼了"。之后他便走了。我看见望月和米跟在了那个男人的身后。调查那个男的固然也很重要，但是，把主要目标强推给我，至少也应该跟我提前打声招呼吧？尽管这样想着，我还是赶紧跟在了梅子的身后。

梅子又回到了目黑站。她在站前大楼的洗手间里待了好一阵子。出来的时候，她脸上的妆变得浓了一些。乘坐山手线的外环线，在涩谷站下车之后，她在东横商店街的日式点心店铺前停下了脚步，买了一个盒装的贴有写着"御佛前"的纸的最中点心。之后，她又换乘了井之头线的普通列车。我惊讶于她回程和去程的路线居然相同。不过，这貌似只是一个偶然。

经过明大前站，在三鹰台站下车。

风变弱了。阳光从云层的缝隙里射向地面，气温也升高了一些。位于车站前后方的高压电线也没有明显的摇晃。大家仿佛都在等着天气变好，出门买东西的行人络绎不绝。

从以前开始，这附近就是住宅区。从前，外地人上京的时候，经常会在这种不熟悉的住宅区遭遇抢劫事件。"住在大城市的人，邻里之间的关系很淡薄。发生抢劫事件时通常也没有目击者，所以才会让犯罪分子屡屡得逞。想必很多人都会这样认为吧？"但是，听到被害者发出的悲鸣，立刻跑到街上的附近住户看见了正在逃跑的犯罪嫌疑人——这样的目击情报其实并不少。不能小瞧长年在同一片土地上生活的人们。

不过，目前我跟踪梅子的行动倒是还没有暴露。她并没有要叫出租车的意思，提着装有最中点心的纸袋，超过了正走在神田川桥上的老人。气势汹汹地登上了立教女学院旁边的坡道，我仿佛都能听到她鼻子喘着的粗气。我小心地跟在她的身后。

走到道路尽头的荞麦面馆的前面，向右拐。在环境整洁的住宅街的路上，向左拐。直行，再右拐。道路的视野很好，路边的植物也被修剪得很整齐。一栋房龄超过四十年的古宅映入了眼帘，不过它看起来被保养得很不错。

梅子停下脚步的地方，正是这栋古宅。种在门边的枝芽向四周伸展的山茶花，正开着白色的花朵。油性笔草草写着的"青沼"两个字，像是渗进了生锈的邮箱上面一样。

主屋墙壁的油漆大面积脱落，空调的室外机像是支撑着墙体一样。很明显，这是一栋昭和风的铁皮顶棚平房。要是再来一场大地震的话，它肯定就会彻底塌了吧。不过，院子里倒是被收拾得很整洁。小路旁的下水道的盖子上立着一把扫帚。院子很宽敞，沿着小路往里走，在主屋南面稍微靠里的地方，有一栋贴着写有"Blue Lake Flat（蓝湖公寓）"的牌子、住着六户人家的老旧二层木造公寓。

我超过了梅子，在下一个转角处继续观察她的样子。只见梅子调整了呼吸，拿出手机拨通了电话。最初她的语气还很温柔，不过慢慢变得激烈了起来，说着"我现在就在屋子前面""请务必让我上炷香""我好不容易特地赶过来的"之类的话。

互不相让的对话大约持续了五分钟。突然，一位灰色盘发的老太太出现了。

她身材矮小苗条，披着一件灰色的针织大衣，里面是蓝绿色和白色相间的束腰长衣，下身是一条贴身裤。一位散发着独特风格的女士。像平假名"へ"一样的嘴巴，微微下垂的脸颊泛红，眼睛像是在闪着光。从落地窗门走出来，用脚在石头上找拖鞋的同时，她的视线一直在梅子的身上。她的样子，让我想到了正在瞄准猎物的虎头狗。

"哎呀，光枝，好久不见。"

一瞬间害怕了的梅子，重新调整好心情，走近了她。"虎头狗"二话没说就把她推了出去，立刻背着手关上了落地窗门。不知道又很快地说了句什么，"虎头狗"先走上了通向蓝湖公寓二层的那段笔直且锈迹斑斑的室外楼梯。梅子面露难色地呆站在那里，不过马上就又跟着上去了。二人就这样消失在了二层最靠里的房间。

给樱井发送了住址和照片，让他帮着调查一下青沼光枝的情况。我一边握着大衣口袋里的暖宝，一边在附近散着步等待结果。四周很安静。也许是因为太安静了，我感觉自己好像正在被谁盯着似的。偶尔有人路过，但是附近并没有出现谁的身影。闻到了线香的味道。远远地听见电视里的声音。一阵急风吹来，不知道是谁家的窗户被风给关上了。

正想着"还要再等多久啊"的时候，猛地听见咣当一声。开门的巨大响声打破了周围的平稳。与此同时，还听见了哭声。我从角落里探出头看了一眼。梅子和青沼光枝正站在蓝湖公寓二层的外廊上破口大骂，还互相扭打在了一起。好像主要是梅子在骂光枝，不过光枝也丝毫不落下风。

"哪里的声音？""那边怎么了吗？"我听到了女性的声音，还听到窗户开了的声音。二人的吵架惊动了邻居。如此一来，走到近处听她们吵架的内容也就不会显得奇怪了吧。我走进了蓝湖公寓的院子，仰头看着通向二层室外楼梯。

互相扭打着的二人，落在了我的身上。


## 3


我的眼前是一条小河，河的对面是一片花田。死去的祖母在向我挥手，我也想向她招手，可不知为何我发现自己脸朝下摔在了地上。

不起来的话就没办法招手。但是，我感觉自己的头很沉，根本没办法动弹。我拼命地扑棱着手和脚。"啊，总算起来了。"我刚这样想的时候，金属般的叫喊声便如炸裂一般响彻耳边。小河、花田还有祖母，全都消失不见了。

"是这个人的错，不能怪我。"

我勉强睁开双眼，回到了势如破竹般的现实世界。

石和梅子无力地瘫坐在室外楼梯正下方的地上。与刚才相比，她脸上的妆溶化了不少，假发歪了，丝袜也破了洞。她一边用颤抖的手指着倒在不远处的青沼光枝，一边发出痛苦的呻吟。

"不是我的错。是这个人推我的，所以我才抓住了她的胳膊。我是正当防卫。都怪她，不能怪我。"

趴在地上的我抬起头，看到像是有什么东西在"嘀嗒嘀嗒"地往下掉。震惊于这种异样感的同时，我发现自己的手上已经满是鲜血，应该是撞到哪里的时候被划破了吧。血不停地往外流。我的手在包里来回摸，抽出了感觉像是围巾的布，用它摁住了伤口。布一下子就变红了。

我仰起了脸。梅子像是在抱怨着在我身后的人。她眼神呆滞地说个不停。

"我只是想给你儿子上炷香，所以才特地赶来了这里。光枝，你从以前开始就不懂得体谅别人，明明越是困难的时候，作为朋友就越应该倾听对方才对啊。"

青沼光枝倒在那里一动不动。我把变重了的围巾扔在地上，从包里找出手帕，包扎好了伤口。虽然出血很多，但是不用过度担心。作为连年走霉运的馈赠，我知道这种伤并不是很严重。

伤口附近又重现了脉搏的跳动，应该是没什么大碍了。我使劲站起来，走近了光枝。突然，我不禁倒吸一口凉气。梅子这下可酿成大祸了。光枝的鼻子破了。

我把手放在光枝的肩膀上，尽量不去碰她的头。我问她："你还好吧？"她很痛苦地喘着气，眼球在眼睑的下面微微抖动着。我莫名其妙地感到放心了。

"喂，那是青沼奶奶吧？"

从斜上方传来了嘶哑的嗓音。一位戴着褪色了的狮子棒球队球帽的黑瘦老人。他的脸上刻着深深的皱纹。

我慌张地解释说自己是路过这里的时候，不小心被卷进了她们二人摔落的事件之中。没听完我说的话，老人便弹舌说道：

"这叫什么事啊。他奶奶最近一直在照顾博人呢。这么好的奶奶竟然会被人给弄伤。往后谁来照顾博人啊。为什么偏偏要杀他奶奶啊。"

在我准备回他"不是，人还没死呢"的时候，石和梅子站了起来。她边摇头边说："不是我的错，都怪光枝。"我试图寻找自己那部被撞飞了的智能手机，但是哪里都没有找到。于是我从包里拿出了备用翻盖手机，打电话叫了救护车。

救护车到了以后，看热闹的人也越聚越多。他们满足地望着满身是血的我，不停地用手机拍照。我想，他们好不容易过来看一趟，我要是没有这些血的话，可就太对不起他们了。另外一侧，急救队员们一边记录着必要的事项，一边按照流程问话。

"那位女性叫青沼光枝，是吧？我们要送她去医院，要不你也跟我们一起去吧？你脸上的伤口还是缝合一下比较好。谁都不希望在自己的脸上留下疤痕吧？而且，你刚才也出现了休克的状况，不去医院检查一下的话，之后会很危险的。"

"不用了吧。我没事的。"

我心想自己哪有那么多钱去医院检查啊。正当我拒绝的时候，石和梅子偷偷钻进看热闹的人群里溜走了。有可能是我在下面充当了缓冲垫的原因吧，梅子虽然和光枝都从楼梯上摔了下来，但她却还很精神。

急救队员顺着我的视线，也回过头看了一眼。我回过神后，大声地说道：

"果然，我还是去医院吧。拜托你们了。"

我和青沼光枝一起坐上了救护车。听那位狮子棒球帽老头说，光枝的孙子应该在"井之头江岛医院"，光枝也经常去那里就诊。在急救队员取得联络之后，我们要去的医院也就决定好了。直线距离两公里半——面朝熟悉的公交大道的那家医院，救护车仅用时五分钟便到达了。

目送躺在担架车上的青沼光枝被送进急救室之后，我给樱井打电话报告了现在的情况。樱井像是有些吃惊。他不高兴地说：

"叶村，你是水平下降了还是怎么回事啊？就算再有理由，结果还是跟丢了调查对象吧。你说这叫什么事啊？难道就不能骗过什么急救队，立刻去追目标人物吗？"

"我是故意的。"

"啊？"

"我是故意放她走的。比起这个，话说你替我调查青沼光枝了吗？"

"嗯，我简单查了一下。"

青沼光枝，旧姓宫本，七十四岁。她的丈夫贵弘以前是制药公司的销售员，二十多年前病死了。他们夫妇二人生了一个儿子，名叫光贵。光贵从启论大学医学部中途退学之后，开始了环游世界之旅。光贵与在旅行中相识的一位女性一起回国然后结了婚。他们夫妻二人被吉祥寺的一家叫作"狐狸与猴面包树"的饭店雇佣，一起在那里工作。一九九三年的时候，他们的儿子博人出生了。但是，他的妻子扔下了刚出生不久的博人，和店里的一位老顾客一同消失了。光贵夫妇当时住在老家院子里的公寓的一个房间里。

"今年三月的时候，光贵和博人遭遇了交通事故。不知道你还记不记得，在京王相模原线的天空城站的交通环岛附近，一位高龄驾驶员误把油门当成了刹车，开车冲进了公交车站。"

我好像听过这件事，不过已经记不太清了。高龄者引起的事故，不管是以前还是现在，的确都屡见不鲜。

"住在附近的一位五十多岁的家庭主妇还有青沼光贵，在那起事故中死了。博人也身受重伤，差一点儿就没命了。"

想起了狮子棒球帽老头说的话。也想起了梅子的话。我叹了一口气。樱井继续说道：

"七十四岁的话，那石和梅子与青沼光枝是同岁。也许她们已经认识很久了。"

"不愧是樱井。不到一个小时，就能查得如此详细。"

"嗯……还行吧。那，难道这就是你不去追梅子的理由？"

"他们二人从楼梯摔落这件事，我认为是梅子的错。那时，他们好像谁都没有打报警电话，所以警察也没有来。但是，如果光枝事后去报案的话，警察肯定会介入的。到时候该如何应对，我想和樱井你商量一下。我没去追梅子，也是想通过拖住光枝的办法，给自己多争取一点儿时间。

"等一下，你等一下。"

樱井急忙插话道：

"两个老太太吵架，然后一起摔下了楼梯，对吧？这为什么要怪石和梅子啊？"

"望月他们联系你了没有？梅子在目黑见的那个土气西装男。"

"啊？啊，那个人倒是查出来了。"

"他是做金融的吗？"

"不是。他叫中村尚，是管理石和梅子的不动产的负责人。梅子可能对他有意思，但他只是把梅子当作普通顾客而已。……所以，叶村啊，你倒是回答我的问题啊。"

拿着病历的护士出现在急救等候室，喊了我的名字。我赶忙交代了一句：

"我觉得应该立刻调查一下石和梅子的经济状况。到时候再联系。"

医生帮我缝合了伤口，我还又做了好几个检查。每次都要等很长时间，我开始感到有些头晕恶心。除了赶路的时候吃了一块黑糖，我今天还没吃上饭。此外，我还排放了大量的肾上腺素。到了检查的时候，我的紧张才有所缓解。处理过剩的肾上腺素时，说到底也只是消耗很少量的血糖。加上之前的出血使我有些脱水，所以不恶心才怪。

等待检查的长椅旁边有台自动贩卖机。一位挂着双拐的青年不灵活地掏出零钱包，颤抖地用手找着硬币。

我走到自动贩卖机旁坐了下来，等待在他之后使用。越不愿多想，负面情报越往我的脑海涌现。虽然能够拿到今天的工资，但是和检查费用相抵之后，还会赔进去一些。如果我的判断是正确的话，石和梅子这件事到此就结束了。一周七万日元的梦想宣告破灭。看来存款又要用光了。

正当想着钱的事而苦笑的时候，我听到了连续的清脆的金属音。硬币散落在了地上。拐杖青年靠在自动贩卖机旁，他僵硬的手来回张合，一脸茫然地呆站在那里。

我环顾了一下周围，在离我稍远一些的地方，有一位正在清扫的保洁员和一位站着说话的护士。还有一位吊着左臂、穿着工作皮靴的——相貌粗犷的茶色头发的男人坐在那里。除此之外再没有别人了。我"啊"了一声，猛地站了起来。忍受着头晕，我蹲下来捡拾掉

在地上的硬币。正在这时，我听见头的上方传来了"咚"的一声巨响。青年使劲地捶了自动贩卖机一拳。

拿着捡起的硬币，我走到了青年的身旁。他好像注意到我了，把目光投在了我的身上。他的皮肤很白，一眼就能看出他眼圈周围泛着的红色。从左脸看的时候，能看出他的眼睛长长的，而且是单眼皮，很有男子气概。他右脸有一处很大很明显的伤痕。

"喂，我还想用这个自动贩卖机呢。你想弄坏它的话，可以等我买完吗？"

话音刚落，我发现他所受的伤害似乎超过了我的预期。

放在平时的话，我是不会用这种语气跟不认识的人说话的。

青年目瞪口呆地望着我。我把手里的硬币拿给他看。

"我来放钱吧，可以吗？你想喝什么？"

"水。"

青年生硬地说道。看到矿泉水的价格时，我吓了一大跳。这里居然比街上卖的要贵一百日元。捡起来的钱刚好够买一瓶。

投入硬币，青年按下了水的按键。正想着他用双拐支撑身体拿水估计会很不方便的时候，我抬头看了看饮料模型，决定放弃咖啡，选择运动饮料。果然是低血糖犯了，我连这种事都想不清楚了。

"我说。"

听到他喊我，我抬起了头。青年面朝自动贩卖机半蹲着，生气地看着我。我把目光对准他的时候，他也默默地看向了我。

拧开了瓶盖。他伸长了脖子，嘴里咬着瓶盖，挪动双拐走了几步，坐在了附近的长椅上。我也买了一瓶同样是价格惊人的运动饮料，在离他稍微远一点儿的长椅处坐了下来，慢慢地喝着饮料。青年的那边，时不时传来吸鼻子还有喝水的声音。

补充好水分之后，青年拄着拐来到了我的面前。他颤颤巍巍地说：

"刚才是我失礼了。谢谢你。"

青年的眼睛和鼻子周围还残留着红色。像是被右侧的伤痕扯着一样，他脸上的肌肉还不能被灵活地使用。他面露难色地说：

"我今天一整天都在这里复健，已经很累了。而且，我刚刚还接到通知，说我的家人受了重伤，被送到了这里。"

"大脑被事情塞满的时候，谁都不会在意旁人的。我只不过是帮了个小忙而已。"

我指了一下旁边，说道："请坐。"他爽快地坐在了我的身旁，长长地叹了一口气。

"你的家教可真不错啊。还知道表示感谢。"

"我奶奶说过，打招呼和感谢是最大的防御。"

我笑出了声。青年不为所动地说：

"问不问'你好'还有'早安'这种话，人与人之间的氛围是会改变的。由于工作的原因，护士还有物理治疗师已习惯了应对精神状态不正常的人以及瞧不起他们的人。即使是没有让对方道谢的意思，但如果能收到对方的感谢的话，他们肯定会感到很欣慰的。"

"毕竟护士也是人啊。"

"我奶奶也说过这样的话。不管是哪个行业，都有态度好和态度不好的人。对方对自己态度好的话，自己也要对他亲切。如果对方只顾要威风，那么到头来吃亏的终究还会是那个要威风的人。"

"你奶奶可真是个有大智慧的人啊。"

"嗯。"

青年陷入了沉默。他的眼圈红了。我转移了话题。

"话说，你的伤是怎么回事？出什么意外了吗？"

"是的。我被车撞了。骨头折了十七根，其中的五根刺破皮肤露到了外面。那你呢？"

"啊？"

"你的衣服和脸上全是血。"

衣服先暂且不论，我以为刚才缝伤口的时候，我脸上的血迹已经被清理干净了。急忙从包里拿出镜子，我看见自己的额头上虽然缠着绷带，但是脸颊上却还留有茶色血迹。我稍微用手抠了一下，发现它居然还会往下掉渣。

"这也太过分了。"我嘟哝道。

青年说："是啊，确实。"

"我不想被你说。"

青年笑了。虽然他的笑容有些歪，不过他笑起来之后显得更年轻了。

"去找护士要些清洁棉布吧？不忘记打招呼和感谢的话，他们也就不会讨厌你的。"

"你在说什么呢？"

就在这时，通往急救病房楼的走廊的门开了。一位穿着粉色T恤、戴着口罩的护士快步走了出来。她看着青年，问他是不是叫"青沼"。

"你奶奶已经恢复意识了。"

青年扶着拐杖站了起来，对她说：

"我奶奶没事了吗？她真的已经没事了吗？"

"她说想见你呢。"

护士在瞥了我一眼之后，像母鸟保护自己的孩子一样，伸开手搂着青年就离开了。青年也没有回头，笔直地向前方走去。真是不幸中的万幸啊。

当然，青沼光枝与石和梅子之间的吵架还有光枝身受重伤这些事，我都没有参与。不论我是否跟踪梅子，她们二人都会吵架，然后从楼梯摔下来吧。如果我没在底下当缓冲垫，石和梅子也可能会严重受伤。

所以，就算刚才路过碰见的那位狮子棒球帽的老头口中所说的青年就是青沼博人，我也理应没有任何罪恶感。青沼博人在七个月之前遭遇交通事故，他的父亲不幸身亡，他自己陷入了生活不能自理的困境。今天，照顾他的祖母又身受重伤差点儿丢了性命。虽然他很可怜，但是，这一切都和我没有任何关系。

我真的没有必要抱有罪恶感。

## 4

CT的检查结果出来了。医生说我的骨头和大脑都没有问题，嘱咐我如果感到有任何异常，一定要再来医院检查。在支付了比自己一天的工资还要多的费用之后，我离开了医院。外面风已经变小了，空气清澈得令人吃惊，连丹泽山的群峰都能清晰看到。秋天的日落来得很早，在等待去往吉祥寺的巴士时，太阳就已经落得差不多了。

到了吉祥寺，我立刻冲进了便利店，买了一个原材料表上写着很多化学名词的果子面包。我一边啃着面包一边穿过繁华的商业街，向着位于住宅区的杀人熊书店走去。

书店的招牌猫一副生气的样子，蹲在饵料盘的前面，直勾勾地盯着我，像是说"为什么让我等这么久啊"。书道教室的明子阿姨已经喂过你了吧？再说了，楼梯下面不是有罐头吗？我一边把猫粮倒进饵料盘一边说道。谁知道这只猫居然用鼻子"哼"了一声。如此有破坏力的"哼"，我上一次还是从某位中年女士那里听来的。那位中年女士从朋友的家里偷了很多东西。连连追问，在查明她的所作所为之后，没想到她在最后关头却突然翻脸。

把猫的自动饮水器清洗干净，给书店和二层的公共空间通风，检查了电脑。放到网店里的书卖掉了几本，在做好发货工作之后我才回了家。虽然只干了这么一点儿的工作，但是在回去的路上我还是感到浑身酸痛。

我住在调布市仙川的一间老旧共享公寓里。它坐落在农家庭院，面朝甲州街道，旁边就是葡萄地。它的名字是斯坦贝克庄。

离仙川站走路只需五分钟，包含水电费的房租每月七万日元，还能吃到房东冈部巴种的新鲜蔬菜。虽然这是一间踩地板的时候会发出咯吱的响声、在房间的缝隙还能听见风声的老旧公寓，但是我喜欢和与自己在对他人的距离感上有相同认知的人一起生活。

去年春天，冈部巴住的主屋坏了。由于梅雨时期的冰雹，院子里的葡萄地也被毁了。冈部巴决定在主屋的土地上新建一栋公寓，所以他打算明年趁早把斯坦贝克庄拆除，然后卖掉空地。这样一来，就有建新房的费用了。

"是出于我的原因才让你搬走的。作为搬家的费用，我返你五个月的房租。"

两个月前冈部巴这样说，还给我介绍了合适的公寓。共享公寓的住户们接连搬走，剩下的房客只剩我和佐佐木瑠宇两个人了。

瑠宇把自己设计的包放在网上卖，以此谋生。由于居家工作，她的行李比较多。在还没有决定新的住处的时候，她就已经开始打包收拾行李了。现在，玄关附近堆的全是她的纸箱。虽然进出很不方便，但是我也不好抱怨什么。因为，明明再有不到两个月就是搬出的指定日期了，我却什么都还没准备。她比我强多了。

回自己的房间之前，我先去了客厅。驼着背的瑠宇，正一脸严肃地包着饺子。每当事情的发展不如自己预期的时候，她总是会做饺子。

"你回来了。"

瑠宇没有看我，说道。今天的饺子，从皮开始便是手工制作。粉色的头绳在她的头上轻快地晃动着，看起来和做饭很搭。

"太好了，是饺子啊。莫非也有我的份儿？"

"你尽管吃。对了，巴和他的侄女，好像在'福寿'吃了麻婆豆腐才回来的。"

作为饺子的回礼，我倾听了她的抱怨。认真的她，很早就开始找新的住处了，只是一直没有找到合适的地方，所以也积攒了很多压力。

"我去看了巴之前介绍的房子，最先去的那间很宽敞，环境也很好，但是租金和管理费是这里的一倍。另外一间是泡沫经济时期建成的，已经很旧了。现在这么冷，那里的下水道居然还反味。芦花公园那间，离车站比较远而且也很老旧，而且房东不允许租客自己做室内改造，他甚至还笑着说自己从没有过翻修那里的打算。不知道他到底是不是真的想把那间房租出去啊。我实地试着从芦花公园走去了那里，途中看到新鲜鸡蛋专卖店还觉得挺幸运的……话说，叶村，你为什么缠着绷带啊？"

站着说个不停的瑠宇重新看了我一眼，不禁叫出了声。

"摔的。"

"你又摔了啊？看来摔倒是侦探的家常便饭呢。没事吧？你衣服上全都是血啊。"

我回到自己的房间，换了衣服，洗了脸，擦拭完沾着血的头发之后，又去了客厅。瑠宇很担心我，问我是怎么弄的。我已经不想回忆今天发生的事情了，于是把话题强行引到了不动产上。

"对了，你之前是不是说过，附近新建了一个女性专用的共享公寓？你查过没有？"

"那里根本就不行。"

瑠宇冷淡地说道。

"我看过那里的效果预想图，能够让大家聚在一起的地方和泡澡的浴室全都没有。只有一个淋浴间。说是合租，其实更像是寄宿啊。"

瑠宇之前好像在一家公司上班，对人际交往感到心累，她选择了辞职。她好像结过婚，不过没过多久就离婚了。虽然我跟她共同生活多年，但是，不过问对方的个人隐私是我们相处的铁则。再详细的内容，我就不知道了。说实话，她的年龄我其实也不清楚。

"果然，能在家工作，多亏了这个共享公寓啊。"

瑠宇一边把包好的饺子放在平底锅里，一边说道。

"一直憋在屋子里干活，反应过来的时候，我才发现自己已经三个星期没跟任何人说过话了。我的朋友几乎都到了忙着升职、看孩子、照顾老人的岁数，跟他们联系也都是用LINE[1]或者发邮件。不过，我不觉得这些方式可以被称作'对话'。"

说是在外工作，但是回过头来看，我发现一整天下来其实也没有多少实际内容的会话，需要说话的时候，基本上要么和工作有

---

1　一款即时通讯软件。

关，要么和犯错误有关。和青沼博人的对话，可能还稍微与个人有些关系⋯⋯

用海带芽、白芝麻碎和日式高汤，做了一道简单的日式海带汤。用盐揉了一下白萝卜和芹菜，放入金枪鱼碎和柠檬汁搅拌均匀，一道凉菜就做好了。瑠宇酒量小，我又刚缝了四针，所以，我们便泡了之前的室友留下的普洱茶。煎饺的颜色非常诱人，我吃了第一个就停不下来了。瑠宇做的饺子里有很多菜，所以多吃一点儿也不会对胃造成什么负担。我一边夸她做得好吃，一边把米饭当作仇人，狼吞虎咽地吃了一碗又一碗。

平时吃完就会回房间的瑠宇，今天却坐在原地剥柿子。柿子是从主屋和斯坦贝克庄之间的那棵柿子树上摘下的。开始动工的话，它就会和主屋一起消失。也许是知道了即将面对的这种悲惨的命运吧，它今年结的柿子多到令人吃惊。

我一边想着这个话题，一边继续之前的话题。

"果然，瑠宇还是想着找共享公寓吗？"

"嗯。在共享公寓里面，租客大都是比我小一轮以上的年轻人。我想试着找找住着岁数比较大或者正在看孩子的人的共享公寓，但是和这些人住在一起，感觉又静不下心来。"

瑠宇双手捧着茶杯。她一边用茶杯暖着手，一边欲言又止地看着我。

"叶村，你打算怎么办？"

"什么怎么办？"

"搬家啊。你还没有出去看过房呢吧？莫非你是有合适的房了？"

"完全没有。"

"真的吗？"

"真的没有。我还在发愁以后的工作怎么办呢。工作定不下来的话，住在哪里和租金的上限都没办法确定。"

"真的吗？你难道不是在等谁吗？"

我发愣的时候，瑠宇把头扭向了另一边。

"有没有谁说要和你一起住？"

她目不转睛地看着我。她像是在怀疑我是不是在外面有男人了，而且正在等着对方说结婚或者同居。瑠宇应该知道这种事不可能发生在我的身上啊。为什么她会问这种傻问题？我边想边说道：

"瑠宇，你有那方面的问题，是吗？"

"还上升不到'问题'这个层面。"

瑠宇摇了摇手。她的脸颊泛红了。

"也不是什么重要的事。只是，要说在意的话，确实还是有些在意。"

我静静地等着。瑠宇先是在嘴里转着舌头，又把双脚抬到了椅子上。盘腿坐好后，她便开始了自己的尽情讲述。

去年春天，下北泽的某间杂货店有意陈列她手工制作的包，于是，她提了装着好多包的大袋子出门了。在换乘站明大前站的站台上，她放在脚边的大袋子被一位男性给踢飞了，里面的包散落得到处

都是。那位男性惶恐地道了歉，帮她捡好包之后才离开的。

"杂货店店员很喜欢我的包，全都帮我摆上了货架。我后来还去代代木八幡的西餐店给自己庆祝了一下呢。"

和很长时间没见的老板寒暄了两句，我独自坐在四人桌前等着上菜。店内马上就坐满了人。好像看到了一位似曾相识的男性。啊，他就是踢飞我的包的那个男人。

"他坐到了我这边。聊了几句之后便互相有了兴趣。我们一起走到涩谷，在道玄坂附近的那家印着粉色熊猫图案的宾馆前停下了脚步，他邀请我一起进去。所以，我们就在那里睡了一晚。"

"瑠宇……"

"不是，我是第一次，真的。我怎么会干那种事情呢，而且我都这个岁数了。"

瑠宇从耳朵到脖子筋，全都红了。我抬头望着天花板。

"是个什么样的男人？"

"比我小很多，看起来也就三十岁刚出头。他身材很瘦，但是明显平时是有在锻炼的。他的左耳后面，有一块像日式点心一般、十日元硬币大小的秃了的地方。我记得他喝胃药来着，还有，他穿的西服看起来很正经。他不怎么善言辞，但是很善于倾听。到了关键时刻，他也相当紧张。第二天早上问好的时候，我们的视线都没能好好地对在一起。在井之头路那里，我们就分开了……"

瑠宇低着头含糊其词地说。

这是多么难忘的记忆啊。趁着瑠宇没注意，我叹了一口气。

"你问他叫什么名字了吗？"

"没问。他也没问我。"

面对比自己小很多的年轻男性，她害羞了。

"我没想到会在那天做那种事，我的内衣都是皱皱巴巴的。当时天气还很冷，我穿的还是毛裤。为了不引人注目我才那样穿的。看来是我想的太多了。当时，我边脱毛裤边想：这样的夜晚，也许在我的一生之中也就这么一次。"

回到家之后，我把身上穿的衣服全都扔了。在之后很长的一段时间里，我都时不时会想起那晚的经历。我把自己关在屋子里大喊。真的是太丢脸了。不过，慢慢地也就忘了。可是……

"决定搬家以后，我突然想到——之前我好像对他说过我住在仙川的共享公寓。从车站步行只需五分钟，在甲州街道沿线的一户农民家的院子里，旁边就是葡萄地。"

通过这些情报，很轻易就能联想到"斯坦贝克庄"。但是，为何自那以后却再无他的音信了呢？

"应该是对我不感兴趣吧。这一点我是知道的。但是，只要住在这里的话，我们就还有机会见面吧？到现在我才意识到，自己原来一直期待着与他的重逢。我也想过如果拆掉了这里的话，我和他一切就都结束了。能拿到搬迁补偿费，我的包最近也卖得不错，手头上多少还有些富余。"

瑠宇对我翻了个白眼。我立刻拍了一下自己的额头："啊，抱歉。我在你说话的途中打断了你。不知道怎么回事，我突然觉得头好

痛啊。"

瑠宇一脸担心地站了起来。

"喂，没事吧？用不用叫救护车？"

"不用。睡一觉应该就能好的。"

"这样啊。抱歉，你受伤了，我还在这儿净顾着跟你说些奇怪的话。是我不好。"

她劝我赶紧去睡觉。我一边在T恤上抹掉手心里的汗，一边往自己的房间走去。

要找到那个问题男人，也不是没有办法。"道玄坂附近、有粉色熊猫标志的宾馆"，这些情报是很有用的。宾馆的费用如果是那个男人用信用卡或者手机电子支付的话，只要知道了正确的日期，又肯花钱的话，是可以得到他详细的个人信息的。

虽说有这么个办法，但是，如果查明了那个男人的真实身份的话，这件事估计就不会有美好的结局了。当然，调不调查还是要由瑠宇来决定。说实话，我是不想把自己卷进这件事。就算再想要调查的工作，这种活我还是敬而远之的。

伤口的疼痛和瑠宇的冲击性发言一直侵袭着我。第二天早上起来的时候，我感到非常疲惫，不想去找在楼梯坠落事故中丢失的智能手机了。对那几个非联系不可的人，我用翻盖手机发了"我的智能手机坏了，请联络这台手机"的消息，然后就又睡了。即便是这样，在又过了一天的那个周末，我还是去杀人熊书店干活了。客人几乎是和正午的开店时间同步来的，之后的客流也一直没断过。

一多半的客人都是为了电车"中央线"沿线的书店共同举办的十一月特别活动——"中央线沿线书店印章接力"来的。探访沿线的书店和旧书店，在官方的册子上盖上每家书店特有的印章。只要在规定日期之内把盖满印章的册子寄给组织委员会，就能获得原创设计的手提包、书皮或者十枚书签等奖品。

　　以印章为目标的客人源源不断，他们把杀人熊书店的原创印章（我们店的印章上画着招牌猫在推荐仁木悦子所著的《猫知道》的图案）盖在自己的册子上。在赞叹可爱的同时，还有留下"你们店平时不营业""只有你们这家最远""你们在SNS（社交网络）上都不宣传"等抱怨才离开的。与来店人数的众多形成鲜明对比的，是书籍销售额的零增长。这可真是个不可思议的周末啊。

　　临近周日的闭店时间，在客人时断时续的时候，我接到了樱井打来的电话。他说我猜得没错，在调查了石和梅子的经济状况之后，他发现了很了不得的事情。

　　"因为老朽化，石和梅子的丈夫在泡沫经济时期修建的公寓，现在的入住率只有四成。经中村尚所在的不动产管理公司推荐，石和梅子把位于奥泽的自家房作为抵押，从银行贷了款，于前年改建了位于川崎的一栋公寓。虽说是新建公寓，但是那里交通很不方便。为了还贷款，她把房租定得很高，所以一直没找到租客，还贷也受到了影响。这样下去的话，抵押的自家房说不定就要被搭进去了。"

　　"这件事情，你通知石和梅子的儿子了吗？"

　　我一边数着印章接力册子的数量，一边问樱井。册子的数量下去

得很快，我联系了"BOOKFIRST ATRE"吉祥寺店的铃木，想着说再补充一些册子。

"我和石和豪一起查阅的资料。昨天我们还去了梅子的家。"

"啊，对了。话说，她还好吧？"

她当时逃跑得很快，所以我没怎么在意。但是仔细想想，她今年也有七十岁了，而且还是一个独居老人。虽然她那时还能行动，但是不排除之后可能会发生异变。现在想来，我不禁惊出一身冷汗。

"浑身缠满了绷带和创可贴，身上膏药味很重，但是她的精神状态还不错。右手的手指虽然肿了，不过她那天回家之后就去看了医生，所以不用担心她。"

"右手的手指没办法用，很不方便啊。"

"哎呀，你可真温柔。你是不是给她当垫子来着？"

确实。多亏了这件事，我当天的支出超过了收入。

"不知道是不是从楼梯摔下来的时候受惊了，那个老太婆全都交代了。她说了自己从银行借了多少钱，说公寓的维护费比租金收入高很多，租金简直就是杯水车薪，生活实在是太难了。她还说虽然应该早些和儿子商量的，但是又不想让儿媳妇看到自己软弱的一面。受伤之后，她的手动起来不方便，但是死活不让儿媳妇照顾她，最后选择和孙女暂时住在一起。"

樱井说事情发展到这种地步，完全是她自作自受，但是她其实也挺可怜的。她丈夫在去世前曾对她说过，叫她什么都不用操心，把一切都交给不动产管理公司来运作就好，还说每个月都能拿到钱。

"正是因为被这样说过，梅子才会深信公寓管理的责任都在管理公司身上。'空房的处置、租客搬走之后的房间翻新、修理费、维护费、清扫费，全都是管理公司的工作吧？既然这样，为什么我要出钱？'也正是由于她的这个想法，她和管理公司之间的矛盾才一直不断。梅子经常解雇负责人、解除合同，负责人总是换来换去的。她哭诉自己没有受到管理公司的恩惠，被他们背叛了。可以说，她是过于相信死去的丈夫的话，太小瞧出租公寓的经营管理了吧。"

从今年夏天开始，银行贷款的事情就把她弄得焦头烂额的。为了省钱，不谙世事的大小姐也不得不解雇了保姆，开始自己做家务，还到处去借钱，不过进展的不是很顺利。她喜欢黄油，每天都用大量的黄油做菜，在压力的影响下，她眼看着一天天变胖。膝盖疼痛也是体重增加之后才开始的，原因也可想而知了。被儿子误以为是交了新男友才看起来变年轻，所以她没找儿子借钱也就不难理解了。

"前段时间她在目黑川咖啡厅的那次约会，其实是在商量还款期限。中村也很为难，还问她是否真的找不到能借钱给她的人。"

"所以，梅子才会去见青沼光枝的吗？"

"她们二人是初中同学，都是川越出身。上学的时候，她们的关系貌似不是很好，但是后来通过同级生交流网站，梅子联系上了光枝。"

提了一盒最中点心，突然闯进屋，说是要给光枝死去的儿子上一炷香。被拒绝之后还是要强行进入，闯进了位于二层的青沼光贵的屋子。对着灵位双手合十，仓促地陈述了自己的困窘，低头向光枝借钱。对方毫不犹豫地拒绝了。她赖着坐在房间里，说"你什么时候借给我钱，我就什么时候走"。光枝把她拖出了房间。真是太过分了。然后她们就扭打在了一起。"虽然两个人都从楼梯上摔了下来，但是，要怪就怪光枝对同学实在是太冷淡了。"这是梅子的说辞。

"虽说是两败俱伤，但是受重伤的只有光枝。不过，梅子的行为并不值得赞赏。话说到途中的时候，石和豪生气地说：'跑到家里刚失去亲人的人家，让人家把保险金借给自己，这也太没有常识了吧，被骂也是理所当然的。'然后，那个老太婆一本正经地问：'我听说交通事故死的人，他的家属能拿到好多钱呢吧？'她可真是嘴上不把门啊。希望她当时没对光枝说这些话吧。"

不对，我觉得她肯定说了。就算光枝再怎么像虎头狗，也不太可能只因为梅子厚脸皮就把她拖出房间吧。

"总之，石和豪说想在光枝报案之前向她道歉并承担她全部的住院治疗费。"

樱井的语速有些快。

关于母亲的资产，我想的是先雇专家仔细调查一下，接着再去找银行商量。不过，我这里还需要再花一些时间才能得出结论。所以说，就算被要求支付赔偿金，能不能付得了还另说，他们貌似还有一个因交通事故而留下后遗症的孙子需要照顾。但是，我实在是巧妇难为无米炊，解不了她的燃眉之急。倘若她气急败坏地去告发我，想要追究我的刑事责任的话，我也会很为难的。

"就是这么回事。"樱井一起说完之后，咳嗽了一声。

"叶村，你能不能在石和家和青沼家之间斡旋一下？"

我激动地跳了起来。

"啊？为什么是我？"

"你熟悉他们两家的事，非石和家的代理人，能接近青沼家的人就只有你了。"

"什么意思啊？"

"就是字面上的意思啊。说'比起找石和梅子的男人，更重要的是确认她的经济状态'的，不是叶村你吗？多亏了你的提醒，现在问题已经很清晰了。对了，话说你之前为什么会觉得梅子快破产了啊？"

膝盖疼痛的资本家在刮大风的日子里外出的话，应该会让专车送的吧，或者至少也应该打个车去。我跟在她后面走的时候，就已经觉得很可疑了。而且，石和梅子当天穿的是一身粉色套装。如果在离开家之前就已经准备好了以吊唁为借口去借钱的话，她应该会避开穿粉色衣服出去的吧？把前后的事情放在一起考虑一下，就会发现梅子是临时起意去找光枝的。也正是因为花钱供养男人，梅子才会如此的走投无路。

"仔细想想的话，因为梅子所有的公寓全都是泡沫经济时期建的，那些房子到现在房龄至少都有四分之一个世纪那么长了。她的那些房子，很可能都没被收拾出个样子，而且又破旧，说不定下水道还会反味。这样想来，大家普遍认为梅子应该有的高收入，她估计很难达到吧。"

"哎呀，你的洞察力可真是厉害。"

樱井用冷淡的语气打断了我的话。

"果然，交涉的工作还就属叶村你最合适。"

"不是，我说，为什么非得干这种事啊？"

"因为不想直接交涉啊。斡旋交涉，你知道的吧？叶村，你和青沼光枝是同一事件的受害者。你去医院看望她，和她一起说说梅子的坏话，让她兴奋起来。缩短你和她之间的距离之后，你再去接近她的家人。对了，试着去照顾照顾她受伤的孙子。这样一来，你应该就能赢得青沼家的信任了。"

我把堆在一起的印章接力的册子给弄得七零八落的。

"啊——也就是说，要我扑到对方的怀里，装作是她的好伙伴，按照你们的计划和想法控制她和她的家人。是这个意思吧？"

"你理解得就是快。"

我屏住了呼吸。

侦探调查可不是什么干净的活儿。这份工作的内容就是找出对方想要隐瞒的弱点，再把结果报告给委托人，从而获取报酬。既然要把委托人的利益放在首位，那么必然就会出现蒙受不利的人。这份工作就是这么回事。

但是，潜入搜查当卧底这种事情，真的属于侦探的工作内容吗？

"喂，叶村！你在听吗？"

我回过神来的时候，樱井在电话那头怒吼道。

"我说，我真的不知道你在犹豫什么。我又没说让你骗青沼家的人。我只是想让你帮着尽量避免比如说'光枝一气之下去报案'、'从感情上抗拒与石和家和解'这些情况的出现罢了。对青沼家来说，和解也并非是坏事。两家坐下来冷静冷静，各退一步，互相减轻压力。这样一来，谁都不会吃亏的。你现在还觉得这是个无理的要求吗？"

是无理的要求。我既不是什么说客，也不是什么谈判代表。把这种工作交给我，简直太荒唐了。

在想着应该拒绝他的时候，我把目光移向了书店入口。是我从没听过的声音。

"三十万怎么样？"樱井说。

"先给你十万。如果和解交涉进展得顺利的话，我再付给你剩下的二十万。怎么样，不错吧？"

正当我想回他一句"这钱谁出啊"的时候，我看见了门口的那个身影。青沼博人站在敞开的门口。

## 5

"果然是你啊。我一开始还以为不是呢。你还记得在医院见过我吗？我叫青沼博人。"

博人一脸认真地看着我。我一边把手机塞进口袋，一边挂掉了樱井的电话。我望着博人说道：

"你为什么会出现在这里？"

　　"替奶奶叫救护车的那个女人的额头也流了好多血，她和奶奶一起被救护车送到了江岛医院。我是听我家那位租客大爷说的。让认识的急救护士帮我按照这个条件查了一下，于是就知道了叶村晶这个名字。根据名字又搜索了一下，结果就知道了这家书店。摔在院子里的那个人，就是你吧？"

　　博人从大衣口袋里掏出了我的智能手机，放在了柜台的上面。我拿起那个手机，发现它的屏幕已经碎了，而且也开不开机。看来它是彻底坏了。

　　即便这样，我还是向他表达了感谢之情。我平时经常弄丢手机，所以签约的手机公司对我也早就有了警戒心。我越来越难买新手机了。有了这个坏手机，我就可以拿着它去柜台窗口跟那个叫"平松"的负责人说："看，这次是坏了吧。"

　　博人环顾着书店，没把我的致谢辞当回事。

　　杀人熊书店，是由这个木头和水泥砂浆建的二层公寓的一层的两个部分改装而成的。四面的墙壁全都做了书架。门边上是带收银台的柜台，背后的玻璃柜里放着珍本书，上面则摆着阿加莎·克里斯蒂（Agatha Christie）、柯南·道尔（Conan Doyle）、柯林·德克斯特（Colin Dexter）、多萝西·L·塞耶斯（Dorothy Leigh Sayers）等著名推理作家的照片。

　　书店的中央有一个八边形的平台。除了"中央线沿线书店印章接力"的盖章台，上面还摆着一个用气球做的自由女神像以及现在正在举办的"纽约推理节"的推荐图书。

前不久，土桥保——本店的另一位店长，终于用了他的暑期休假去了纽约。他在斯特兰德书店（Strand Bookstore）、神秘书店（Mysterious Bookshop）还有其他古书店里寻宝，把搜集到的满满一纸箱的推理小说给邮寄了回来，前几天才刚刚收到。好像是因为海关要查验里面的内容，所以才花了很长的时间。纸箱被印着"邮筒君"图案的胶带重新缠了一遍。

再加上劳伦斯·布洛克（Lawrence Block）、罗赞（S·J·Rozan）、托马斯·查斯坦（Thomas Chastain）、埃勒里·奎因（Ellery Queen）、艾萨克·阿西莫夫（Isaac Asimov）、亨利·斯莱萨（Henry Slesar）、康奈尔·伍里奇（Cornell Woolrich）、唐纳德·E·威斯特雷克（Donald Edwin Westlake）、迈克尔·康奈利（Michael Connelly）等与纽约有关的作家和作品，"纽约推理节"活动这才得以举办。热销的"在纽约必买的推理小说平装书"早早便一售而空了，"纽约推理节"显得有些后劲不足，让偶尔来书店的推理迷们失望了。

"对了，外面的招牌上好像写着什么'侦探社'。"

博人靠在书店入口的门边，他对书店的活动貌似不是很感兴趣。被来店里盖章的客人挑逗得闹情绪的——不知道钻到哪里去了的招牌猫突然出现了。它一边娇声叫着，一边靠近博人的双脚。

"是'白熊侦探社'。"

"你也是侦探吗？起这个名字，是因为你喜欢白熊吗？"

"这是店主的兴趣。"

"附属在推理专门书店的侦探社，可以帮着调查书吗？我小时候读过的一本书，现在又想读了，不过我忘记了书的名字。那本书讲的是一个放高利贷的人在暑假被杀了，出现过绿色的裤子和面包店。还有，警部先生吃的那个刚烤好的奶油面包，好像特别美味。"

我从儿童书的架子上，取下一本《卡勒君的冒险》（カッレくんの冒険），放在了柜台上。博人把双拐靠在柜台，翻开了书。翻着读了几页之后，他说："就是这本。"

"我还以为它会是更大一些的书呢。你真是太厉害了，居然能知道这本书。"

不，这真的很简单。林格伦（Astrid Lindgren）的"卡勒君"系列，是儿童推理作品中最基础的书了。此外，精装本也就是他所说的"大书"，也是有的。

"我还以为你是真正的侦探呢。没想到你原来是图书侦探啊。太有意思了。"

"喂。我可是在东京都公安委员会登记过的货真价实的侦探。"

"啊，真的吗？那，要是有委托的话，你就会接受吗？"

虽然博人是半开玩笑说的，但是我的手还是微微发抖了。有种不好的预感。每年都会有两到三次这样不好的预感。"还是不要和他扯上关系的好，即使被委托了也要马上拒绝。"天上传来了不知是谁的声音，或许可能是冥河畔的祖母在我的耳边轻声说道。

"不是特别需要的话，还是不要雇侦探的好。要花很多钱的。而且，能从护士那里得到个人情报的你，远比侦探要有本事得多了。"

"护士面对可怜的男孩会心软的。"

博人用孩子的语气说。想起了通知博人青沼光枝醒来了的那位张开双手像是要保护他的护士。

"话说，你的……"

"你能不这样叫我吗？我觉得听起来有些不舒服。直接喊我博人就好。"

我轻抬双手，问他：

"奶奶的情况怎么样？博人。"

"啊？你直接喊我了？不是吧，我是开玩笑的。不过，直接喊我的名字也挺好的……我奶奶左臂的尺骨有裂痕，手指也骨折了好几根。比起这个，因为鼻骨骨折，她的脸全都黑了，我都快认不出来她是谁了。我一进病房就哭了。医生说能治好她。奶奶之前也骨折过一次，那次倒是痊愈了。"

"嗯。鼻子骨折了的话，确实在一段时间之内脸是没法看的。过一段时间就会恢复原样，应该没什么大碍。"

"叶村姐，你之前也鼻子骨折过吗？"

"嗯，啊。"

"不愧是侦探。是因为什么事件啊？"博人笑嘻嘻地说。

我转移了话题，说道："话说，你是怎么来这里的？"

"当然是打车过来的了。今天我的身体状态特别好，本来打算去复健的时候顺便看望住院的奶奶，不过我在途中突然改变了主意，在这附近下了车。"

博人用鼻子发出了声音。

"我之前跟你说过我遇到交通事故了吧。去医院复健的出租车费是那边承担的。因为这场事故，我都做了三次手术了。一开始医生还说我可能再也走不了路了，但是通过努力，我已经恢复到了现在这个样子。虽然我右腿膝盖的可动区域只有原来的一半、平时经常会做噩梦、记不清事故发生前的事情，但是我的后遗症等级已经降低了许多，而且我现在的精神状态也挺不错的……抱歉，太沉了，我撑不住了。"

博人皱着眉头，用拐杖赶走了坐在他脚背上的猫。猫发出不满的叫声，垂头丧气地向后退去。

"事故当时和我在一起的爸爸死了，而我却死里逃生，现在恢复到能走路的程度，大家都说我是幸运男孩。从小时候开始就一起玩儿的——我自认为他是我的亲友的——那个叫作龙儿的家伙断言我活不下来，也就没来见过我。如果是他人的伤痛，那么几十年也能忍受。这句话看来是真的。医生让我不要再拄双拐了，但是我用别的拐杖的时候，就觉得支撑不住身体、浑身发抖、疼痛。"

他要是一直不走的话，我也会犯难的。所以，他站在那边的时候，我没给他找椅子坐。不过，他看上去快要到达极限，像是有些撑不住了。于是，我从柜台后面拿出了一把折叠椅，递给了他。博人把椅子朝着入口的方向摆好，然后坐了下去。

"今天也疼吗？"

"没那么疼。有可能是天气没那么冷的原因吧。我也无法预测自己的身体状态。上午还很精神，复健的途中却不能动弹了。早上疼得感觉快要死了一样，晚上却又没事了。有一整天待在屋子里的时候，也有能在居酒屋坐很久的时候。如果被保险公司的人看到可就遭了。那些家伙，只要能降低我们这些被保人的赔偿金，他们什么事都干得出来。"

博人从腰包的边上拿出水瓶，喝了一口水。水从他歪着的嘴角流了下来。他向下看，用袖口擦了一下嘴。我装作没有看见。

"你说他们什么事都干得出来，比如说？"

"侦探应该比我要知道的多吧？"

博人把弄湿了的那只袖子藏了起来，继续说道：

"比如说，刚才我说的'用普通拐杖会感到害怕'，这一点也会被他们怀疑的。'明明医生都说可以不用再拄双拐了，你却还不放手。这难道不是在向外界宣传你是个伤势严重的病人吗'？"

如果我是保险公司的调查员的话，有可能也会那样想。以前调查某起保险金诈骗案件的时候，调查对象声称自己受到过鞭打，但是他却连续坐了三次过山车。

博人轻轻地擦了一下脸颊上的伤痕。

"人是会因立场的不同而持有不同看法的。这是奶奶告诉我的。用双拐来宣传伤势的这种想法，未必不见得不对。东京人潮拥挤，走路看手机而撞到别人的人到底会有多少，这个数字又会是多么恐怖？在没广泛宣传之前，我也是会撞上人的人。不宣传的话，是不会有人去注意的。"

博人低头看着自己的身体。

"如果成为交通事故受害者的话，叶村姐，你就会明白的。这世间的正反黑白是会颠倒的。恢复意识转到普通病房，但是大脑还没办法灵活运转的时候，交通科的警察就来问我话了。"

博人坐在椅子上一边扭动着身子，一边冷静地说。

"即便我说'我有些累了改天再问吧'，医生还是坚称我没事。于是我便一直被问个不停。'引起事故的那个人不受到严厉的惩罚也没关系。'我最后说了这句话。警察没有回话，他直接抓着我的手，让我伸出大拇指。"

"啊？难道是让你在文书上按手印吗？"

"我认为是这样的。那个时候，我虽然还不知道爸爸已经死了，但是不知为什么，我就是想抵抗，死活不愿伸直大拇指。我发出强烈的呻吟声，连护士都过来帮忙了。我不知道那位交通科的警察是不是保险公司的内奸，不过如果真的是，我也不会觉得惊讶。"

对加害者的处罚意愿不强烈，是因为受到的苦痛不强烈。这种让人感到愕然的牵强解释，听说会对赔偿金产生影响。虽说大部分警察都是秉公执法，但是肯定还是会有一些低水准的人吧。退休之后去当保险调查员的警察并不在少数。博人的想法未必就是胡乱猜测。可即便这样，想要证明这一点还是非常困难的。

正当我沉思的时候，博人突然笑了起来。

"叶村姐，你可别摆出一副想入迷了的表情啊。那种警察就随他去吧。我奶奶很在意那起交通事故，后续基本上都由她做的。虽然把油门误当成刹车的那个老头还有连一封道歉信也没写的他的家人都不值得原谅，但是光照顾我就让她费尽了心力。今天我来见叶村姐你的理由之一，是希望你能帮我卖书。"

博人没有转移视线，而是用手直接指向了平铺着书的台子那里。

"在我家的隔壁，有一栋叫作蓝湖公寓的建筑。它是我奶奶所有的。我爸爸住进了那里，他收集了好多喜欢的书和唱片。收藏品多了以后，他的房间变得很挤，于是他又把空屋子当作仓库用了。堆满一间屋子，他便再用一间。如此往复，二层的两个房间和一层的一个房间全被他的收藏品被填满了。真想赶紧收拾出来啊。"

查阅收购旧书的信息，发现可以把书打好箱然后寄快递给收购方。不过这也不太好办。叫收书的人上门服务的话，他们只会把有价值的书拿走，剩下的那些也不好处理。正当发愁的时候，我们杀人熊书店的情报进入了他的视野。

我说"我给你介绍值得信赖的收购旧书和整理遗物的人"之后，他这才看起来像是放心了。

"太好了。虽然那个公寓很破，但它毕竟在吉祥寺，如果清理干净的话，应该也能找到租客的。总是戴着狮子棒球队球帽的现在住一○一号房的里奥大爷每次回来都醉醺醺的，所以房租收入才一直上不去。奶奶把我爸爸的保险钱全都放在了我的名下，她是不会用那笔钱的。"

博人说，如果可以的话，希望我能早些帮他处理好此事。于是我当场便联系了真岛进士。他的遗物整理公司"Heartful Reuse"和我们

店是互帮互助的关系。如果某人的遗物里有书的话，真岛会联系我们书店。如果是需要整理遗物的话，则是我们打电话叫真岛。

因为老家的收拾和遗物整理受到关注，真岛的公司最近还接受了电视台的采访。"多亏报道，近期的预约全都满了。"真岛面带疲惫地说。

"周四有人取消预约了，我本打算那天休息的，不过既然是叶村介绍的，那我就带着打工雇员去估价好了。"

"明明刚开始招募没几天，没想到就找到能来打工的了。太好了。"

"托了大家的福。不过如果挣不回人工费可就不好办了啊。唱片也让我们来收吧，我认识在这方面挥金如土的狂热爱好者。"

向博人确认了一下。他点了点头。

"奶奶明天就出院了，让她看看有没有哪些东西不能扔，正好赶在周四就能卖。"

说定之后，我挂了电话。这时我才发现闭店的时间早就过了。送走溜进来盖章的客人，关了收银台，把推车移回店里，确认门已经锁好。

博人一直坐在椅子上安静地等着我。他看起来没有要回去的意思，好像还有什么话要说。什么本来打算去复健，突然改变主意才来到了书店，应该是在说瞎话呢吧。博人来的时候就已经快到八点的闭店时间了，这对于复健来说未免也太晚了。

关灯箱电源的时候，我问他道：

"你吃晚饭了吗？吃了饭才有精神啊，一起去吧？"

"可以吗？"

"要是不行我也不会邀请你啊。你想吃什么？"

"中华料理就挺好。我想吃油水足一点儿的。"

感觉他好像接着就要说"我一直等你这句话呢"。

说不麻烦是不可能的，但是又不好意思赶他走。而且，我还有一件在意的事情：博人刚才说收购旧书"只是来见叶村姐的一个理由"，那就是说他应该还有别的原因。

叫了出租车，让司机把我们放在"atre吉祥寺"商场的东侧，进了高架桥下的一家台湾料理店。进到店里我才注意到地板上泛着的油光。博人说"如果用的是普通的拐杖可就遭了"，我立刻感受到他这句话的现实性。

我点了韭菜炒蛋、干烧虾仁、青椒肉丝和糖醋腌菜，想着和博人一起吃。不知道为什么，他又点了水饺。博人的嘴唇闪着油光，看得出他吃得很开心。

"刚做出来的热乎的饭菜就是不一样啊。太久没吃过了。"

"奶奶住院的时候，你怎么吃饭的？"

"井之头路的便利店和外卖，邻居和亲戚有时候也给我做。没想到总有办法吃上饭。"

吃完饭后，博人说想喝咖啡。让他独自在人潮拥挤的吉祥寺街道行走，还是过于危险了。被一位中年阿姨陪着，年轻的男孩子也会感到害怕吧。我就是他新的而且合适的"拐杖"吧。他静静地挪动着拐

杖，感受着不知道从哪里传来的喧闹声。

走进了一家临近出租车乘车处的老旧且冷清的咖啡店。又浑浊又酸的咖啡。吉祥寺虽然有很多美味的咖啡店，不过要么窄要么远，要么得爬好多台阶，要么又上不去凳子，总之有很多障碍。如果不是年轻且健康的人的话，就要与美味的咖啡无缘了。

互相小声地说了句"难喝"之后，我问博人来杀人熊书店另外的理由是什么。

"还有就是奶奶的事情了。里奥大爷说给我奶奶叫救护车的人……也就是叶村姐您，他还说您应该见过和奶奶一起从楼梯上摔下来的那个人。那个人逃跑了，我不知道该找谁要医药费。"

表面上，我是一个不幸的路人。就算特地跑过来问我那个人的事情，我也……

"和谁吵的架，问你奶奶就知道了。"

"我问过了。她说是以前认识的人，不过再也不想和那个人打交道了，所以就没告诉我那个人的名字。明明是那个家伙的错，为什么奶奶还要隐瞒啊。"

确实有些不可思议。我想，躺在病床上的青沼光枝一定是一边颤抖着那张"虎头狗"一样的脸，一边使出浑身解数咒骂着石和梅子。但是，为什么她却……

等一下。

我想起了某件事。那时，先摔下去的是石和梅子。石和梅子猛地摔下来，撞到了我。

我之前认为石和梅子超脱常识的借钱方式才是吵架和致使事故发生的原因，樱井也是这样汇报的。但是，那时梅子指着光枝说"不是我的错。是这个人推我的，所以我才抓住了她的胳膊。我是正当防卫。都怪她，不能怪我。"

如果事情真是如她所说……

如果真是她说的这样，那么梅子就没有必要支付光枝的治疗费。倒不如说，光枝可能就必须要向梅子道歉说"故意推你下去，真是对不起"。

这样想来，便能明白光枝为什么不愿意说梅子的名字了。如果道歉的话，梅子可能又会趾高气扬地说"我可以原谅你，不过你得把钱借给我"。光枝存的钱，全都是给孙子准备的。这么重要的钱，她自然不想被梅子拿去用。

回过神来，才发现博人静静地看着我。

"你看到了吧？让我奶奶受伤的那个家伙。"

"嗯，看到了。"

我长舒了一口气。博人喘着粗气，匆忙地说：

"那，你告诉我对方的样子啊。多大岁数，穿什么样的衣服。只要去看一下邻居家的监控，我就拿到那个人的图像。然后把照片放到网上，再写上事件的详情，说不定就能确定那人的身份了。"

"不行，不能干那种事情。"

"为什么啊？这不挺好的吗？我又没说让你去做。你只用告诉我那个人的特征就行。"

"你奶奶不是说了她不想说那个人的名字吗？她肯定有自己的理由吧。我要是告诉你的话，就会给你奶奶添麻烦的。所以，我不能告诉你。"

博人陷入了沉默。就在这时，他的膝盖开始摇晃，桌子都跟着振动，桌上的咖啡杯里的小勺也发出了微微的响声。在没有其他客人的咖啡店里，这个声音听起来特别的大。

"好，好，也就是说，你是在包庇伤了我奶奶的那个家伙吧？你，这，这也太过分了吧？"

博人涨红了脸，伤口也变得明显了。他频繁地摇着脑袋，舌头仿佛缠在了一起。

话说，事故发生之后，有很多人会因为被噩梦侵扰而想不起事故发生前的事情。在交通事故中与死神擦肩而过，经历恐怖的体验，受到剧烈的伤痛。如此一来，留下精神障碍后遗症也不足为奇。以前办理某起案件时，我被关在了集装箱里，到现在还留有精神后遗症。已经过去十五年了，但是我在没有灯的全黑环境中还是睡不着觉，也不敢去狭窄的场所。这个开关不知道在什么时候会被开启。一旦开启了，我的身体便会不受自己意识的控制，开始不停地颤抖。

"你冷静一点儿啊。"

我故意用平淡的语气说道。

"虽然我不能告诉你那个人的样子，但是我可以让你满意。"

"你，怎，怎么让我满意啊？"

口水从博人的嘴里滴了下来。他拿过湿毛巾使劲地擦着，一边手掌重复着开闭的动作，一边反复做着深呼吸。过了一会，他停止了颤抖。博人一脸疲惫地放下了湿毛巾。我对他说：

"让我和你奶奶聊一下。她明天的出院，我去帮忙。"

## 6

"没错。就是我把那个女人撞下去的。"

我瞪着眼睛向青沼光枝提问之后，她在床上换了个睡姿，爽快地承认了。

"她以前就是个善于算计的女人。我跟她都多少年没打过交道了。突然上门说要给我儿子上炷香，'你是谁呀？''到底想干什么？'应该是个人都会这么想吧。果然不出我所料，她说让我把我儿子的交通事故死亡赔偿金借给她，我当场就笑了。"

光枝的病房是一个四人间。其他床位都拉着帘子，不知道有没有人在。我和博人进去之后看到，在那间充满着宁静的病房的靠窗的床位，光枝穿着租来的薄睡衣，面朝窗户坐着，俯视着早晨明亮的蓝天和吉祥寺街道上的榉树。

虽然她的鼻子还缠着纱布，但是距离事故发生已经过去了五天，脸上的肿消了。她的左臂被固定带包裹着，一直固定到了手指尖。不过，并不像我担心的那样，她皮肤看起来恢复得很好，声音也很响亮。

光枝用怀疑的眼光望着我。"她就是那位被卷进坠落事故而受伤的人。"通过博人的介绍，她看起来像是想起了很多。"你快去复健吧。"她二话没说就把孙子赶了出去，只留下我和她在一起。我问她："从楼梯上摔下去的，是不是还有另外一位女性？"仅凭这个问题，她就察觉到我好像在怀疑什么了。果然是个聪明的老太太。

虽说我事先预想到了，光枝完全不顾听到她对那起暴力事件坦白而哑口无言的我，开始换上准备好的衣物。她费力地从固定带里抽出了左臂，但是没办法把左臂伸进衬衫袖子。看她很费劲，我就搭了把手。在这期间，光枝还是说个不停。

"上中学的时候，住在海外的叔母送给我一件大衣。大衣是当时很流行的黄色，我穿着去了学校，同学们见了都说好看。梅子平时很抠门，根本舍不得送别人礼物。但是，过了几天，在我还有七个月才过生日的时候，她拿着说是给我的生日礼物跑到我家里来了。她一口气说了好多好听的话，最后才知道她原来是想借我的大衣。我说了不借，她就开始哭着求我的母亲。被我妈说了之后，没办法，我答应只借给她一天。但是，直到那个季节快结束了，她才把大衣还给了我。在那之后的一个季节里，我穿着梅子穿过的衣服这件事就被传开了。"

光枝说："古话说得好，三岁看大，七岁看老。"即便过了六十年，那个女人的做事方法还是没变。

"不过还是必须得承认，梅子的反射神经确实比我好。她的反应实在是太快了，当时一下子就抓住了我的胳膊。"

"现在是说这个的时候吗？"

我看了看左右，小声说道。

"从楼梯上把人推了下来，好在对方只是受了轻伤。如果她的伤势很重的话，你可就是杀人未遂了啊。"

光枝停下了手，凝视着我的脸。

"我说，那个时候，你也受伤了吧？是额头吗？"

"……是的。"

"如果是这样的话，你应该也想得到治疗费。你应该想知道那个女人的联系方式才对。可是，你始终没有问我那个女人的名字。'梅子'这个名字从你的嘴里滑出过好几次。莫非你早就认识梅子并且已经和她交涉过了？是梅子拜托你来找我问话的吧？"

呜哇。太敏锐了。几乎被她猜对了。

"嗯，就是这么回事。我是被拜托来进行斡旋交涉的。不过，如果梅子是被你推下去的话，那么就没有交涉的必要了。对方说只要你保证不再找他们，他们就不需要你付治疗费了。"

"梅子自己付的治疗费吗？"

"不是，好像是她儿子付的。"

"哎？她明明就可以拜托儿子啊，借钱的事。"

光枝说梅子大概是不希望儿媳妇看到她软弱的一面吧。我知道梅子讨厌我。对我点头哈腰了的话，不知道她是否会给家人好脸色看啊。真是辛苦她了。

"总而言之，如果他们给我治疗费的话，那我就收下。"

"啊？"

"毕竟这么难得。而且……"

光枝指了指自己的鼻子说：

"把她推下去之前，我先被她给打了。所以说我收了治疗费，是不会受到惩罚的。"

她的话令我张口结舌。对了，樱井之前说过梅子的右手手指肿了。

"这么说来，你的鼻子不是摔伤而是被梅子的拳头打伤……的了？"

光枝用左臂夹紧固定带，皱着眉头说："不想变老啊。要是放在年轻的时候，她迟钝的拳头根本就打不中我。"

"那个女人好像是被血气冲昏了头了，准备再给我一拳呢。我立刻闪躲，把她推了下去。不论是在楼梯上还是在别的地方，一直没停手的是梅子。我只是想保护自己罢了。你有什么意见吗？"

"呃……没有。"

"是吧？我也不想把这件事闹大，只要收到治疗费的话，我是不会去报警的，也不要什么精神损害赔偿。这也是我对穷困潦倒的老同学的最低限度的体谅吧。请向梅子好好转告我的感激之情。"

光枝阴阳怪气地故意强调了"穷困潦倒""体谅"和"感激"这几个词。没想到当初的计划居然这么轻松地实现了。失去攻击性的我帮着光枝整理了头发。披着若草色针织上衣、看起来干净利落的光枝，突然开心地笑了起来。

"真是太有意思了啊。"

"什么有意思啊？"

"就是他们居然拜托你来和我交涉。两个老太太吵架，运气不好的那一个住进了医院，这可真是太夸张了。你认识的那个樱井，他平时肯定没少读交涉术有关的书。用心理手段把事情变得对己方有力，这应该就是商人的浪漫吧。我还是过一段时间再给答复吧，吊人胃口可是一件很有意思的事呢。"

嗯。确实。可能真的很有趣。


光枝拿着行李在护士站和护士打了招呼，陪她结完了账之后，我看到了住院治疗费的收据。比想象的便宜。这个价钱，梅子的儿子也会欣然支付的吧。想起昨天博人的突然"发作"，我这才放心了。

我朝着理疗室的方向走去，想去看看博人是如何复健的。在主楼和副楼之间的长走廊上，有几个宛如萧条的温泉旅馆里会摆放的那种玻璃柜，里面展示着一些不怎么精致的罐子和毛发蓬乱的熊的剥制标本，还有几个满是污渍的挂轴画作。被铁丝穿着吊起来的骸骨，露着虎牙，像是在开心地笑着。

到了理疗室，我看到博人正一边抓着跑步机的把手，一边艰难地在跑着步。他涨红了脸，表情狰狞地向前迈着双腿。速度虽然很慢，但这对他来说已经很不容易了。时而踉跄一下之后，他又咬着牙继续跑。

没有叫他，我们直接转身走了。走的时候，光枝用右手的手指轻轻地按了按眼眶。

　　我们在正面玄关处的长椅那里等他。光枝深深地叹了一口气，然后闭上了眼。我坐在了她的身旁，四处张望着。

　　井之头江岛医院是综合医院，不过院长江岛琢磨却是因他整形外科名医的名气在武藏野地域被广为人知的。他著作颇丰，还经常上电视，在节目里演示了他独创的"腰痛体操"。多亏了这次在电视上的演示，很多患有腰痛和膝盖痛的病人拥进了他的医院。

　　坐在斜前方的大叔套着束腰，对面长椅上靠着双拐的男人缺了几根手指。坐在稍微低一些的长椅上的老人骂着脏话，好像抓着什么东西要站起来一样。坐在我右侧长椅上的白发男，对坐在他旁边的老人高声说道："我听朋友说来着，这里的医生可是名医，能根治腰痛呢。"

　　浑身散发着膏药味的人的嘈杂声，突然安静了。"白衣集团"从大厅深处过来了。走在最前面的那个人，就是我刚刚想起来的江岛琢磨。戴着眼镜，抚摸着乌黑的头发，用那张光滑透亮的脸向对他打招呼的病人们致意。白大褂里面露出的皮鞋和手表都是高级的奢侈品。

　　江岛院长一边散发着铜臭味，一边急匆匆地离开。

　　刚把眼睛扫向前方无声的电视画面上的汉堡肉的肉汁，发现了一张认识的脸：斯坦贝克庄的房东——冈部巴。虽然已经年过七十，但是他的身体还很硬朗。他穿了一件盖住脚踝的蓝色大衣，还披了一条淡墨色的围巾，脚上踩了一双羊毛布袜草鞋。亡母带上吊着他非常喜欢的瑠宇制作的头陀袋。他正在站着和一位看起来像医院事务员的女性说话。这时，他好像注意到了我，沮丧地朝我走来。

"我听瑠宇说了，你是摔伤了吧？"

我站起来走近他。巴使劲地把他那张被太阳晒过的没化妆的脸靠近了我。

"没什么事。只是缝了四针而已。让您担心了。"

"担心租客的健康是房东的权利。所以虽然没什么大事，我也会觉得为难啊。我有想介绍给你的共享公寓，我觉得你很适合共享公寓啊。明明和医院有着不解之缘，一个人住的话还是很危险的吧。"

明明像是抱有什么烦恼，他却先关心我的情况。冈部巴是个好房东。主屋坏掉了一半之后，和我们一起住在斯坦贝克庄的他也是个很好的同居者。事到如今，斯坦贝克庄的关闭确实让我感到像是失去了什么一样。

"巴，你为什么会在这里？是哪里不舒服吗？"

"不是。在盖新楼的决胜期到来之前，我得把自己从上到下好好检查一遍啊。从以前开始我就一直喝着治风湿病的药，今天是过来取药的，也顺便来找人。你知道我的侄女市子吧？她跟我讲了一件关于她公公的很奇怪的事。"

市子是冈部巴死去的妹妹的女儿。她是一位身材高大、爱笑、勤劳的女性。十二年前，她和当时药科大学的同学——现在在厚生劳动省工作的飞岛贤太结了婚，生了一男二女。这些内容已经听巴讲过好多遍了。对于没有孩子的巴来说，市子是超越了侄女的存在。只要一说起市子，他就停不下来。

市子的婆婆七年前因为乳腺癌去世了。在调布飞行场附近的飞岛

的老家，公公飞岛一郎和市子一家六口人暂时共同生活了一段时间，但是……

"她公公不喜欢孩子，嫌孩子吵闹，每天都会很生气地叫他们小声点儿。所以我让市子带着孩子来我家避难，她公公却又离家出走了，总之发生了很多事情。后来，贤太贷款买了位于调布站前的一个一居室的房子，让他父亲住在了那里，他们一家还住在老家的房子里。这样一来，他们也能过得舒服了。"

这一带从几十年前开始就是都心的城郊住宅区，流入人口众多，人际关系比较淡薄，但是原住民的情报网可还留着呢。巴小声说道。

"市子被大家说成是赶走公公的鬼儿媳。公公被别人暗地说是在外面玩女人。这些传言也传到了我的耳朵里。真是麻烦啊。前天，我认识的人还跟我说飞岛一郎是不是住进江岛医院了？他听过护士对一位白发老人喊飞岛一郎的名字，而且病房门口也挂着写有'飞岛一郎'的牌子。"

高声说着医院流言的男人，帮着聊天对象从长椅那里离开了。取而代之的是，走来了一位穿着工作靴的茶发男。他坐在了咯吱作响的长椅上。

"我没听说他住院了。怎么着跟他也算是亲戚，其他的也就算了，生病或者去世的消息，没道理不通知我啊。"

巴一脸愤怒的样子。

"原来如此。那，市子为什么……"

"她笑着跟我说她公公去旅行了。她那个公公可是个很爱玩的人，他两次恳求过认识的女性跟他一起去泡温泉。因为打不通他的电话，后来都报警了。他满面红光地回来之后，还因为嫌他们报警而发了一通火。"

"那这次应该也是这种情况吧？"

"但是，如果她公公是瞒着家人住院了的呢？通知我的人可不像是会说谎的那种。"

"也许是同名同姓的人吧。再说，生病和受伤一般也不会瞒着家人吧？"

"说不定那个我行我素的老头不愿意被市子他们说三道四，自己偷偷住的院。我昨天还催市子一起搜她公公的房间来着。"

本应藏在花盆下面的救急的五十万日元现金不见了。旅行包、内衣和睡衣也都不见了。还有，健康保险证也没了。

"啊。真是好奇怪啊。绝对是住院了。"

"不是吧，如果是旅行的话，也会带这些东西的。"

巴摇着头。

"太奇怪了。我应该猜得没错。我让市子帮我问问江岛医院，她却拒绝我说不想被公公骂。实在是没办法，我刚才问医院的事务员来着，那人却说我们不能告诉患者的儿媳妇的大姨，完全是把我当作外人了啊。"

巴很伤心。

"到底怎么办才好？如果她公公在住院，作为儿媳的市子什么都不做的话，那个孩子就又要被别人说闲话了。我妹妹在去世之前跟我

说过：'姐姐，市子就拜托你了。那孩子虽然很会学习，但是她却不了解社会，我很担心她。'晶，难道你是？……"

我急忙轻轻按住了巴的手。

"总而言之，要不再去找市子问一次话吧？既然你这么担心，说不定她能帮着联系医院呢。如果她还是什么都不做的话，也可以考虑让我来帮你，怎么样？"

不管怎么想，我都觉得是巴多虑了。不过既然已经这样了，不论是谁劝她，她应该都不会听吧。

"可以吗？你可真是帮了我大忙了。那我就按你说的试试。"

把担心倾泻而空之后，巴的脸色明显变好了。送走她之后，我又坐回了原来的沙发。

我还从来没接受过共享公寓里的人的委托。不论是巴还是瑠宇，都开始考虑雇我了。这到底是怎么一回事？随着斯坦贝克庄的关闭，我们之间的关系，也将不再是共住同一屋檐下的人了。也就是说，即便是难为情的关于个人隐私的调查，只要删除联系电话之后忘了就好。

正当想叹气的时候，我和青沼光枝的视线对上了。她好像从刚才就一直在听我说话。

光枝张开了嘴，欲言又止。博人回来了。我到停车场把早上从三鹰台开过来的青沼家的轻型小货车开了出来，接上了他们。在那个空当，光枝好像和博人说了治疗费的事情。早上还是很生硬的表情，现在的博人看起来十分冷静。

在开车回三鹰台的路上，听到了车载广播的正午报时。坐在后排的博人开口了。

"我说怎么觉得饿了呢，原来已经十二点了啊。午饭怎么办？"

沉默了一会儿之后，我意识到他好像是在问我。

"怎么办？"

我问了副驾驶。光枝歪着脑袋。

"说实话，我没什么食欲。不吃的话又好不了，在外面吃又很麻烦。我想吃家里做的饭。叶村，你会做饭吗？有没有什么拿手菜？"

"煎鸡蛋……吧。"

"……买点儿鸡蛋回去吗？"

在狐久保的十字路口右转，把车开进了位于三鹰台团地附近的"summit"超市的停车场。三人在店里来回转了好久，买了很多东西回去。到了青沼家里，我才发现她家的厨房居然是如此的凌乱不堪。脚边的箱子里放的洋葱已经长芽，瓦斯热水器的旁边堆满了洗洁精的瓶子。拉开水槽下面的门，十多个沾满油渍和焦黑的平底锅便涌了出来。

在仅有的一点儿空间里，开始做饭。我想起了去世的祖母的厨房。在受传统影响颇深的祖母的厨房里，摆满了正月用、法事用、儿童用、节分用、寿司用的模子等餐具和用具，里面好不容易才能容下两个人。青沼家的厨房比这还要糟。吊着胳膊的光枝在厨房和饭桌之间走来走去的时候，不知道是撞在了什么地方，疼得她弹了一下舌头。

把盖着煎鸡蛋的炒蔬菜和味噌汤、砂锅蒸的米饭放在看起来很廉价的餐桌上。坐好之后，博人说道：

"什么啊，这个煎鸡蛋。"

"什么什么啊？"

"不是，煎鸡蛋的蛋黄应该是半熟的吧？你为什么把它煎得这么熟啊？"

"加水稍微焖一下，难道不是会更好吃吗？"

"啊？半熟的蛋黄搅拌在菜里才更好吃吧？"

"你先尝尝再说。"

"我吃还不行嘛，帮我拿一下酱汁……可是，为什么是英国辣酱啊？吃煎鸡蛋一般都是用中浓酱汁的吧？"

"你的一般，对我来说是不合常理。"

"什么啊。"

吃的一粒米都没剩。双手合十，说了"多谢款待"之后，博人从冰箱里取出矿泉水，喝完药之后走出了厨房。

找出还没变色的茶叶，泡了饭后茶。光枝用茶杯暖着手，悠哉地说：

"叶村，我想过了。"

"怎么了？"

"从明天开始，请你住在这里吧。"

我呛了一口茶。光枝继续平淡地说道：

"主屋的话，你可能会觉得有些拘谨，所以，我把公寓里空出的房间租给你好了。我听了刚才你和那个房东的对话，想着你是不是正在找住处呢？这不正好嘛。"

"你……你在说什么呢？"

"今年的房租就不用交了。如果明年还要继续住的话，那时再找不动产租赁公司签约就行。你就能照着那个叫什么樱井的人说的，和青沼家的关系变得亲切。而且，只要我老老实实的，梅子他们也应该会安心的吧。光贵……也就是我儿子，你们要收拾他的书的话，也会来这里很多次的吧？还有……"

光枝低头看了看自己的身体。

"你要是在我身边的话，也能帮上我们的忙。买东西、做饭、扫除、洗衣服。要做的事情有很多很多，但是我的身体还做不了。在取下这个固定带之前，你能稍微留在这里帮我一段时间吗？"

"我，我不想干。而且，这些活儿的话，你完全可以雇一个保姆啊。"

"我啊，我又不是把家务往你的身上推。有侦探工作的时候，你出去忙就行。我的表妹就住在附近，我可没有说要赖着你的意思。只是现在博人又是这个样子，如果身边能有个人帮我的话，真的就太感激了。我只是抱有这种程度的期待而已。"

嗯——

我的内心发出了呻吟声。

鉴于诸多事情的考量，住在青沼家的公寓不失为一个不错的选择。看起来像是投进对方的怀抱，这样一来，不论是樱井还是石和

家，可都会欠我一个人情了。成功报酬三十万日元。在已经知道了石和家的经济状况的现在，虽然还不知道这笔钱会从哪里出，但是如果能拿到"东都综合调查"开具的明细书的话，这笔钱从哪里来就都无所谓了。

而且，就像光枝说的那样，博人父亲的藏书装满了三个屋子，把书全拿完也是件很费力的事情。杀人熊书店没有大仓库，只能把挑中的书送到店里，剩下的就只能采取"自己封箱寄快递"的方法，把书卖到网上的二手书店。但是，旧书分类也是需要据点和时间的。住在蓝湖公寓的话，这个问题便能得到解决了。

有空时，稍微给她搭把手就可以了。这样的话，住在这里也许就和共享公寓的生活几乎没有什么变化了……

不，不对。等，等等，等一下。

我摇了摇头。

帮忙照顾吊着胳膊的老年人和饱受事故后遗症之苦的年轻人，绝非是在业余时间就能完成的。一不留神的时候，比起全职保姆，可能会被使唤得更厉害。就算不会是我想的这样，我也不可能扔下他们逃跑吧。

这种事还是尽早拒绝比较好。否则，不仅会使产生无谓期待的对方受伤，自己也会感到余味很糟。

我直勾勾地看着光枝的眼睛，说道：

"真是对不起。我会按照约定完成旧书的处理工作，也会帮你们和石和家进行交涉。但是，住不住在这里完全又是另外的问题了。现在的话，请允许我拒绝。"


## 7


拧干抹布，擦了榻榻米。它明明还没到使用年限，但是抹布却越擦越黑。

中途换上了吸尘器，把它调到了最大吸量。三个榻榻米大小的厨房和厕所也吸了一遍，之后又用抹布擦。

今天早上，打开蓝湖公寓二〇一号房间房门的一瞬间，我对于决定在这里暂住一段时间而感到深深的后悔。

"这间屋子闲置了很久，多少有些脏。"光枝递给我钥匙的时候说，"我还是浑身酸痛，上二楼太难了。我已经开通水电煤气了，还差什么你自己再看看。"我怀疑她是否真的是因为疼痛才没有跟我一起过来。

二〇一号房间可不是"有些脏"。沾着黑乎乎的尘土的纸片和旧报纸，散落得到处都是。天花板和墙上也有很多污垢，旧物的独特味道充满了整个空间。

给房间通了风，扫除了大约一个半小时，这里已经不会想让人喊着"这里实在是住不下去"而逃跑了。今天早上，借青沼家的小货车从斯坦贝克庄拉了东西过来。一边把东西搬进房间，一边在窗边坐了下来。长在与隔壁人家的交界处的樱花树上的叶子，缓缓落向了地面。望着此番景象，我听见室外传来的上楼的金属的声音，玄关那里

站着一个人影。

一位头戴狮子棒球队球帽的老人。和他眼神相对之后，比起狮子，我发现他黝黑的满是皱纹的脸更像猴子。他把咖啡罐放在了厨房水槽的角上。

"我，是住在你正下方的小暮修。大家都叫我里奥大爷。请多关照啊。"

他是来前线慰问了，举着咖啡罐给我看了一眼。我慌忙站起来走到玄关，向他道了谢。里奥大爷揉了揉鼻子。

"一罐咖啡而已，不用行这么大的礼的。这也是对前段时间你帮青沼奶奶叫救护车的谢礼。你能把光贵的那些书处理掉吧？光贵那个家伙，到死之前还一直给他父母添麻烦。麻烦你收的价格高一点儿啊。"

走近之后重新看了他。里奥大爷身材虽小，但是头很大。眼睛的周围有好几处像年轮一样的皱纹。和之前一样，他穿着破旧的运动套装，满是毛球的袜子，还有一双健足拖鞋，浑身散发着柔顺剂的味道。

"里奥大爷，你在这个公寓已经住了很久了吗？"

里奥大爷自然地后退了几步，靠在了外廊下的扶手上。我也穿上鞋走到了外廊下。

"从离婚被赶出家门，到现在已经有三十年了。在光贵入住之前，蓝湖公寓一直都是很抢手的出租屋。对于在吉祥寺的店铺还有美容院工作的姑娘来说，这里是骑车就能到的距离，而且房租也很便宜。那个时候的这里，别提有多华丽了。光贵来了以后，晚上把唱片的音量放得很大，东西堆得多到把整个屋子都快要给弄歪了。"

里奥大爷抱着胳膊，干咳了几声还是没有把痰咳出来。他指了指二〇一号房间。

"光贵那个家伙，一开始是把这个房间当作仓库来用的。书很重的吧。亏他这么干，我房间的门窗开闭也变得费劲了。最后甚至有一次我被关在了厕所里出不来，没办法，我只好用身子撞门，结果把肋骨给撞断了。你里奥大爷我，就是自那以后才知道了引田天功[1]的伟大。"

看到我笑了，里奥大爷露出了得意的表情。

"就算再怎么抱怨，光贵也是说'不想住就搬走'。他想把全部的房间都占为己有，觉得我是在碍他的事。不久，从天花板上就又传来了咯吱咯吱的响声。不过这种响声从以前开始就有了。从二十多年前开始，每次我想着早上回来好好享受一下的时候，天花板就开始掉灰。这个房子的危险程度可不是闹着玩儿的，越来越严重了。后来又赶上了东日本大地震。"

里奥大爷摇了摇头。

"我以为这里绝对会被毁的，不过它却撑住了。太可怕了，我可不想在睡着的时候死去。我去找青沼奶奶谈判来着，后来光贵就把他那些东西移到了二〇一号房间。"

多亏了这次谈判，我才能在这里过上安心的生活。好不容易更

---

1　引田天功（1934-1979）日本著名魔术师，擅长表演逃脱术。

换了新的榻榻米，但是却迟迟不见新的入居者。里奥大爷说，除此之外，一〇二号房间的门窗也变得不好开闭了。现在是博人在用那间房。

"那间房的门窗总是闭不严。有可能是因为这个吧，前段时间这里进了小偷。"

"一〇二号房间吗？什么时候？"

"大概是一周之前吧。我中午从房间出来的时候，发现隔壁的门是开着的，里面有一个我不认识的男的。"

里奥大爷伸长了脖子。

"他露出了脸。我吃惊，对方也被吓了一大跳。我们互相盯着看了一段时间。不过，对方比我年轻多了，他先回过了神然后就溜了。"

"哇，太吓人了啊。"

我表现出一副相当吃惊的样子。里奥大爷看起来很得意，继续说小偷的特征。那个人虽然很瘦，但是明显平时是有在锻炼的。他脸色发白，捂着肚子。

"那个家伙，到底偷了什么啊？"

"嗯，一〇二室现在住的是博人，里面什么都没有。主屋倒是挺危险的，那里面放了不少东西。"

"里奥大爷，你的房间没事吧？"

"我没什么值得偷的东西，而且平时也有好好上锁。如果不这样做的话，女孩太吵了啊。估计那个年轻人是个外行，他一定是路过的时候看到了没锁门的房间，才突然心生歹意了吧。"

"哎。警察也是这么说的吗？"

"没有报警。博人讨厌警察。他身体不舒服的时候，听到'警察'这两个字都能立刻倒在地上。"

"总而言之，你能住进来真的太好了。"里奥大爷说。我确实也想住在人少的地方。

"所以，你也尽可能住得久一些吧。租金收入复活了的话，奶奶他们也会更精神的。"

"咖啡，你记得喝啊。"说完，里奥大爷就走下楼了。我没有机会说出"我不打算在这里长住"。

从小货车里拿了睡袋、行李箱和一个纸箱，把它们搬到了二〇一号房间。在房间的角落里铺开睡袋，把衣服挂进衣橱的架子，把行李箱放在房间的中央，展开了收纳布。放了一个小台子代替桌子。把马克杯和电热水壶拿到厨房，把装着化妆品和洗面奶的篮子放在水槽的窗沿上，再把毛巾和手纸放在厕所。搬家的工作就差不多做完了。

我叹着气，在榻榻米上翻了个身。

昨天晚上吃完饭之后，我和冈部巴还有瑠宇说了自己暂时先搬去三鹰台的公寓一段时间。她们都对我这个突然决定感到很吃惊，我说自己是出于工作的原因才这么干的，他们也都表示能够接受，甚至都没问我新的住址在哪里就把我放了。太不过瘾了啊。

在斯坦贝克庄的房间里还留了一些我的东西。暂且不论在蓝湖公寓能住多久，在斯坦贝克庄的生活基本可以宣告结束了。应该把所有

的行李都拿到新家去的吧？可是我对这里还有留恋，还是把大部分的行李留在了斯坦贝克庄。

这是为什么呢？

正想得入神的时候，我感觉自己开始变得迷迷糊糊的了。听见说话的声音，睁开了眼睛。走出房间，站在外廊往下看的时候，看到光枝从邮递员的手上接过了包裹。光枝注意到了我，向我挥了挥手。

"房间已经收拾好了？我想着说中午点几份荞麦面的外卖。搬家就要吃荞麦面啊。我请你吃。"

"啊，好的。真的是谢……"

"对了，不好意思啊，你能帮我去江岛医院接一下博人吗？顺便再帮我买点儿东西吧。洋葱和指定垃圾袋。不收拾一下这周边的话，我和博人都会再受伤的，帮我收拾一下吧。还有就是浴室的清扫，虽然博人在复健中心那里冲过澡了，但是我还是想泡个澡啊。我一只手整不利落，就今天，你就帮我一下吧，好吗？"

光枝滔滔不绝地说道。虽然加了"不好意思"，但这基本上就是对我下达的命令。我只能苦笑。不过，这种情况我也预想到了。

吃过荞麦面，清扫完浴室后又帮忙收拾了厨房。虽然从未有过那样的想法，但着实体验了一把时下流行的老家清扫过程中、想要扔东西的父母与什么都不想扔的女儿之间的战争。

"叶村，你用这个砂锅吗？虽然有裂缝，不过这个大小都能把相扑力士围住了呢。"

"我没有用它的打算。"

"那，我就拿走了啊。这个山中漆器呢？就是中间有点儿伤。"

"虽然很难得，但是我不用。"

"那这个也放我家里好了。看，还有一捆一次性筷子。洗碗的时候就能少洗一样东西了，拿着吧？"

"筷子袋子上的电话号码是九位数。这些筷子估计有三十年的历史了。扔了吧。"

"为什么啊？太浪费了吧？"

"你要把这个东西放进嘴里吗？"

"最近的年轻人真是不懂得珍惜东西啊。这个点心罐我也拿走了啊。看，它还带着一个小盖子，多可爱啊。"

取下盖子，像薄烟一样的东西飘了出来。听说点心罐的魂魄飞出来的时候，可以实现许下的三个愿望。搞不懂这是为什么。

屏住呼吸，盖上盖子，把它扔进了垃圾袋。光枝马上就又把它拿了出来。

"太浪费了，洗洗的话还能用。"

浪费的不是我，而是怠于收拾院子的光枝。在点心罐里，不知道发霉的根被浸透了多长时间。

那之后，关于想要往外扔的不要的东西，我和光枝的攻防战还持续了很久。光枝讨厌红色，扔了我以前参加切片面包的促销活动得到的已经很破了的红色烤面包机，但是她把里面的饭已经液化、就算再怎么洗也去除不掉味道的保温桶，以及内部全是粉末状物质的搅拌机递给了我。我坚决拒绝，但还是没能成功。最后，我还是收下了找不

到条形码的三卷保鲜膜，五条发黄的写着银行名字的毛巾、两个样子很丑的凤凰拉面碗。

"啊——啊，要是叶村不收下的话，我的厨房就收拾不完了。"

光枝故意地叹了口气。是我的错吗？我不觉得是。

即便是这样，太阳快落山的时候，院子里的垃圾袋已经堆成小山了。厨房变得多少宽敞了一些。按照光枝的指示，我做了和风汉堡肉和猪肉汤，这比起白天的工作要轻松得多了。把剩在砂锅里的米饭重新热了一下，三个人把它给吃完了。

今天的博人，话格外的少。他脸色不太好，活动身体的时候，肌肉看起来很僵硬。

吃完饭喝完茶，用塑料袋和皮筋把光枝左臂上缠着的固定带包裹好，帮她做好洗澡的准备工作。在等她洗完澡的时间里，我收拾了客厅里散乱的物品。这时，拿着水杯的不知道去了哪里的博人回来了。应该是喝过药了吧，看他脸颊泛红，也不像有紧张感。

博人坐在客厅角落里的单人沙发上。他一边玩着手机，一边问我：

"叶村姐，你的新手机什么时候能到？"

"好像是要寄到我原来的家里的。等寄到了应该就会联系我的。"

"要是寄到这里就好了啊。"

"我说，我决定暂时搬来蓝湖公寓也就用了一天不到的时间，不可能一下子把什么都准备好啊。"

"你生什么气啊。"

博人抬起头看着我。我深深地叹了一口气。

"抱歉。我今天有点儿累了，所以刚才有些着急。"

"只是这样吗？你不觉得哪里痛吗？"

"哪里痛？"

"你之前受伤了啊。"

博人用大拇指指了指自己的额头。

"里奥大爷说你当时流了很多血。而且，沾满血的布还丢在了院子里。伤口痛可是会持续一段时间的。"

"没有的事。没关系。"

"你如果要药的话，跟我说啊。我有效果很好的止痛药。多亏了药，我才不疼了的。尽管这样，我也一个星期没有用上手机。"

博人的声音，听起来就像是发自心底的失落。

"对于你们这代人来说，这简直是噩梦啊。"

"不是的。我的手机是在交通事故的时候坏了的。"

那起事故发生在三月二十日的正午时分。那时是大学三年级的春假。博人平淡地讲述道。在京王相模原线天空城站前的环岛附近的公交站，踩错油门和刹车的货车冲了过来。我全都不记得了。为什么会在那种地方？为什么会和爸爸一起出现在那个地方？我完全想不起来了。一般来看，五十岁的大叔应该不会和他二十一岁的儿子一起去逛游乐园的吧？不过，我的一般也可能是你的不合常理。

"想不起来真是让人觉得懊恼啊。要是手机没坏的话，说不定里

面还留着我为什么到那里去的线索。"

"天空城"位于神奈川县川崎市和东京都稻城市的交界处，是大型报社所属的老牌游乐园。多摩当地的人，应该至少都去那里玩儿过一次，留下过很美好的回忆吧。我也去过这里。调查保险金诈骗事件的时候，我去那里追过有鞭打伤的调查对象。确认他坐了三次过山车之后，我拿到了报酬。真是个美好的回忆。

按照当时的记忆，越过天空城站的站前环岛，走上坡道之后，就到了通往天空城入口的缆车发车站了。坐公交倒是也能去。"去天空城玩儿的话，一般都会坐缆车的吧。只要你们不是恐高症的话。"

博人眨着眼睛，虽然说的不对，但是他还是很自信。

"但是，不愧是侦探啊。果然还是应该雇你帮我调查一下那天发生的事情啊。虽然记不得也想不起来了，但是我总觉得那天好像跟别人立下过什么重要的约定。"

语气轻松的博人变得严肃了起来。

"那起事故上了新闻，被报道的只有我死去的父亲的名字。青沼这个姓比较少见，好像也有人联系过我，不过我和我的手机都坏掉了，当然没办法回应了。住在附近的那个叫龙儿的好朋友，只来看过我一次。他因为很忙，所以就只来了那么一次。我没有告诉过大学的朋友我的住址，他们也没有特意去查。我后来才知道，因为我四月没有在学校现身，所以我已经死了的谣言在学校里都传开了。听到这个的时候，我很伤心。"

博人轻轻地摸了摸他完好的没有受伤的左脸。

"该说什么好呢。仿佛就是'我从这个世界消失了也没关系'这个事实被按上了印章。就算我和父亲一起从这个世界消失了,大家也是过了好多年之后才会发觉的吧。那个时候,当时和我关系好的那些人应该也不会记得我的样子,也不会想要哭泣,这件事便会成为一个不清不楚的话题,被大家在酒会上聊起。但是,大家又都很忙,所以又成了下次再说……然后这个话题就结束了。我就是这么的不重要。"

我沉默不语。博人看了我一眼,换了语气说道:"喂,喂。"

"我说,现在是应该安慰我的时候吧。'别说这么悲伤的话','总会有记得你的人的'。要对可怜的男孩子说这些话呀。"

"我心里不想说的话,是不会从嘴里出来的。"

"你可真行。女性基本上都会想要保护和安慰我的。"

正当博人想断言"真的,比起事故发生前,现在的我更加受欢迎"的时候,他的手机响了。博人一边说着"啊,龙儿,现在有关于我的谣言",一边站起来走了出去。

博人不在的客厅,立刻变冷了。我在他刚才坐的单人沙发上放了洗好的衣服。年轻男孩身体的味道、汗味、药的味道混在了一起,从堆着的衣服里飘了出来。

忽然,透过窗户看到了院子。在街灯的光亮下,看见撑着双拐的博人和他的影子正朝着蓝湖公寓的一层走去。有人正接近他的影子。那个人头发很长,个子很高,腿很细。二人停了下来,好像说了些什么,然后一同走进了房间。

## 8

帮着洗完澡的光枝换好了衣服之后，我终于获得了今天的自由。

一整天都在做搬家的扫除，收拾了很多东西，还帮着做了家务，已经非常疲惫了。虽然还不到九点，但是已经想洗洗睡了。拿着保鲜膜和拉面碗爬上公寓的楼梯时，才想起来貌似还没看过自己的浴室是否有被打扫。

急忙地钻进了房间。踩上玄关的小块三合土，右侧紧挨着的就是没有脱衣服的地方的浴室。灯好像还没坏。按了一下开关，灯就亮了。

拉开磨砂玻璃的推拉门，我震惊得哑口无言。

是烧燃气的旧式浴室。转动把手，让摩擦产生的火花点燃瓦斯烧水。在很早之前的公共住宅里经常能够看见这种热水器。没想到它居然还是现役选手……啊。

浴缸是不锈钢的，虽然有些磨损，但是最差劲的还是瓷砖。大概是由于漂白粉和人的皮脂长年累月的化学反应吧，到处都沾着茶色的污渍。

觉得磨脚指甲，低头一看，发现瓷砖是青色的。这样做也许是为了配合蓝湖公寓的整体风格，也许又并非如此。能说清楚的，是今天不可能在这个浴室洗澡了。

也想过要不拜托回到主屋的光枝让我在她那里洗个澡，但是当我拉开玄关的门的时候，发现主屋的灯已经灭了。我颤抖着回到房间，用电热水壶烧了开水。听到电热水壶"咕咕"的鸣叫声，感觉心情好了一些，但是仔细一想，发现不管是茶叶还是咖啡都没拿到这边来。热水袋放在了斯坦贝克庄，电暖气也是。

想着至少拿了电暖炉或者毛毯，喝了口热水。

玻璃窗上映出了歪扭着的驼背喝着开水的自己。对面的樱花树在黑暗中沙沙作响。时不时地，树枝摩擦玻璃窗的响声流向背后，被吹散的樱花树的叶子划过窗户，缓缓地飘落，慢慢地消失不见了。

嗯？不对，没有消失。

我跪着走向窗边。有几片樱花树的叶子落在了窗框里。风从那里钻了进来，窗框略微有些歪斜。

按道理说，漆黑的房间很有解谜的气氛，但现在不是干这个的时候。我赶紧拿纸巾堵住了那里，用胶带从上面把窗户的缝隙封住了。风虽然吹不进来了，但是这看起来并不像是什么好兆头。

把大一些的浴巾和包袱布当作窗帘，用胶带贴在窗帘杆上。窗户从视线之中消失了，房间里变得稍微暖和了一点儿。不过这样轻率随意的做法，从外面看见了的话，很可能会被报警。

但是，今天只能先这样睡了。想着去洗脸，我站起来的时候才发现这里没有洗脸台。因为共享公寓是共用浴室，所以没有供个人使用的洗脸台。

一边想着拿了拉面碗真是太好了，一边完成了洗漱。给兔子长明灯通上电，钻进了睡袋。这个瑞士制造的睡袋，是我在很久以前趁着

登山用品商店打折时买的，它可是我在外面蹲点盯梢时的一大法宝。但是，因为很长时间没有用过它了，钻进去的时候觉得有些不太可靠。我的适应能力看来是退步了啊。

即便这样，我还是闭上了眼睛。来回翻身。脚很冷，睡不着，又套了一双袜子，可还是一点儿都没变暖和。双脚来回搓着，也动着脚趾，但还是没什么用。没办法，我坐了起来，用手试着摸了摸伸出来的脚，像冰块一样凉。

再次感叹拿了拉面碗真的是太好了，我又烧了一壶开水。用没法见人的姿势暖了双脚，在刚出了汗的时候，赶紧又钻进了睡袋里。关了放在小桌上的灯，拉紧睡袋的拉链，闭上双眼。气息全都吹进了睡袋。些许的热度慢慢地在睡袋里积聚，这真是太令人感动了。睡意上头了。漫长的一天，总算快要结束了……

手机响了。东都综合调查的樱井肇说："叶村，现在方便吧？"

樱井指定的会合地点，是中野的一家烤串店。穿过中野"百老汇"街，它就在从早稻田路往新井药师去的商店街里。明明有不少店铺都关门了，路上的人还是很多。背后传来了自行车的响铃声，脑子总算清醒了。

烤串店里人很多。店门口飘满了炭火烧烤的白烟，招呼声和喧闹声此起彼伏般地传了出来。面朝马路的铺着木地板的平台上早已摆好了高脚暖炉。把下半身塞进暖炉的醉汉在大声地笑着。

樱井坐在店内柜台的角落。注意到我之后，他朝我招了招手。

七八根烤鸡肉串，一大杯柠檬鸡尾酒。樱井发红的头皮，不像是被店里的橘色灯光照的。

脱下大衣，坐在椅子上，点了一杯烧酒兑水。樱井时不时地抬头看我。

"什么，你已经穿上羽绒服了啊？这才十一月啊，不热吗？你又不是瘾君子。"

我说了句"我的房间里就像寒冬一样"，然后转换了话题。

"还说我呢，你看看你。这才周二啊，你就喝得这么盛大了？"

樱井摆了摆手，说："这才不叫盛大呢。"

"我家就在新井药师。住得近，难道不能多喝一杯吗？管理层的事儿太多了啊，心真的好累。别责怪我了，小叶村。"

"我又没责怪你啊。'每周的前一半时间不喝酒'，这话好像是樱井你说过的吧？"

"人是会变的啊。叶村，你最后还不是潜入了青沼家吗？说什么今天搬家搬累了，已经睡下了。我一说要给你预付金，你还不是马上就来了？"

"不好意思。我见钱眼开。"

樱井又嘟囔了些什么，从西服的内口袋里掏出了一个信封，递给了我。

"这是之前说好的预付金十万。趁着我还没忘。"

樱井没留时间让我道谢，继续说道：

"话说，青沼家怎么样？有没有出现什么问题？"

昨天下午，我已经告诉了樱井"石和梅子被光枝打断了鼻子""光枝给我提供的公寓房间被我郑重拒绝了"。樱井当时大声回道："为什么拒绝啊？她好不容易这么信任你了，这难道不好吗？你说过'请一定让我住在这里'了吧？成功报酬可是三十万啊，叶村，三十万。"

虽说曝光梅子的暴力行为并非上策，但是对于樱井说的"斡旋交涉"来说，我认为这没有什么太大的价值。这钱到底从哪里出啊？太奇怪了。说着，樱井有些语塞了。

"那个，你还是别问了吧。我们公司的对手有很多。只要把很多的事实煞有介事地连起来，就能让正当的经营活动被很多人误解。有人很擅长做这种事情。"

"什么啊？"

"啊，比如说，和我们公司有合作的'柊安保SS'公司的柊社长，就和我们公司的白川社长关系很好。比如说，东京奥运会可是安保公司赚大钱的好时候。再比如说，东京都公安委员会的事务局局长的职位现在有空缺，石和豪说不定是合适的人选。虽然都是些无聊的传言，不过，要是把他们连起来的话？"

喂，喂。

总而言之，只要握住了在都厅仕途顺利的石和豪的致命弱点，东都综合调查和它的合作伙伴，在很多局面中都会非常有利。是这么回事吧？石和豪的致命弱点是梅子。为了让他的母亲大人不被告上法庭，有必要向他宣传我们到目前为止做到了这种程度。也就是说，三十万日元不是出自别的地方，而是东都综合调查。

虽然我没有想着"要是这样的话，那倒也行"，不过被樱井一阵吹捧之后，我也开始改变想法了。和樱井相处了这么长的时间，也受他照顾了很久。如果以后还要继续调查工作的话，还是有必要和他搞好关系的……

我注意到了樱井正在透过酒杯观察我的样子。我慌忙地回答道：

"没什么问题。光枝虽然讨厌石和梅子，不过没有要告她的打算。她的孙子博人因为在出车祸之后接受了警察的问话，现在只要听到警察这两个字就浑身不自在，应该不会想要和警察商量吧。只要对方付了医疗费的话，我认为这个案件应该很快就能结束的。"

把在医院里看到的光枝收据上的金额告诉了樱井，他立刻掏出记事本写了下来，说："关于钱的事情，还是尽早处理比较好。"我放心了。光枝只要拿到了治疗费，在她取下石膏之前一直帮她做家务这件事如果有用的话，这个事件就能圆满收场了。

喝了一口兑水的烧酒。樱井把记事本摊在手上，说：

"然后呢？"

"什么然后？"

樱井弯圆了后背，"啊"了一声。

"你啊，这可是三十万的工作呀。向上面报告的时候，怎么可能就说一句警察没有介入就完事了呢？详细到听了让人厌烦的报告才是刚刚好的。你再加一点儿情报吧。"

虽然我有在想"真的有这种必要吗"，但是我毕竟对三十万没有

抵抗力。我事无巨细地向他说明了今天一整天我是如何在青沼家里努力做事的。明明已经听烦了，樱井还是一脸认真地一边点着头一边做着笔记。

"公寓里只有一间房没有租客。"

我全都说完之后，在等着给柠檬鸡尾酒续杯的空闲时间里，樱井说：

"那也就是说，现在青沼家是靠一部分的房租和光枝的养老保险生活的吧？"

"难道不是吗？交通事故得到的赔偿金，好像全都进了博人的银行账户。治疗和复健相关的费用，应该是从那里面出的。"

"这样的话，他们的生活就不会那么拮据了。可以不看价钱买东西，把房间免费借给叶村你来住。"

"在医院住了五天，出来就买东西？她家里像是一直就是空的。"

那个房间就算是免费，我也没觉得自己像是捡了个便宜。

"但是，卖书和唱片的事情，她是不是全都扔给你做了？"

"她说优先收拾藏书，然后再考虑能卖多少钱。也不知道她到底在想什么。"

樱井眨了眨充血的眼睛。

"那之后，我又深入调查了青沼家的情况。其实，在交通事故中死去的光贵，以前有因为暴力和恐吓行为被逮捕过。"

"暴力和恐吓？什么时候？他干了什么？"

"一九九三年，在他担任店长的餐馆——"狐狸与猴面包树"里，一个叫佐藤什么的老顾客突然大打出手，光贵上前制止了他。对方喊疼，吵着报了警。"

"然后他就因暴力被逮捕了。"

"而且，暴力的诉讼被撤回之后，光贵又威胁佐藤，向他勒索财物，紧接着又被逮捕了。最终，因为佐藤说恐吓是误解，光贵便没有被起诉，这件事也就这么结束了。"

"听你这么一说，我觉得那个叫佐藤的客人好像很有问题。"

"但是，恐吓骚动的时候，佐藤貌似拿着装有五十万日元的银行信封在等他来着。如果这是真的，恐吓事件一下子就变得有可信度了。而且，和光贵的妻子——李美一起逃跑的，好像就是佐藤。也就是说，在某种特定的情景下，如果青沼光贵是恐吓行为的实行者的话，也并没有什么好奇怪的。"

总算理解他说的话了。樱井想说的是，如果光贵是恐吓者的话，那么光枝和博人就都不能相信了。但是……

"这已经是二十二年前的事情了。就算光贵真的干了那种事情，和他儿子还有母亲也没有关系啊。"

"也是啊。可能是我想多了吧。只是，既然'狐狸与猴面包树'是在吉祥寺存在了二十五年的餐厅，虽然很有人气，但也不是没有听到过关于它的不好的传言。所以说，叶村，你还是多留个心眼吧。

"啊？"

"收拾光贵房间的时候，说不定会找出什么想不到的东西啊。"

拿了出租车乘车券，从店里出去了。已经过了晚上十点半了。回去的路上，去了堂吉诃德商店，买了一双两千日元的高性能袜子。我平时总是穿一千日元三双的袜子，这双对我来说是奢侈了一次。这样一来，我就不会觉得脚冷了，能睡个好觉。

在去往站前出租车乘车处的途中，想着要不买个洗脸台好了。正当我停下脚步的时候，手机响了。是佐佐木瑠宇打来的。她说手机公司送的包裹到了，可能是新手机。

"我明天白天要去吉祥寺，如果可以的话，能见面吗？我带着它去。"

"我能去你那里取吗？你要是出门的话，把它放在客厅就行。"

"你要过来？傍晚不可以吗？我有话要对叶村你说。"

来了。我偷偷地叹了口气。她肯定是要问我帮她找那个男人的事吧。

"傍晚不行，我有事。"

"那你什么时候来啊？我有无论如何也想要问你的话。"

不知道瑠宇什么时候变得这么强硬了。这次我没再顾忌什么，直接用能够让她听见的音量叹了一口气。

"不到那个时候，我也不得而知啊。你有话现在就说吧。"

"我画了他的肖像画，想让叶村你帮着看看，不过你没有手机，我没办法发给你。"

虽然她以前给我看过她画的包的设计图，但是我不认为她有画人物肖像的本领。不过，她到底能把肖像画画成什么样呢？要是贴在各个十字路口的电线杆上的话？

瑠宇高兴地说道：

"我看了美国拍的搜查电视剧。把肖像画放进人脸识别系统，就能和数据库里的信息进行比对了。我也想让叶村你帮我这么弄一下。"

我惊讶得哑口无言。

"……我说，瑠宇。电视剧是电视剧。只是为了拍得好看。那种事情在现实生活中怎么可能做得到啊。"

"不试试看的话是不知道的吧？你就试试嘛。不行了再放弃。我可是很认真的。"

"不行，我都说了……"

"拜托你了啊。"

瑠宇根本不听我说什么。

"说实话，我并不是想和他见面。对方可能已经不记得我了。我这样的中年妇女说不定会让他失望，他估计会觉得我很烦很恶心吧。我真的是这样想的。所以不见他也没关系。只是，至少在斯坦贝克庄被拆毁之前，我想尽量去尝试能做的事情，让自己满意。我不想留下遗憾。"

瑠宇的声音带着热情，还伴有些许的颤抖。我都快要被她感动了。但是，问题不是出在那里。像我这样一文不名的小调查员，和这么厉害的系统还有数据库根本就无缘。我费劲口舌对她反复解释。好

不容易降服了她，我的喉咙已经像着了火一样，坐在车站前的长椅上被冷风吹得瑟瑟发抖。

"也就是说，用不上我画的肖像画了？"

瑠宇小声嘟哝道。她听起来有些可怜。

"你们去的那个道玄坂的情人旅馆，如果他是用卡或者手机支付的话，说不定还可以想想办法。"

我以为她会说"那也就是说，坏了，就算是接受了调查委托也是一样的结果啊"的时候，电话的那一头突然安静了。又过了一会儿，瑠宇开口了。

"酒店的费用是我付的。他说自己没带现金，而且我又比他年长。"

"喂，瑠宇……"

"一般来说果然应该是他付吧？会这么认为的吧。"

我沉默不语。过了一会儿，她"啊"地叹了一口气。

"晚安，叶村。不好意思，打扰你了。"

一不留神已经过了晚上十一点。出租车乘车处那里已经排起了队。等了十分钟，坐上了出租车。到达目的地的这段时间里，我的心情十分沉重。我没有伤害瑠宇。她轻易地让自己受伤，通知了我以后，伤得更深了。虽然我没有一丁点儿的错，但是事后想来总觉得留下了不好的记忆。

让出租车在井之头路的便利店前把我放了下来。买了一次性的暖贴后，我便往住处走去。在接近蓝湖公寓的时候，我发现一〇二号房间的灯灭了，一位女性从里面滑着走了出来。

被灯光反射遮住了。在街灯的照射下，那位面部立体感很强的女性的脸上有了阴影。看起来不是很年轻。但好像也不是老年人。在她的胸口处，奇妙形状的坠饰正发着光。一头长发，穿着长大衣。她就是刚才在公寓前面和博人说话的女人。

与门缠斗了许久之后，她看样子是放弃了。她用头发遮住脸，迈开细长的腿，朝着三鹰台站的方向去了。又过了一会儿，她离开的方向那里传来了小声的关车门的声音，还有引擎的声音。之后便又安静了。

闻着她留下的人造花香的香味，我蹑手蹑脚地回到了自己的房间。室内和出去之前没什么两样，还是非常冷。我拿出了两个暖宝，换上了新买的袜子。刷完牙之后，钻进了睡袋，还在睡袋上面盖了羽绒服。我把一个暖宝贴在了脚上，另一个暖宝则是握在手里。

慢慢地揉着暖宝，蜷缩着身子，在睡袋中呼着气。一点点地，身子慢慢变得暖和了。我闭上了眼睛，放松被冻得僵硬的身子。如此漫长的一天，终于要结束了……

突然，从底下传来了呻吟声。我惊醒了过来。

# 9

"哎呀，这确实是有些过分了啊。"

青沼光枝看到二〇一号房间的浴室之后，摇头说道。

"这间屋子，二十多年来都被我儿子当作仓库用来着。里面的东西越堆越多，压得楼下的屋子变了形，给里奥大爷添了不少麻烦。"

咧嘴咬牙，我把哈欠咽回了肚子里。

昨晚，我最后还是没能睡好。好不容易刚打了个小盹儿，结果手机响了。是光枝打来的。她说："能不能帮我做早饭？"看了一眼时间，才早上六点半。我嘟哝道："二〇一号房间的浴室不能用，水也不热，我也没睡好。"

"是吗？我昨晚睡得很好，现在很有精神，一口气能爬上二楼。我去看看你的浴室。"

她穿着家居服，外面披了一件看起来很暖和的法兰绒长袍，上到了二楼。

"我以前跟我儿子说过，让他把东西搬到别的屋子的时候，打扫一下这间屋子。榻榻米是新换的，浴缸快到使用寿命了。不过，浴室的施工又要花很多钱，而且也一直没找到租客，所以我也就没再上心了。对了，别的屋子是有空调的，我也想着之后给这间屋子装来着。毕竟没有暖气和浴室的房间，就像野营一样。"

光枝咯咯地笑了笑，而我却很生气。只是像吗？这根本就是野营！

"平时是您的儿子管理这栋公寓吗？"

"他只是待在这里而已。"

光枝说了句"我去给儿子上香"之后，向着最靠里的房间走去了。打开房门，进到里面。我也跟在了她的身后。

大约一周之前，她和梅子"战斗"的舞台——二〇三号房间被收拾得很干净。这一点是我没有想到的。

构造和二〇一号房间一样。厨房里有冰箱和摆着酒的小架子，里面七帖大的窗户上挂着绿色的窗帘。玄关边的架子上放着常穿的鞋子，还有一个盖着薄薄一层灰尘的高尔夫球包。望向开着门的浴室的时候，首先映入眼帘的是加水系统的面板。我用的浴室像是新翻新过的，但是浴室的地板上铺满了很多网上购物用的纸箱。

再往里的房间有一面空墙壁，那里摆了好几个书架。壁橱的旁边有一块一帖大的空间，放着"コ"形的架子，里面塞满了DVD影碟。

打开了窗户。寒冷的空气穿透了室内，霉味和沉香的味道飘了过来。"コ"形架子的中间放着一个小台子，摆着牌位、照片和线香等物品。光枝点亮了蜡烛。点燃线香之后，用能动的那只手握住线香拜了牌位，热情地在嘴里念叨着什么。

等待她祭拜结束的时候，我看了那张照片。我还是第一次看到青沼光贵的脸。他的脸型和青沼光枝很像，都是肉乎乎的。睫毛长长的眼睛，浓密的眉毛，后退的发际线。条纹衬衫的外面套着胭脂色的背心。看起来不像是五十岁男人的脸。也看不出他年轻的时候像史力奇[1]一样到处流浪。

被光枝催促之后，我也合住了手掌。地板上放着的笔记本电脑的旁边，有一个贴了写有"御佛前"的纸的点心盒子。这是梅子当时拿的那盒最中点心吧。我想着收拾一下，但是又不敢问光枝。

---

1　史力奇：动画作品《姆明一族》中的登场人物，经常外出冒险。

线香升起缕缕白烟之时，光枝坐在窗框上，陷入了沉思。我看了一下光贵的藏书。和土桥从纽约寄回来的差不多，很多都是平装书。虽然保存得不是很好，但是相同作家的书收集得很齐。雷克斯·斯托特、杰弗里·阿切尔、迪克·弗朗西斯、雷吉纳德·希尔……全都是畅销书作家，而且都有日文译本，所以就算是收集得很齐也卖不上什么价钱。

他收藏的日本作家写的书也是这种倾向。映入眼帘的全是一些广为人知的作家和被印刷多次的书。不过他好像很执着于收集作家的全部作品。比如说在"角田港大"的区域里，就有《白骨街道》这本书。它是某不知名出版社出的短篇小说集，有些类似于捡漏的性质，当时只印了两千册。就连角田先生本人也没有这本书，可以说是珍本了。这本书曾经在网上卖到过九千五百日元。

茜书房的"少年少女世界推理文学全集"也是全卷收藏。连第十一卷菲莉丝·惠特尼的《闹鬼池塘之谜》也有。其他几卷不是很少见，但是这一卷真的很难见到。

嗯。我是这么认为的。因茜书房出的这套全集而对推理小说入迷的，是和青沼光贵差不多同岁或者再大一些的在收藏旧书上花钱的人。所以说，卖掉全卷可能会比较好。"这可是小时候憧憬的全卷啊。"很有可能会存在抱有这种想法的购买者。另一方面，像我们这种专门性很强的书店，单独求购第十一卷的客人会很多。

平装书很难评价。"退休之后有了闲工夫，在学习英语的同时，再读一遍年轻的时候读过的原著。"有这种想法的老年人并不少。但是，旧平装书的字很小，纸张发黄，墨水也褪色了。有名的作品的话，倒是电子书对老花眼人群更加温柔。虽然少了些趣味，但是体积不会太大而且纸张也不会散架。当然，也有对纸质书有执念的人。

他的这些藏书，到底值多少钱呢？

最近，富山店长很忙，对于一般书籍，他同意我可以基于一直以来的实际成果和网络评价来决定收购的价格。但是，这些书还是让富山店长判断一下比较好。用iPad拍好照片，发给他吧。

我突然回过了神。光枝又坐到了光贵照片的前面。她看了我一眼，瞬间笑了。

"叶村，你觉得怎么样？我的儿子光贵。"

"嗯。他这身打扮是工作服吗？看起来很适合他。"

"是的。他在餐厅当过店长。一个叫'狐狸和猴面包树'的地方，你知道吗？"

"是经常出现在杂志的'吉祥寺特集'的人气餐厅。虽然我没去过吧。"

我假装不知道。光枝满足地笑了。

"怎么样，今天去那里吃午饭吧？很久没去过了……自从我儿子死了以后。要是那里的味道没有变差就好了。"

去主屋做了早饭。半强迫地穿上了格子花纹的围裙，胸前有一个小熊的刺绣图案。明明平时很擅长俗气的变装，但这件围裙却是不合适到令人吃惊。

博人还没起来。光枝一边吃着抹了黄油和快要滴下来的蜂蜜的吐

司，一边说：

"昨天，那个孩子好像吵闹来着。我是今天早上听里奥大爷说的。是你叫醒博人的吧？"

本以为深夜的呻吟声会停下来，结果谁知那才是刚刚开始，进而反反复复。我从睡袋里爬了出来，下到了一楼。只听那声音忽大忽小，一会儿是呻吟，一会儿是呜咽，一会儿又是自言自语。如果就这样放置不管的话，博人也许会哭一整晚吧。

我把目光从光枝身上移开，轻轻地点了点头。

"进到他房间之后，我点亮了灯，把他给拍醒了。我是擅自进去的，不好意思。"

"他之前也有过睡迷糊然后做噩梦的经历。'夜惊症'是小孩子才会出现的症状，大人很少会出现这种情况吧。你应该也被吓到了吧。"

"果然是事故留下的后遗症吧。经常做噩梦，很在意没有了事故发生前和事故当时的记忆。"

"总而言之，今天就让他多睡一会儿吧，别去打扰了。"

如果可以的话，我也希望尽量不被人打扰。不过，光枝每天毫无顾虑地让我打扫卫生、洗衣服，一点儿也没有想省着用我的意思。明明舍弃不了旧东西，但是她又很喜欢整洁，打扫完室内之后，又开始用单手打扫院子前面的道路。这看起来就像是在向邻居通知青沼光枝还没死的仪式。和路过的熟人说着"已经好了吗""打扰到你们了""你已经出院了啊"这样的话，感觉像是在重复着什么咒语似的。

时不时地，光枝会喊我过去，向邻居介绍道："这位是旧书店的叶村，她帮我收拾儿子的藏书，在我这里暂时住些日子，也帮着照顾我。"小熊围裙的威力可能太大了吧。对方一点儿都不惊讶，非常自然地接纳了我。

"哎呀，这可真是太好了呢。你能帮忙收拾我家的旧书吗？"

拿着亲戚送来的山药，和光枝同岁的大场阿姨大声地说。

"有这样的人在，真是可以安心了呢。博人平时也需要照顾，如果需要帮忙的话，您随时说。"

片桐这样说道。她儿子是博人的小学和初中同学。

"会开车吗？那看来能接送博人了啊。真的是太好了。报销出租车费要写好多材料，还要把收据粘在上面才行。太麻烦了啊。"

一位端着装有刚做好的普罗旺斯杂烩的密封盒的女性如是说。

"这是我表妹。"光枝平淡地说。那位女性点了点头。

"我叫牧村英惠，住在坡底下的铁路的对面。"

英惠里面穿着扎染长袍，外面套了一件米色带帽开襟毛衣，脖子上围着一条绿色丝巾，脚上穿的是皮拖鞋。小麦色皮肤，没有化妆，色斑和皱纹全都露了出来。年龄不详，大概是五十岁左右。细眉毛是艺术化妆，也就是所谓的刺青（文眉），像是能把大象吞掉的蟒蛇的后背一样的形状。也正是因为这样的眉毛，她的脸看起来有些吓人。

英惠用她那与眉毛合不上的长眼睛来回看了看我，唐突地说：

"你是黄绿色呢。"

"……啊？"

英惠急躁地摇了摇头。

"明明你的气氛主要是白色和蓝色，但最显眼的却是镶边的黄绿色。像你这样的人，是不能穿紫色的衣服的。运气会变差，脑子也会变迟钝，所以你才会'啊'地反问我。"

"啊……"

"还有，你那个小熊是怎么回事？"

英惠用食指指着我胸前的围裙上的小熊刺绣。

"你的精神图腾不可能是熊。精神图腾是熊的人的头发会更黑更浓，也会更加有战斗精神。如果你的神经没有问题的话，你应该会立刻注意到这一点的。之所以没注意到，是心身出了问题啊。如果需要的话，我给你开我自制的中药茶吧。"

英惠用她那长长的眼睛锁定了我。看见了闪烁的彩虹，无法冷静下来。光枝插话道：

"可别听她瞎扯。这个人的中药茶的味道，就像是大叔放了两三个屁之后冷掉的洗澡水一样。"

英惠沉默不语。我保持住了僵硬的笑容。她们二人拿着装着普罗旺斯杂烩的密封盒去了主屋。我回到自己的房间，摘下围裙，去拍了光贵的藏书。

今天早上看到的二〇三号房间，作为光贵的生活据点，里面整齐地摆放着书籍。但是其他两个房间几乎等同于仓库。不论是哪个房间，打开门之后看到的都是一眼望不到头的堆成小山的纸箱。试着从二〇二号房间的小山包上取下一个纸箱，灰尘呛得我打了个喷嚏，加上纸箱又很沉，我差点儿把自己的腰给闪了。纸箱里面装的是唱片。书本来就已经挺重的了，结果唱片比书还要重。房间看着整体向下倾斜。想着看一下所有手能够得到的箱子的里面装着什么，结果我刚脱下鞋子踩到上面，地板就传来了不祥的声音。

我一个人还真没法儿搬。明天让真岛进士过来帮我看看吧。

把二〇三号房间的书架的照片发给富山店长，回到自己的屋子，洗了手换了衣服之后，看了一眼表。已经过了正午了。去到主屋之后，发现肿着脸的博人在厨房偷吃酸奶。英惠一脸不高兴地盯着博人，注意到我之后，她转身对着我说：

"不知道和叶村你说过没有。你是在收拾光贵的房间吗？虽然这么说有些失礼，但是，你真的值得信赖吗？"

"你在说什么啊？"博人插话道。

英惠摇了摇头，说：

"低价收购高价值的书的诈骗犯商人，也是有的。而且，我本来就不知道那个房间里有什么啊。要是之前的东西被她给藏起来了的话，也发现不了啊。"

"我爸不可能有什么值钱的东西。他总是在网上乱买东西，还去海外旅行，哪儿还有什么钱啊。"

"你啊，和光枝一样，都是人太善了。把光贵的东西交给他人处理之前，至少自己先去看看吧。这又不是什么着急的事情。"

"拖着这双腿，你觉得我能到房间去查那些纸箱吗？你是故意

想让我不高兴吧？我想赶紧把我爸的东西处理掉，好让公寓里敞亮一些。不要管别人家的闲事，好吗？"

英惠"嗖"地吸了一口气，没再吭声了。我紧接着说：

"您担心得有道理。如果您愿意的话，请跟我一起吧。明天，遗物整理的人会来估价。正式的处理日期也会在那时决定。"

英惠带着敌意瞪了我一眼，沉默着出去了。博人开口道：

"那个人，就是闲的。我出交通事故的时候，她说要来帮忙，于是就搬到了这附近。本来跟她就是八竿子打不上的远方亲戚，她还故意装出一副跟我们很熟的样子。一不留神，她就跑来我们家，说什么这里空气流通不好，非要给我们焚一种特别臭的香。"

"之前一直没见过吗？"

"叶村姐，你见过自己的奶奶的表妹吗？"

"没有啊。"

"是吧。龙儿也说没有。"

光枝换好了衣服，三人坐上小货车出门了。

"狐狸与猴面包树"靠近吉祥寺的位置，离江岛医院大约三百米左右，位于吉祥寺路再往里走的小路的途中。

涂着厚厚的灰浆的墙壁，粉米色的瓦房顶。被链子吊着的铜质招牌。带着阳台的伪装成真窗样子的彩色玻璃花窗。缠绕着常春藤的盆栽蔷薇。入口的旁边立着一只陶制的小狗。小狗的旁边就是你。有种昭和时代的家庭旅馆的感觉。之前还觉得它应该已经落后于时代的潮流了，但是随着时间的推移，它所蕴含的趣味似乎也越发浓厚，明显看到有很多人站在店门口举着手机。

在店前让他们下了车，我去停车场停好车之后，又回到了饭店。

从外面看它是一栋二层建筑，走进去之后，发现它是由天花板很高的一层和阁楼风格的小二层组成的。高挂着的金色电风扇在旋转着，吊灯亮着光，墙壁是红砖垒砌的，地上铺着欧风式样的瓷砖。进入的一瞬间，立刻感觉被异国的香料包围了。

一层的深处，有一个以蓝天为背景的巨大的猴面包树的图形板。它的旁边是摆着洋酒和咖啡机的柜台。在柜台前的坐席那里，光枝向我挥了挥手。和光贵的遗像一样，穿着条纹衬衫配胭脂色的背心的服务员立刻出现，把我引到坐席之后，还帮我拉出了椅子。椅子是洛可可式的风格，前后两面都是蔷薇主题的戈布兰绒毯。

光枝说等我的时候已经点完餐了。午餐套餐A（匈牙利）、午餐套餐B（新奥尔良）、午餐套餐C（尼泊尔）各点了一份。博人说三个人分着吃就可以了。我虽然不知道会上什么菜，但是能感受到店内充满着的香味。我咽着唾沫，环顾着店内。

有可能因为是午餐时间的缘故吧，餐厅基本上是满客的状态。有很多看着像是来吉祥寺游玩的客人，也有一些挂着江岛医院工作证的医院工作者。穿着白大褂、工作服、事务员制服的人，大多都是独自一人默默地用餐，然后离开。也有和博人一样挂着双拐并与医院工作者打招呼的像是患者的人。博人轻声说道：

"江岛医院的食堂里的饭菜，只是把蒸煮袋食品放在微波里热一下。来这里享受美味午餐的人可真不少呢。"

服务员摆放好了刀叉等用具。看到的餐厅工作人员几乎都是四十岁以上的老手。他们交替着来到我们的旁边，对着光枝述说光贵的悔恨，对光枝的受伤表示同情，鼓励博人。从厨房里走出了几位外国人主厨，他们嘴里说着光贵是最好的朋友，眼睛里含着泪水，拥抱了光枝。

在那些人里，挂着"樋田"的名牌的现任店长显得很严肃。他说了"这是特别服务"之后，一位看起来惊慌失措的年轻服务员便把一盘腌黄瓜和腊肠端给了我们。他大声地以"不好意思，问候晚了，我是青沼店长的后任樋田"为开始，又以"作为传说中的店长，青沼光贵一直活在我们'狐狸与猴面包树'全体员工的心里"为结尾，展开了一次演讲。多亏了他，店内的客人全都看向了我们，博人涨红了脸。

但是，正因为特别对待，冒着热气的菜很快就上来了。红辣椒的辣味恰到好处，煮秋葵、尼泊尔达八手抓饭也很好吃，一不注意盘子就空了。都被别人推荐了，难道会连这种料理都做不好吗？光枝虽然一直在用叉子尖戳着食物，但是对于我的样子，她似乎很满意。

"光贵虽然自己不做料理，但是他的舌头很厉害。"

"那，店里的菜单是光贵决定的吗？"

我用纸手帕摁住嘴问道。光枝听到了之后，开心地点了点头。

"毕竟他当时是店长啊。游遍全世界，也吃遍了全世界。根据那时的记忆决定料理，来回多次试吃，直到自己接受后才让主厨制作。不过他实在是太苛刻了，也有厨师受不了而逃跑的。"

吃完饭后，在等待茉莉花茶上来的时候，我接到了富山店长打来的电话。想着出去接电话，我站了起来，说道："能稍微等我一下吗？"谁知富山店长竟然直接开始说了起来。

"我看了你拍的藏书的画像。我大概知道这个人。"

"虽然我不知道他的名字，不过他来过我们店。这些是那位客人的藏书。他好像是餐厅的店长吧。他之前一口气买过十本以上的角田港大先生的书，还有弗兰克·格鲁伯的《第六个男人》。我记得见过莱斯利·查特里斯的《圣者对警视厅》这本书的破损，还有别册宝石的背面封面的伤痕。这绝对是我们店卖出去的书。"

收银台前等待结账的客人排起了长队。队伍堵住了店的出入口。江岛医院的患者也很多，一多半是撑着双拐的。服务员拿来椅子让他们坐着等候。特别是那个看起来像老手的服务员，他蹲下贴近了患者的脸，仔细且微笑地听着患者说的话。

毕竟也不能推开他们，我回到了座位。也许是天花板过高的原因吧，声音一直在回响。用手盖住了嘴，明明已经很小声了，往吧台里一杯一杯地倒入滴落式咖啡的服务员和坐在柜台的白衣男子，还是好几次把视线移向了我这里。

"不好意思，我一会儿再给您拨过去……"

"这个人在叶村来找我们之前、当我们店还在中道商店街的时候就来过一次。他说过自己明明在学生时代对书完全不感兴趣，不过大学退学之后的，在游世界的过程中，为了消磨时间，他读起了某位背包客在廉价旅馆里留下的平装书，从此便一发不可收拾。"

"富山店长，这些话明天再说吧。真岛要来做遗物整理的价格估算。"

"你这么一说，我倒想起一个有意思的事情了。"

富山慢条斯理地说：

"他读过放在香港的B&B里的乔治·卢卡斯的平装书——《THX1138》。虽然不知道出于什么原因，不过这是他从头到尾读过的第一本英文书。那本书我们店里也有，他从书架上取下了《THX1138》。翻开封面的一瞬间，他'啊'地叫了一声。封面的内侧写着'2月13日读完的首字母。你知道吗？我们店里有的，好像就是他读完的那本呢！'"

富山得意地空出了一段时间。我弱弱地回答道：

"……还真是厉害呢。"

"虽然我不知道那本书是怎么从香港来到我们店里的，不过这本书简直就像是追着他过来的一样啊。第七张照片的右下角写着的《THX1138》，恐怕就是那个奇迹的《THX1138》呢。不对，一定是这样没错。"

富山喘着粗气断言道。之后，他又说："总而言之，先按照这样的顺序来，我明天也想去看一下藏书。"不论理由是什么，他能告诉我就已经很值得感激了。

和走着去江岛医院复健的博人在店前分开了。我把光枝送到家里之后，又借小货车开着去了仙川。

昨天晚上，和她之前告诉我的一样，瑠宇的身影没有出现在斯坦贝克庄。手机公司寄来的包裹被放在了客厅的桌子上。拿着手机，正想着在房间设定一下的时候，冈部巴和她的侄女飞岛市子从里面走了出来。打了招呼之后，市子抱着最小的儿子，脸色一变，接近了我。

"你就是催促我联系江岛医院的唆使了我伯母的那位侦探吧？"

我不知所措地看着巴。巴不知所措地看着我，然后握住了侄女的手，像是想要安慰一样。市子把巴的手甩了下去。

"我公公的事情，和你没关系吧？和女性一起出去旅行。之前，之前的之前，他一直都是。我也知道他这次是跟谁一起出去的。调布仲町路的陪酒女。这种程度的话，我明明不想让伯母知道，可是难道不就是因为你说了些多余的话，我才不得不对伯母说了这些内容吗？"

巴张开了嘴，像是想说什么一样。但是，市子兴奋地大声说道：

"难道你不是接受了寻找我公公下落的委托，然后从伯母那里获得委托费用或者成功报酬吗？还有，搬出公寓的补偿费是不受法律约束的，你应该想要吧？伯母人这么好，你却管她要了五个月房租的补偿费，就这还不够啊？真是令人难以置信。"

"等一下……"

被这么说真是太没有道理了，正当我往前走了一步的时候，抱在她怀里的孩子突然哭了起来。市子简直就像是来拔掉孩子屁股上的玉的魔鬼又或是什么一样，狠狠地盯着我。巴总算说话了。

"市子，晶才没有那个意思呢。你也太失礼了吧？"

"侦探，你快从这里出去吧，也别靠近江岛医院。伯母的熟人，也就是一有闲工夫就会对别人的事情感兴趣的老太太们，很想知道和我公公相处的对象，说什么他已经住院了，还有好多别的流言。如果这些话传到了医院里，成了什么奇怪的谣言的话，等着我到时候告你吧。我是认真的。"

市子的声音盖过了孩子的哭声。说完她便离开了。我目瞪口呆地望着她的背影。我一直觉得市子是一位人不错而且胆子很大的母亲，不知道她为什么突然说这些话。

又过了一会儿，巴回来了。她对我深深地鞠了一躬。

"市子平时很关心我。还有，那个——"

"是仲町路的陪酒女吧？"

巴点了点头。以前，在调布的仲町路的咖啡厅一条街上好像有一小块红灯区。很久之前红灯区就被废止了，但是那里还残留着特殊的风情，柘植义春在漫画里画过。

"死去的丈夫在那个陪酒女的身上倾尽了所有，最后突然死在了她的家里。周围的人知道了，说了很多闲话……我流产也是因为他，死去的妹妹也很生气。市子应该也听过这些话吧。"

"已经是很久之前的事情了。其实现在怎么样都无所谓了，但是市子一直很在意，让晶你有了不好的回忆，不好意思啊。"巴说道。

"既然这样的话，我就不再插手她公公的这件事了。就像市子说的那样，估计是她爱传闲话的婆婆想错了吧。晶，你也忘了吧。"

"我知道了。"我虽然这样回答，不过反而更加在意这件事了。

仅仅是因为没有说明"仲町路的陪酒女"，市子就大发雷霆。还是说，五个月房租的搬迁补偿费会让她那么恼火？拆除斯坦贝克庄和主屋，在空地上建新楼。这是一个相当大的工程，她一定从银行借了不少钱。巴已经七十岁了。万一她有什么不测的话，继承人就是市子和市子的孩子。想必她在金钱方面有着很大的不安吧。

但是，并没有想问巴那些事情的意思，我回到了自己的房间。把电暖炉和毛毯装进纸箱，开始设定新的智能手机。可能是没睡够的原因吧，我觉得头很重，意外地花了很长时间。

手机总算是设定好了。我检查了邮箱。有瑠宇发来的邮件。是关于她想把这张画发到社交网络上，让大家帮忙找人的邮件。看来她没有放弃的意思。她好像真的想把画贴在电线杆上，让它飘扬在各个路口。

一边叹气，一边点开画像。看到的一瞬间，我就被吓蒙了。

肖像画……不对，可能是。可能是人的脸。我无法确信。

画得太烂了。

瑠宇居然想把这张画和人脸识别系统的资料做对比？

又失落又疲惫。把行李装进小货车之后，我看了一眼时间，是时候去接博人了。还没和瑠宇见面，我就匆匆地离开了斯坦贝克庄。

# 10

和前一天相比，那天晚上一下子变暖了。

应光枝的要求，晚上吃的是涮锅。把前一天买的冰箱里放不下了的食材，用带有鸡肉鲜味的酱油汤汁煮了一下。三人你争我抢地吃着，最后又放了海鲜面进去。"不管是午饭还是晚饭，我都被使唤得太厉害了啊。"我找了个借口，把锅的底都给吃干净了。边吃边说边笑，感觉心底都被温暖了。

光枝洗完澡后，我借她的浴室也洗了一下。吹干头发之后，我小跑着回到了自己的房间。趁着身子变冷之前，我赶紧钻进了睡袋。打开电暖炉，裹上毛毯，没过多久浑身就开始冒汗。这样的话，就可以不在意寒气而入睡了。我单手把手机给横了过来，检索了"狐狸与猴面包树"。

因为是颇有历史的名店，好多关于它的报道都很有人气。在五分满分的美食评分网站上，它获得了三点六分。网站上也有很多关于它的料理和店内环境的照片。来到店里的名人的照片，也被上传到了社交软件上。有看到这些之后而光临餐厅的客人，也有追加评论的客人。当然，也有一些不满的评论。比如说，明明店名叫"狐狸与猴面包树"，餐厅的外观也有童话般的感觉，可是料理却是民族风等。

尽管如此，但是这种程度的评论却并不少见。我不明白樱井肇为什么会特意说"不要问不好的传言""多加小心"这类的话。

继续深挖的过程中，我开始对某件事感兴趣。在介绍饭店的评论里，经常会看到"高野咲"这个名字。"狐狸与猴面包树"作为她喜欢的餐厅，好像每周都会到访一次并写下介绍。

说起高野咲，她可是比男孩子都有侠气的接球手，而且还是女子棒球世界杯冠军的成员，有很高的人气。她为人豪爽，很爱照顾后辈，也以酒量大著称。大家对她的爱称是"咲兄"。作为非职业女选手，她获得了职业棒球全明星投票"接球手"的第三名。

但是，她苦于伤病的困扰，在二十七岁的时候就早早隐退了。之后她一直作为体育评论员活跃在公众视线，今年年初，由于借钱问题被周刊杂志报道，她卧轨自杀了。有人说她是自杀，也有人说她是因膝盖旧疾导致跌跄而引起了惨剧。

不管是哪一种，她的死都是很有冲击性的。也许是这个原因吧，"咲兄追悼巡礼"好像在粉丝之间很流行。围绕她毕业的大学、经常使用的练习场、运动员时期活跃的球场等地进行圣地巡礼的时候，高野咲经常光顾的饮食店也被大家选了出来。"狐狸和猴面包树"就是其中之一。

……不对，所以呢？

偶然间出现一位离奇死亡的客人，这不能被叫作"不好的传言"。没有证据表明高野咲的死和"狐狸与猴面包树"有关系。或者说有什么关系，但是试着查了高野咲的社交网络等账号，发现已经全被锁上了。

看了高野咲之死有关的报道。她原本患有剥脱性软骨炎——一种运动员经常会得的病，后来接受了手术，但是疼痛的症状并没有得到改善。尝试了各种治疗方法，为了让美国的医生看病，她还曾多次飞赴美国。由于费用太高，她不得不借钱。最初是赞助商和朋友借钱给她，后来她开始使用消费者金融，也就是众筹的方法募集资金。为了

还钱，她到处去演讲，不得不增大了工作量。因为这样的压力，她的酒量开始递增，饭量也变大了。随着变胖，她膝盖的旧疾也变得更加严重。又开始陷入了治疗、还钱、再治疗、再还钱的死循环当中。有报道写过这些事情。

忘了是哪一个报道里放了高野咲的照片。比现役时期巨大化了很多的高野咲拍摄的"在经常去的餐厅拍的照片"。在其中的一张照片里，咲与一位穿着条纹衬衫和背心的男性同时举着红酒杯。男人的眼睛被黑色横线遮住了，但是能看出他就是青沼光贵。

盯着照片看的时候，接到了电话。是博人打来的。

"我说。我有个朋友想要台电视机。如果是要处理的话，我想把我爸的电视给他。遗物整理的人是明天过来吧？不知道可不可以啊。"

"当然可以啊。能跟他联系一下，让他自己过来取吗？"

"啊，那个家伙没有驾照。还有，对了，叶村姐……"

"我知道了。"

没办法，我妥协了。博人深深地呼了一口气。

"太好了，我赶紧告诉出石去。他家住在上板桥那里，没有车的话根本运不过去，游川还很冷漠地拒绝了我。我正发愁怎么办呢。叶村姐真是太能干了。开车好，又是侦探，还会做煎鸡蛋、给旧书估价。"

看着这小子这么开心，我根本恨不起来。我苦笑着说：

"旧书的价钱好像是由我们店长来定的。"

"店长，也就是'白熊'这个名字的命名人吧？"

"是的。他明天也会来的。"

我把富山店长告诉我的"光贵是杀人熊书店的客人"以及"他似乎是在海外流浪的时候，开始对读书产生了兴趣"这些内容，讲给了博人。博人只是"啊"了一声，好像对此并没有太大的兴趣。

"我爸每年都会去美国。多的时候的话，一年会去两次。穿得破破烂烂，住在廉价旅馆，吃垃圾食品，逛各种书店。他也邀请过我一起去，但是我对这些事情没什么兴趣。对了，他没完没了地问我跟不跟他一起去美国，是在我参加大学入学考试之前。真不知道他整天在脑子里想些什么啊。"

"你还记得那个时候的事啊。"

"是啊。我完全不记得的只是事故前后的事情吧。也可能会有其他记不得了的事情吧。我自己也不太清楚。"

博人神情困惑地说。确实，被某人问起某事时，只要记忆里没有明显的矛盾，人是不会发现自己缺失的记忆的。人本来就是会遗忘的生物。

"那，你没有听你父亲说过高野咲的事？"

"高野咲？嗯，是那位女棒球选手吗？"

"是的。"

"她最近自杀了吧。我……好像听过又好像没听过。我也不知道。这难道和我消失的记忆有关？"

"有还是没有啊。但是，呃，叶村姐，你在帮我调查呢吧。事故

发生的时候，我为什么会和我爸在那个地方。"

博人面带喜色地说。我假装咳嗽了一声。

"我只是在网上检索了一下'狐狸与猴面包树'哦。"

"这么说的话，果然，我就是委托人了？看来我应该好好付费才是。主屋里的我的房间里，有一个邮筒存钱罐。不知道够不够啊。"

"所以说，我只是检索了一下而已。"

"真的侦探，叶村姐收费很高呢。"

博人笑着说："啊，是龙儿打来的。"

"那我先挂了啊，再联系。"

安静了以后，疲惫感立刻袭来。虽然才刚过晚上九点，但是我这几天睡眠不足，而且明天估计也会很累。真岛自不必说，富山是会过来的。看到推理类的藏书就会兴奋地把自己有的知识说个没完的——富山店长的身影浮现在了我的眼前。

能休息的时候就休息。

心里发誓说明天再买洗脸台，一边刷牙，一边把小兔子长明灯的插销插进了插座。把塞了贵重品的肩包放在枕边。换上睡衣，钻进睡袋。躺下之后，把头贴在铺着榻榻米的那一侧时，楼下里奥大爷像是正在放着的电视的声音还有博人像是正在跟谁说话的声音，透过地板的震动传到了我这里。

是在笑还是在生气？内容很模糊，听不清楚，但是感觉博人说得很热闹。听着他的声音，我身体的僵硬和疲劳慢慢地变得缓和了。

如果住在了这里的话。想着如果租了这间公寓的话，每天都会生活在被这些声音包围的空间里，我睡着了。

不知道睡了多久。在不经意之间，我睁开了眼。房间里还很昏暗。为什么会醒来，正当我觉得不可思议的时候，我注意到自己在不停地咳嗽。咳嗽阻挡了呼吸，肚子抽筋了。

什么啊？

半睡半醒的我，手捂着嘴看着周围。虽然是一脸恍惚，但早已没了表情。旧的小兔子长明灯还亮着，我一边咳嗽，一边望着四周。虽然还没有适应，似曾相识的榻榻米，似曾相识的电暖炉，似曾相识的随身物品，似曾相识的……天花板很模糊，看不清楚。

兔子长明灯的灯光突然消失了。

突然，肾上腺素充满了我的全身。烟很呛人。

着火了。

我用连自己都吃惊的速度从睡袋里跳了出来。把放着贵重品的肩包的带子绕过头、穿过胳膊，向着玄关飞奔，把脚塞进了鞋里。着急地扭着门锁，失败了好多次之后，总算把门给打开了。我飞快地跑到了外廊。

那里的烟已经多到阻挡住了视线。没办法呼救。我弯下了腰，但还是失败了。哪里是楼梯啊？我已经分不清方向了。

在烟幕之中，我匍匐前进，用手到处探着。眼泪止不住地流。看不见前方。喘不上气。烟不断地从下面涌来。

没办法思考，几乎只能靠着本能。向烟少的地方挪动身子。回到

了自己的房间，粗暴地把门给关上了。

窗户、窗户……

跑得快要摔倒了，我踩着睡袋，滑了几步之后，总算来到了窗户边上。撕开代替窗帘的毛巾，捂住鼻子和眼睛。我一边想着不知道是哪个傻子把窗户的缝隙给堵上了，一边撕下贴在窗边的胶带，使劲地打开了窗户。烟流向了背后，转瞬之间，新鲜的空气便飘荡在了脸的周围。惊恐的情绪稍微缓和了一些，我回过了神。

冷静下来，冷静下来。我对自己说道。这里是二层，跳下去就算会受重伤，只要伤的不是要害的话，应该是死不了的。比起这个，必须赶紧呼救才对。

我忘记了把手机放在包的哪里了。我一边咳嗽，一边大喊"着火啦"。我是想喊来着，但是根本喊不出声。

不知道从什么地方传来了剧烈的东西碎了的声音。恐怖和兴奋在身体里到处乱跑。与此同时，大脑的思考也停止了。我想了想，丢下了毛巾，咳嗽着穿着鞋子站到了窗框上。我用手够着樱花树的树枝，昨天还撞上了窗户的樱花树枝，今天却没再做那么粗鲁的事情了，而是在稍远的地方安静地伫立着。

使劲地抓住已经被烧黑一半的窗框，我站了起来。看着下面。烟从一层斜下方的房间升了起来。"别看。"我对自己说。我把手伸向了树枝。我虽然不常流泪，但当用手指碰到那个有粗糙感的东西的时候，还是很忐忑不安。手指夹住树枝，使劲地拽了一把。虽然多次穿了过去，但是不知道是第几次才成功了。用右手把树枝拉近自己，左手从窗框上拿开。双手抓住了树枝。

就在那时，脚下开始摇晃。窗框哗哗作响，然后坏掉了。我发出惨叫，伸出左手，踢飞了窗框。樱花树枝承受住了我的体重，沉了下去。接下来的一个瞬间，身体飞向了空中，腰窝遭受到了剧烈的打击，我感到自己的身体无法动弹了。

意识受到冲击飞走了。听到了正在迫近的谁的说话声和叫声，我睁开了眼睛，感到眼睛、鼻子和喉咙都火辣辣地疼。手掌被树枝磨得粗糙，左腰窝也剧烈地疼痛。我听见了远处传来的警笛声。

想要活动身子的时候，我发现自己的下半身失去了支撑。我头朝下，挂在了樱花树的树枝中间。伸出手，用脚来回探着，总算是改变了身体的方向。我不停地咳嗽，无法呼吸，实在是太难受了。

"喂，你没事吧？"

附近传来了某个男人的声音。我把脸朝向了他。稍微离开紧抓着的树枝，身子便又往下滑。我又一次紧紧地抓住了树枝。

"你是谁？我这就来帮你。"

男人叫喊道。我感觉像是有好几个人的样子。不知道是谁喊了一句"放开右手"。"没事的，把右手放开。"

我放开了右手。立刻被好几个人撑着。我从树上下来了。脚碰到了地面。那时地面的柔软，我一生难忘。

"快离开这里吧。"

手肘支撑着我的人在我的头顶说。"这里。"被指引了一下方向，我感到自己像是被别人抱着在走似的。太痛了，睁不开眼。我被

推到了樱花树的旁边，来到了柏油路上。

我瘫坐在地上。刚想着"得救了"的时候，听到了一声闷响。像是什么东西爆炸了。听见了惨叫声。视线之中升起了烟的漩涡，警笛声越来越近了。声音重合在了一起，音量也越来越大，警笛声响彻在我的耳畔。

直到那个时候，我才想起了博人。喉咙一紧，脸色骤白。烟是从一层斜下方的房间出来的。那是博人的房间。怎么会？

我拼命地站了起来。我必须要回到公寓去。

"……博人。博人，里奥大爷，光枝阿姨。"

我一边咳嗽，一边大声地呼喊。可怜的是，我只能发出嘶哑的嗓音。

"博人，博人在哪里？"

我看了看四周。有很多看热闹的人。手捂着嘴的片桐，大声地喊着什么的大场。人们兴奋的眼睛里闪着橘色的光。没看到撑着双拐的身影。在主屋吗？光枝去主屋避难了吗？

突然，我的手被抓住了。感到疼痛和震惊的同时，我抬起了头。抓着我的是身穿制服的警察。他颤抖着粗鲁地抓住我，在把我往路上拉的同时，大声地朝着看热闹的人群喊道：

"危险，都离开这里。各位，请离开这里，消防车要进到这里。请不要妨碍救火。喂，你，别到路上来！"

消防车从井之头路过来了。消防员接二连三地从车上跳下，向燃烧着的公寓跑来。我一边被拉出来，一边越过警察的肩膀对消防员大喊：

"里面，公寓的里面还有人……"

消防员看了我一眼。警察的手松了。我把自己的手从警察的手里滑了出来，紧紧地抓住了消防员的手。

"公寓的二层没有人。一层最前面的屋子有一个人，中间的屋子可能还有一个人。博人……中间屋子里人，行动不方便……"

正当说着的时候，我好像感觉到了什么。我抬起了头。有一个人影从主屋的窗户飞了出来。是青沼光枝。一瞬间，她呆站在庭院里，之后又光着脚跑向位于公寓中间的房间。

消防员推开了我，一边大声制止她，一边朝她跑去。但是没有赶上。那个矮小的身影抢先消防员一步进到了公寓。她毫不犹豫地打开了一〇二号房间的门。

剧烈的爆炸声。一瞬间，火焰埋住了视线。

传来了惨叫声。沙哑的让人不舒服的声音。我头冲下倒在地上，肺里的空气像是用光了一样。浑身疼痛的同时，我对生死也释然了。

发出惨叫的，是我。


## 11


那之后的事情，我只剩下了片段的记忆。

我被送去了医院。光枝好像就躺在我前面的推车担架上。但是，我不知道这是关于她与石和梅子坠落事故的记忆，还是关于这次火灾

的记忆。搞不清楚。这次被送去的，不是井之头江岛医院，而是启论大学医学部附属医院。不过，医院毕竟是医院，也都大同小异。

光滑的地板，落寞的长椅。金属、药品、排泄物的味道，充满紧张、不安、痛苦的空气。消毒液刺鼻的气味，扣在脸上的氧气面罩。我说腰窝疼，护士帮我把衣服卷了起来。医生的手指还有等候室的椅子格外冰冷……

在医院里进行的询问，包含在了我的记忆之中。光枝被送进急救室之后，我呆坐在等候室的长椅上。这时，两名眼神很不寻常的西装男出现在了我的视线。

他们是杉并西警察署的搜查员，名字分别为小岛和川口。也可能是小口和川岛。他们的发型、长相、年龄都很相似，简直像是双胞胎一样。说话的语气很官方，眼睛充着血，胡子拉碴，看着很疲惫，西装貌似也有些年头了。

小岛或者是小口提问了，我回答了他。接着是川口或者川岛提问了，我也回答了他。已是深夜，我们三人都很疲惫。简直就像是互相咬着尾巴绕着椰子树来回转圈一样，相同的话被来回地问，最后慢慢溶化。

呃，叶村女士。叶村女士，你是昨天突然住进那栋公寓的吧？呃，房东光枝老太是你的亲戚吧？还是说你们根本不认识？那，你们认识的时间长吗？几天前才认识的？也就是说，因为免费你才住进去的吧？那你们签租赁合同了吗？没签吗？这样啊。啊，你们是坠落事件的共同受害者啊？后来你们成了好朋友，她把藏书交给了你处理？

从昨天开始，哦不，按日历来说的话，是前天。从前天开始，也就是十一月十日，你突然住进了那栋公寓啊……

我每次都诚实地回答了问题。当被第十几次说"所以你才住进了公寓啊"的时候，像是什么断了一样，我注意到自己流泪了。我笑着倒在了长椅上。一笑肋骨就剧烈地疼痛。我也不知道是为什么，只是觉得好奇怪。

我又一次缺失了记忆。回过神的时候，我发现自己在一个像是小会议室的地方。坐在长桌前，面前是一堆文件和像是医院工作人员的人。小岛和川口，又或是小口和川岛二人组坐在那里。天已经亮了，外面被染上了白色。

我又在回答问题。青沼光枝的近亲属应该是她的孙子博人，但是在她家的附近还住着她的表妹牧村英惠。

之前听说了她住在坡道下面的电车轨道的对面。其他的内容就不得而知了。关于光枝的详细情况，比起我来说，她的邻居应该更了解她。住在斜对面的大场，还有博人的……博人的中学同学的妈妈片桐，我都见过。

我好像站在很远的地方，正惊叹地望着在说话的自己。然后，记忆就又飞走了。

接下来记得清楚的情景，是小岛又或是小口告诉我事情的时候。发生火灾的时候，小暮修不在他自己的房间里。他说自己去便利店买酒的时候，碰上了熟人，就去那人的家里喝酒了。是的，所以说他安然无恙。青沼光枝现在正在接受治疗。

"还有。"

小岛又或是小口先是长舒一口气，然后又深吸了一口。

还有就是，火源地一〇二号房间里的男性，在现场被发现时已是心肺停止的状态。在被送到医院之后，他的死亡得到了确认。

"是在凌晨两点十八分的时候。"

小岛又或是小口平静地说道。

我条件反射般地低下了头。但是什么都感觉不到。大约三个小时之前，伴随着熊熊烈火和爆炸声，博人踏上了去往另外的星球的旅途。我的全身都知道这件事情了。


四天后，我又一次接受了询问。

在周末的三天里，我去杀人熊书店看店了。让我自己感到震惊的是，我不知道在什么时候对富山和"Heartful Reuse"的真岛进士说了青沼家着火的事情，好像还很有礼貌地告诉他们藏书和遗物整理的工作被取消了。周末去店里的时候，富山店长罕见地露脸了。他对我再三关切，催我赶紧回家。"没有打工收入的话，我也会很难的。"我一边使劲揉着招财猫，一边回答他。由于肋骨裂了，我没办法干重活，不过收银和其他的工作倒是可以做。

富山连续三天都买了好吃的。周五是"Linde"的"Chirist-Stollen"德式朗姆酒口味圣诞蛋糕，周六是"天音"的鲷鱼烧，周日是"伊势樱"的大福。哪一个都不太符合我的口味。

周一上午十点的时候，我接到了杉并西警察署的联络，他们让我过去一趟。问我话的不是小岛又或是小口，也不是川岛又或是川口，而是一位叫泉原的搜查员。他把自己的姿态放得很低，对我说："不知您能否在方便的时候早些过来？火灾的原因目前还在调查，希望叶村女士能够助我们一臂之力。"

出发前，我给樱井打了电话。我没有在医院的询问中提及东都综合调查以及石和家的名字。在那种场合，没有必要说这些，说了反而会让事情变得复杂。但是，就像小岛他们也明白的那样，我在很短的时间内和青沼家变得亲近，而且我刚住进公寓，那里就发生了火灾。这也便成了我被怀疑的原因。我想向樱井确认的是，如果被深入追问这之间的关联性的话，我该如何是好。

"绝对不要说石和家的事情。"

樱井强硬地插话道。

"说到底，我们的委托人是石和豪。"

樱井的语气，让人感觉他就像是在教大脑迟钝的玩具贵宾犬怎样上厕所一样。

"即便是搞错了，石和家要是成了搜查对象的话，我们也会很难办的。你是知道的吧？"

"搜查对象？……"

"喂，我说，你没看新闻吗？那场火灾的原因目前还在调查。而且已经过了四天了，你才被叫去问话。你放火的嫌疑还没有被排除吧？"

"和放火相类似的麻烦，当然就是那起坠落事件了。在我看来，

那位做事没什么计划性的石和梅子应该不太可能会在大半夜跑去那么远的三鹰台放火。不过，在旁人看来的话，她就是个很显眼的犯罪嫌疑人。"樱井滔滔不绝地说。

"可以了吧？我就说到这里。比起当作客户，叶村，你忽略了声援青沼家。由于石和梅子的过错，叶村受了伤。说到底，让你和青沼家搞好关系的也是我。但是，不管到目前为止发生了什么，首先应该做的是保护委托人。有关石和豪和梅子的事情，一定不要对普通的警察官说。"

从西荻窪站往北走，杉并西警察署坐落在青梅街道的街边。中间隔着一个便利店，再往前走就是杉并西消防署。被擦得发亮的消防车和救护车整齐地排列在车库里。与之相比，警察署的楼就显得有些旧了，楼体上遍布着黑斑。

穿过被用屏风隔出来的接待区域，泉原圭立刻出现在了我的眼前。一位白发颇多、神态自若、眼神里充满智慧光芒的四十多岁的男人。他的白衬衫挽到了手肘处，手臂上深深的伤痕清晰可见。

他的名片上写着警视厅搜查一课。我把杀人熊书店的名片递给了他。名片的角落上印着一只一手拿着书、一手把菜刀举过头顶的熊的图案。泉原把圆珠笔的笔尾塞进了耳朵眼，目不转睛地盯着那个熊的标志。他好像是在说"我的心灵图腾可不是熊哦"。

泉原先是和我闲聊。只是，聊了两三句之后，他似乎是领会到聊天貌似对于缓和气氛没什么帮助，于是便以那句"所以你才住进了那栋公寓啊"等话，直截了当地向我抛来一个又一个问题。"如果要深究那里的话，出于工作上的原因，我是不能说的。详细内容请询问东都综合调查的樱井肇。"我原本是打算全都甩给樱井肇的，但是泉原并没有执着于那个地方。

"你是从二层的窗户跳下来的吧？"

泉原一边翻着厚实的资料，一边问道。

"邻居，嗯，邻居早坂好像看见了。她说你好不容易爬上树枝的时候，浑身冒汗，之后她拉了你一把，你才从树上下来了。真是不容易啊。"

突然有种喘不上来气的感觉。裂了的肋骨还没有痊愈。每次洗澡的时候，都会猛地出现大面积的内出血。"但是，已经结束了。"我说给自己听。选择已经结束了。时间在往前走。没办法重新来过。那这样的话，事到如今我又是在害怕什么？

"起火的原因还没查出来吗？"

我问道。泉原从正面看着我。

"原因已经清楚了，是一〇二号房间的灯油炉。"

"……灯油炉？"

"叶村女士，你进过一〇二号房间吗？"

"让我想想，前天晚上，青沼博人呻吟的时候，因为他喊叫得很痛苦，所以我就去他的房间叫醒了他。"

"是呢，住在一〇一号房间的小暮也这样说来着。一〇二号房间的门总是会留个缝，所以每个人都能自由地进出那里。那前天晚上灯油炉在房间的什么地方？"

看着泉原的眼睛，我想了起来。虽然我大脑的一半像是被雾霭遮住了一样。但是。

"我不记得有见过灯油炉。我听说那间屋子只住着博人。主屋里堆满了乱七八糟的物品，有些危险，所以他只是睡觉的时候在一〇二号房间。但是，一〇二号房间其实没什么物品。我只记得里面有床、空调，以及在枕头边上好像还有一个像小桌子一样的东西。"

"灯油的油箱呢？你见过吗？"

浴室的门是关着的。壁橱也被合上了。所以，有可能那里面放了灯油油箱，只是我没有留意罢了。

"前一天晚上很冷，但是一〇二号房间却很暖和。不过，恐怕开的是空调吧。"

受不了自己房间的寒冷，如果他用了灯油炉的话，我肯定会很羡慕并会对此留下印象的。而且，我在他房间感受到的，只有那个长发女人留下的人造的花香味。

"空调。没错吗？"

泉原用圆珠笔掏着耳朵，直勾勾地盯着我。我也毫不服输地盯着他，反复说着"没有闻到灯油的气味"。

"火灾当天明明没有前一天晚上那么冷，我不觉得博人会特意点开灯油炉。起火的原因真的是灯油炉吗？"

"不会错的。厨房里有旧灯油炉、烧剩下的像毛巾一样的布，还有灯油油箱倒在一旁。这些是我们和消防联合现场调查时发现的。比如说，他奶奶……好像是叫光枝吧？为了孙子，她把旧的灯油炉拿到了房间。难道不能这么认为吗？"

　　想想堆放在主屋里的废旧物品，确实可能有没用过的灯油炉。但是光枝也受伤了，她的左手很不方便。

　　"而且博人明明是腿脚不方便才搬进了公寓的卧室，为什么还要让他用灯油呢？"

　　泉原轻轻地点着头，做着笔记。我问他：

　　"一般来看的话，炉子可能是造成火灾的原因。那，你们警察难道没有想过这可能不是一起失火事故吗？"

　　"现在还处在收集情报的阶段啊。"

　　泉原平淡地说。

　　"而且，这有可能只是一起单纯的失火事件。在左手受伤之前，以防万一，他奶奶为了能让他在冷的时候马上暖和起来，特地提前在他房间闲置的浴室里准备好了灯油炉和灯油油箱。发生火灾的那个夜晚，心血来潮的博人试着用了那个灯油炉。然后，他忘记去关煤油炉了，毛巾偏偏又掉在了煤油炉的上面。而且，灯油油箱不知道被什么给弹了一下，倒在了地上。里面的灯油洒满了地面。毛巾把火引向了地面的灯油，屋子也就在一瞬间被大火给包围了。"

　　进入到十一月之后，东京冷得如同寒冬。蓝湖公寓的门窗很容易钻风。一〇二号房间的房门又没办法关上。只有空调的话，还是会觉得有些不安。何况，她的孙子还在受着交通事故后遗症的折磨，想让他暖和一些至少也是人之常情。为了博人，在十一月四日发生坠楼事故之前，光枝确实有可能在博人的房间放了灯油炉。但是……

"灯油油箱会因为被什么弹一下而倒地洒出来吗？"

泉原苦笑道。

"说的就是这个。一般来说这种事情是不会发生的。火灾当日也没有发生地震。只是，从博人的遗体里检测出了苯二氮䓬类药物，也就是催眠镇静剂。由于交通事故之后出现了失眠和记忆障碍等症状，他一直有去医院看精神科，应该是那里给他开的处方药吧。前天晚上他痛苦呻吟，也许是为了保险起见，他才喝下了这种药。摆弄炉子的时候，如果药效起作用了，他是半睡半醒的状态的话……"

泉原意味深长地停了下来，没有再继续往下说。他的眼神看起来像是在寻找我一样。

"怎么样，叶村女士，你觉得我这种猜测有可能吗？"

我深吸了一口气。

身体活动不便，从浴室使劲地把灯油炉拉出来的时候，已经感到很疲惫了。不管是点着了没去管，还是把毛巾掉在了点着了的灯油炉，又或是打翻了装着灯油的油箱，再或是因为吃了药而精神恍惚导致忘记关炉子。反正，也就是说，火灾还有被烧死的原因，都是他自己的责任。你的意思是这样，对吗？

我想说"不应该是这样"。我想呼喊"不可能是这样"。但是，我感觉自己像是被什么东西阻止住了一样。说到底，我究竟了解博人的什么？他不是一板一眼的人，也不是细心的人。大多数年轻男性都很随便、做事敷衍，不关心自己不感兴趣的事物。脱下的袜子随意往地上一扔，厕所的手纸用光了装作不知道，牙膏的盖子也不会想着去盖。年轻男性就是这样一种生物。

虽然这么说，不过……

"人还有生存的本能啊。"

我终于反驳了。

"不管是忘了关炉子，还是毛巾掉在了火上，又或是打翻了灯油油箱，这些都是关乎生命的大失误。接连忽视三件大事而去睡觉，就算他吃了再多的药，这样的判断也让人难以接受。"

泉原说了句"原来如此，本能啊"之后，在笔记上写下了什么。他耸着肩膀，沉默地望着我。我也看着他发呆。十几秒之后，他好像终于要说点儿什么了。

"难道说，博人是故意而为的？"

"你觉得怎么样？"

"怎么会？不可能。"

泉原就像是在哄逗兴奋的小狗一样，手上下动着。

"所以说，我们还处在收集情报的阶段。如果能排除自杀的可能性的话，可就太值得感激了。只是，博人的状态是没有异议的。遭遇交通事故，生父身亡。他虽然捡回来一条命，但也饱受后遗症的折磨。在那起交通事故发生的八个月之后，他因火灾而死。到目前为止，悲剧偶然般地相继发生在了同一个人的身上。意外是起因，火灾是结果。这样想应该就可以了吧。"

"您这种说法可真过分啊。"

我无力地抗议道。泉原若无其事地继续说。

"也有你的原因，叶村女士。"

"……我？"

"青沼光枝，怎么说呢，她看起来是个挺难相处的人吧。儿子去世之后，她变得更怪了，不愿和人接触，连生活协会的送货上门和报纸都给拒绝了。表妹英惠搬到她家附近的时候，光枝一开始都没让她进自己的家门。所以说，邻居们对她主动介绍你的行为都感到很震惊。嗯，是谁说的来着……啊，对了，是片桐女士。你难道不是为了不让博人做出什么行为而负责监视他的人吗？她们好像是这样认为的。"

我怔住了。光枝难道是担心博人自杀吗？这不是在开玩笑。我从没听她说过。我只是被雇去整理光贵的藏书的。我想，除了我好使唤之外，我被光枝带进她家最大的理由，应该就是她对石和梅子的恶作剧心理了吧。

但是，我不能这样说。关于博人的自杀倾向，我一直强调从未接到过光枝的暗示且没有感受到它的迫切性。不过泉原好像并没有什么触动。这只是无意义的抗辩罢了。说得越多，否定得越强烈，好像反而越会把自杀的可能性给放大。我终于也沉默了。泉原合上了文件夹，说道："我明白了。今天真的谢谢你了。"

"谨慎起见，最后我再问你一句。叶村女士你是侦探，这回的案子，你应该没有要调查的意思吧？"

"我要是调查了的话，会给您造成什么麻烦吗？"

我条件反射般地回了一句。泉原慌张地否定道：

"不是。只是自杀这个结论，你好像不是很满意。以排除这一结论为前提进行调查的话，我会很为难的……比起这个，也会给我添麻烦的。各路媒体的采访，已经让邻居们很生气了。"

"如果得出了错误的结论的话，也会给博人和光枝添麻烦。"

泉原用舌头舔了舔口腔内壁，思索了一会儿之后，他直起了身子，低声说道：

"我只在这里和你说，其实我们警察里面好像也有人不认同自杀的说法。上面已经下达了让我们彻查此事的命令。失火或者是自杀的可能性，我都会考虑的。"

我呆住了。

"你说的'我们'，指的是警察的高层吗？如果不是失火和自杀的话，难道说会是有人蓄意纵火？"

"叶村女士，对此你是怎么想的？"

樱井的猜测是正确的，警察果然在调查纵火的嫌疑。

一直关不上门的一〇二号房间，任谁都可以自由出入。如果是和博人或者青沼家走得近的人，预测出他睡觉之前会喝催眠镇静剂也并非不可能。找来旧灯油炉和灯油，拿进他的屋子，放火之后再伪装成失火事件，这也应该不难办到吧。

话虽如此，杀掉行动不便、喝了药之后变得毫无抵抗之力的博人……这是该被判死刑的性质恶劣的杀人事件。伪装成失火事件的话，很有可能是有预谋的杀人。费尽周折杀掉他的人，真的存在吗？

我试着想了一下，感觉头好重。最近这几天，我的脉搏快得奇

怪，早上也早早地就醒了，还时不时地会觉得头晕，没办法集中注意力。

不过，我想起来了一件事。是樱井之前对我说的。

"收拾光贵的房间，有可能会出现意想不到的东西呢。"

火灾，偏偏就发生在即将整理遗物和藏书之时。

## 12

每天都觉得自己的耳朵像是灌满了温水。我就这样日复一日地活着。

本来应该是一年里最舒服的季节，但是今年的秋天异常地任性，不停地捉弄人。觉得要冷了的时候，突然又热了起来。觉得热了吧，结果气温马上骤降。我还是第一次在十一月的时候把冬天用的羽绒被拿出来。

电暖炉、睡袋、羽绒服、替换的衣服、陪伴我最久的兔子长明灯，和被我抛弃的蓝湖公寓一样，都经历了相同的命运。刚买的高性能袜子倒还健在，不过因为穿得太久了，它的上面已满是毛球。"总比被冻出毛病了好。"想开了之后，我从搬家补偿费里抽了一部分出来，给自己买了新衣服和新的长明灯。当然，为了活下去，我也买了吃的。每当那时，我都会考虑营养均衡。

去车站的时候，我偶尔会看到停在站前环岛停车处的开往三鹰台的迷你巴士。每当那时，我都会想到光枝。她最近还好吗？她已经出院了吗？她知道已经失去博人的事实了吗？我不认为她能受得了每天从主屋眺望蓝湖公寓的残骸。她的表妹牧村英惠有在好好照顾她吗？讲那些神神道道的话，会让光枝更加痛苦的吧？

我想她了。不去不行。如果光枝还在住院的话，在她出院之前，我至少还可以帮她扫扫地。在开往三鹰台的迷你巴士前，我不禁停下了脚步。身上开始冒冷汗，脉搏的跳动也变得不规则了。

在我犹豫之时，迷你巴士驶出了环岛。检票口前的樱花树的叶子，已枯黄散落，随着迷你巴士和行人路过时卷起的风，缓缓飘散而去。我装作什么都没看见，掉头往斯坦贝克庄的方向走去。和冈部巴还有佐佐木瑠宇一起吃了饭，一起收拾了餐具。她们像是害怕在无意中戳到我的痛处，只与我聊些无关痛痒的内容。我们看的也是无聊透顶的电视节目，时不时地会笑几声罢了。好像有另一个我，正站在远处望着笑着的我。

持续过着这样的生活，在杀人熊书店经历三次周末出勤。"中央线沿线书店印章接力活动"已经圆满结束，书店也进入了圣诞节商战时期。我才发现十一月只剩下两天了。

周日的夜晚，我在闭店时间八点准时关闭了收银机。富山店长已经回家了，最后一位客人在纠结了好久之后，买了仁木悦子在状态不是很好的时候所写的《变冷的街道》走了。把装书的推车拉进店里，熄灭了灯箱，确认窗户已经关好。整理好物品，正当我准备插钥匙的时候，外面突然传来了不曾听过的声音。我停下了脚步。门被风吹得哗哗作响。博人站在门口——这是不可能的。

锁好门，离开了书店。外面很冷，我把身子缩成一团快步走向公交车站。住宅区街道上的路灯像是在发着牢骚一样，滋滋地响着，很是烦人。

在大众浴池那里转过弯，眼前的路突然被照亮了。我回了一下头。一辆白色小轿车安静地接近了我，在路边停了下来。后排座椅的窗户被摇下后，一位男性开口说道：

"好久不见，叶村晶女士。"

我屏住了呼吸。我认识他。当麻茂，所属不明的警示厅警部。

"上来吧。我送你回仙川的家。"

我沉默着转过了脸，继续往前走。去年春天，当麻接近了我。我对他有着很不愉快的记忆——我受到了当麻强制或者说是威胁，被他给利用了。

车子缓缓地跟在我的身后。当麻说：

"亲自来找你，这可是我的一番好意啊。如果你没办法在这里说的话，那你明天来一趟杉并西署吧。真是对不住了啊。"

"没关系。我周一很闲的。"

和这个厚颜无耻的警部对话，还不如多花些时间和交通费去找泉原说。我加快了脚步，突然想起了一件事。泉原说过，命令彻查蓝湖公寓的火灾事件非失火和自杀的可能性的，是警察的高层。

难道说？

我不禁把目光移向了车窗。当麻面不改色，抠了抠他那像花椰菜一样的耳朵，微微地点了点头。

"泉原已经得出了结论。那起火灾被当作失火事件处理了。"

"请等一下！"

我不禁抓住了车窗。

"怎么会，火灾怎么会是博人的错……"

"还不上来吗？已经堵着后面的车了。"

背后传来了短促的鸣笛声。我犹豫了一下，拉开后车门，把身子滑进了车里。

当麻还是那副模样。只有去美发店才能看到的怪异发型，略微有点儿小肚子的身材，穿着中上等的西装。仔细一看，他居然还戴了一个龙猫的织物项链。乍一看像个老实的办公室职员，但是他的耳朵和手上布满了各式各样的老茧。我绝对不想和他打架。如果这样说的话，我本来就不想以任何形式和他接触。

白色轿车开始走了。这位看起来肠胃不好的司机，我好像也见过。他好像是叫郡司翔一吧？可怜的是，他似乎还没有得到晋升，一直在给当麻当手下。

车子曲里拐弯地穿过了住宅街区，穿过高架桥，驶入成蹊路。左拐南下，再次穿过高架桥，进入紫桥路。周日晚上的主干道没什么车。暂且不论郡司的搜查水平，他开车的水平很高。车子平稳且令人愉快地滑行在周日的夜晚。

明明说是有话要对我讲，当麻却一直没开口。我也沉默着。我跟他好像在玩一场谁先说话谁就会丧失主导权的游戏。这种气氛实在是太奇怪了。我先开口说道：

"最近，你读过有关交涉术的书吗？"

"什么意思？"

当麻眨了下眼睛。我耸了耸肩，小声嘟囔道："没什么。"当麻重新调整了坐姿，瞪着我说：

"你还真是悠闲啊。说实话，我可没觉得你这几周是在闲逛呢。我以为你肯定是在拼命调查蓝湖公寓的火灾事件。看来我的期待是落空了。"

你，你说什么呢？

最后见面的时候，这个男人直截了当地对我说："你的侦探资格很可疑。"事到如今，他又在谈什么期待啊。

只是，对这个家伙生气的话，和对信乐烧的狸猫发火是一样的。何止是给不了我任何好处，对血压升高的我的身体还会造成严重伤害。

我调整了呼吸，端庄地说：

"之前有位警察对我说过，让我不要模仿他们，这样做会给他们添麻烦的。这话我记得清清楚楚。"

当麻用鼻子哼了一声。

"呵。你从什么时候开始这么听警察的话了？"

"你能快点儿进入正题吗？为什么你会和火灾事件的案子扯上关系？"

当麻深深地叹了一口气。驾驶席上的郡司轻微地抖了抖肩膀。看来，这个家伙像是很擅长用故弄玄虚、暗中示意的手段来操纵部下。

本以为在晋升考核之外的人都受到了波及，结果是我大错特错了。

"今年一月的时候，高野咲死了。高野咲，你知道吧？"

我隐藏住了自己的震惊，若无其事地点了点头。当麻凝视着我的脸，之后又立刻转移了视线。

"东急东横线都立大学站站台上的监控摄像头记录下了在特急列车即将进站之时跟跄着坏腿、跌落站台的高野咲的身影。在意外身亡和自杀都有可能的情况下，负责此事的搜查员出于对遗属的同情，想要以事故来结案。既然有无法推翻的影像证据，那么生命保险公司和法院判便都指望不上了。也正因如此，一个月之后，此案便被确认为意外死亡了。但是，我认为她是自杀而死的。高野咲伪装成意外死亡的情景，在电车进站的时候跳了下去。"

"你的理由是？"

"新闻报道里也说了，她欠了很多债。说是为了治疗膝盖旧疾花了很多钱，但其实不是这样的。她吸毒成瘾了。"

这次我掩饰不住自己的震惊了。那么健康阳光的运动员，而且……

"不是兴奋剂而是毒品，难道是吗啡……对了，她曾在美国治疗膝病。"

"你可真是敏锐啊。不知道可以说是吗啡的一种吗，其实是鸦片类镇痛剂。具体来说，她是羟考酮中毒。"

在日本大型企业担任董事的美国人女性因涉嫌走私羟考酮、违反兴奋剂和毒品相关法律法规而被捕的新闻，令我记忆犹新。当麻用像

是在讲课一样的语气说道：

　　"比如说，羟考酮在英国被当作A级毒品，但在美国它却是牙疼的止痛药，只要有医生开的处方，在大街上的药店就能买到。二十世纪九十年代的时候，美国制药公司以'效果好、副作用少、危险性低'为宣传口号，开展了一系列的贩卖活动，使得羟考酮迅速在社会蔓延。但实际上，它的药物成瘾性很强，致死事件也时有发生。一种说法声称，二〇一四年美国国内有超过五千人因滥用羟考酮而死。代替海洛因，粉碎之后从鼻子吸进体内。它的使用方法虽然还是很像毒品，但是，很多人其实是因为伤病疼痛才开始服用它的片剂，结果成瘾之后便再也无法离开。高野咲好像也是以服用在美国看病时被开的处方药为契机，从此便一发不可收拾。不过，羟考酮成瘾的日本人倒还真的比较少。"

　　当麻说，日本人从以前开始就很忌讳毒品。比如就算备受癌症末期的折磨的病人，轻易也不愿意用麻药性镇痛剂。适度服用吗啡类药物，快速止痛进而更好地享受人生，也就是所谓的"生活品质改善"——这种想法在欧美早已是常识，但在日本还并没有被普遍接受。还有一种说法声称，日本在癌症关怀治疗中所使用的吗啡的剂量，甚至不足美国的数十分之一。

　　"为了对癌症晚期患者进行关怀治疗，用吗啡类、硫酸盐等药物也不太实际。假如患者对毒品上瘾，即使医生对东京都福祉保健局提出申请，官方也不会把这位患者列入毒瘾者的范围。麻药是最后的手段，痛苦就是用来忍受的。这种想法已经深入日本人的国民性之中了。"

"是吗？"

"连癌症晚期都是这种想法，更不用说患有腰痛和伤病后遗症的人了。就算痛得无法入眠，就算痛得不能动弹，就算生活品质下降，也绝不用效果强烈的药物。这已经是日本人的一般常识了。对于以前的日本人来说，能忍是美德，用针灸和正骨等传统方法治疗的人也很多，所以才会被美国制药公司瞄准了市场。日本消费者没办法轻易买到麻药性镇痛剂，镇痛剂的黑市也没能形成大的产业规模。不论是麻药、兴奋剂、摇头丸，还是改善生活品质的麻药性镇痛剂，都被认为是不好的东西。'不行，绝对不行'的原因就在于此。不过，现代日本人的想法也在逐渐发生着改变。"

注意到从车窗划过的"品川路"这几个字，我震惊了。不知道是在什么时候，白色轿车已经南下了，而且还向着西边前行。我想着是不是离仙川越来越远了，但是我同时也被当麻的话给吸引住了。

"虽然没变得和美国一样，但是日本人对于疼痛的认知逐渐变得理性了——如果疼得睡不着觉了，用效果强的药物来抑制住疼痛。好好睡上一觉的话，反而更有利于健康长寿。特别是在出生于团块世代之后的人们的身上，这种思维倾向的变化尤为明显。"

"听你说的这些话，确实能感到倾向还是好的。"

我嘟哝道。当麻点了点头。

"嗯。轻易依赖药物固然不好，但也没有必要过于恐惧。问题是，对于疼痛的感受因人而异。相同程度的疼痛，有能承受得住的

人，就有疼得满地打滚的人。医生开的镇痛剂处方药能满足患者需求便是好事，但难免也有满足不了的时候。更何况我们现在身处一个信息化社会。原来只被少数专家知道的情报，现在任谁都能接触得到。轻易相信敷衍了事的文字，深信某种药能缓解自己的疼痛。无法忍受疼痛的人，大多都不见黄河不死心。"

当麻说，只要还有这样的人，日本早晚会出现麻药性镇痛剂的黑市。如果真的是这样的话，那么在黑市形成之前，有必要斩断此祸根。因此，当判明高野咲的死和羟考酮有关之时，我们才开始调查它的供给源。

"在很早之前，美国国内便开始呼吁社会重视羟考酮的危险性了。高野咲恐怕并不知此事，她根本没想着摆在药局货架上的药会是成瘾性很强的麻药。回国之后，她没办法断药，所以在一年之中往返了八次美国。医生发现她上瘾之后，拒绝为她开羟考酮的处方，她便来来回回地换医生。根据美国方面的调查报告，交易人好像去过她停留美国时入住的酒店。但是，在距离她去世的半年前，她便没再去美国了。也就是从那个时候开始，她开始经常光顾'狐狸与猴面包树'餐厅。"

"这，啊，也就是说……"

"也就是说，那个餐厅莫非是暗中给高野咲提供羟考酮的据点？我们是这么想的。"

"为什么你们会有这么愚蠢的想法？"

我条件反射般地说了之后，又"啊"了一声。我想起来了。全世界放浪，经常去美国的店长，掩盖毒品味道的辛辣的民族风料理，还有外国人主厨。这在一定程度上满足了在过去的毒品搜查中被查出的饮食店的条件。缺少的是，浑身像散了架似的坐在店的周围，头发蓬乱、黑眼圈严重的嘴里喊着"给我药"的——被头目的保镖小弟踢飞之后，灰头土脸地溜走的这一角色的扮演者罢了。

"我只是说说而已，现如今想要得到羟考酮的话，难道不能在网上买吗？既方便又不容易被发现，等着寄到家里就好。被检举揭发了的话，还能以'自己只是想买镇痛剂'为借口蒙混过关。"

"正如你所说的。前提是能收到真货。不正规的网上药店大多都是骗人。让你订货、付款，在骗够了人之后，网站就关了。然后再开新的网站，钓到人之后再关。这样便可以骗到很多钱。被骗的人只能打碎了牙往肚子里咽。有的卖家也会发送仿真药，因为没有必要冒险花高价进真货。"

"如此来回受骗，就算是再老实的成瘾者也会变得犹豫。而且，望眼欲穿终于收到的货却是假药，毒瘾反而更加严重了。"当麻摇头道。

"还有，羟考酮的价格很高。用它的基本都是些有钱人，而且以中老年人居多。他们基本上都不信网上的内容，觉得当面交易才安心。不过，这对我们的搜查工作来说，倒不失为是一件好事。"

我听当麻说得越来越入神。博人之前也说过，光贵总是去美国，买了很多书和唱片回来。加上毒瘾者经常出入他的餐厅这一事实的话，"狐狸与猴面包树"被怀疑也是正常的。

"但是，假如'狐狸与猴面包树'真的在进行镇痛剂交易，那高野咲又是如何得知的呢？"

"回国后，经熟人介绍，高野咲开始在江岛医院治疗。那个餐厅，江岛医院的工作人员也经常去。听到有人评价说好吃，她最初应该只是去那里吃饭的吧。之后，青沼光贵看穿了她需要羟考酮的事实。我们是这样想的。"

"看穿了……"

"在那个店里，饱受疼痛的患者并不罕见。他们暗中谈论麻药性镇痛剂的话题，说这里有入手的方法。毒瘾者听到了，肯定会立刻赶过去的。"

"可能是这样吧。但是，又不只是光贵才能做出这种事啊？"

"我们调查了高野咲的通话记录，她频繁联系过'狐狸与猴面包树'和青沼光贵的电话号码。而且，自去年九月以来，她拿到现金之后便立刻前往'狐狸与猴面包树'。最开始是四个星期去一次，但是后来频率越来越快。持续使用羟考酮的话，使用者的抗药性也会增加。也就是说，最开始的量对她已经起不到效果，她只能加量或者是加次数了。"

"可是。"

"而且，三四年前，青沼光贵从美国旅行回来之后，他立刻告知了江岛医院的相关人员，说羟考酮在美国很容易弄到手。"

"如此随意地谈论这种内容。"

当麻茂生气地摇了摇手。

"青沼光贵在卖羟考酮的事，只凭这些内容是不能确定的吧？嗯，是啊。没有确凿的证据。从高野咲死后，在我们开始秘密调查还不到两个月的时候，那位青沼光贵就在交通事故中死了。"

向海关请求合作，我们已经准备好了检查光贵从海外订购的货物的所需的相关手续。当麻生气地说。有关光贵和他的家人的身边调查、对"狐狸与猴面包树"的工作人员的排查，还有对可能成为协力人员的甄别工作，都已着手了。秘密侦查数月或者一年以上，在确定嫌疑之后进行住所地搜查，最后是逮捕归案。按理说，应该是这样的流程。只是……

"调查对象死了，就要另当别论了。搜查已经中止了。"

当麻绷着脸陷入了沉默。

突然，觉得耳朵里面好痛。我说："就像跳水之后捏住鼻子让空气进到耳朵一样，骤然间，全世界都好似向我蜂拥而来。"

"但是，最近又搜查开始了。这次的对象是博人。"

我惊讶得连自己都感到震惊。

各种各样的情报片段在我大脑里到处乱跑。东都综合调查开出三十万日元的成功报酬，执意让我接近青沼家。至于为什么要这样做，樱井对我解释得含含糊糊。而且，即便是青沼家的琐事，他也让我汇报，还记下了笔记。

想起了被樱井委托调查光枝的事情。在短时间内，樱井把像青沼光贵的妻子和店里的老顾客私奔这种奇怪的情报，都详细地告诉了我。仔细想想的话，比起说是光枝的事情，这些其实都是关于光贵的

情报。

"有人听说青沼博人曾把镇痛剂让给过朋友。当然，由于在事故中受伤，他有被医生开过那种药的处方。他确实有可能把药分给朋友。但是，儿子发现了光贵藏在蓝湖公寓的房间的藏羟考酮之后，把它带了出去的可能性也是有的。比如说，这种程度是不会下搜查令的。博人除了去复健和偶尔在大学露露脸之外，基本上都待在家里。对他的手机的监听申请没有得到批准。对于到底该如何调查，我烦恼了很久。"

当麻摊开双手，装腔作势般地提高了声调。

"就是那个时候。叶村女士，你出现在那里，和青沼光枝同时受伤、被搬送至医院。而且，你在医院还和博人相识了。我听到汇报给我的这些内容的时候，真的非常震惊。看来我们很有缘分啊。"

喂，你。

和上次一样，我咬牙切齿地想。不知道从什么时候开始，我这次是经由东都综合调查被当麻给利用了。汇报给樱井的情报，一定全都被告知给了这位警部。

我在旧书店工作，对他们来说是件好事。如果我受博人之托整理光贵的藏书的话，就不需要什么搜查令了。我不仅能进到他的屋子，还能调查他的全部物品。没办法不利用这个家伙，当麻应该是这么想的。

这么说来……

博人之前说过他是从认识的急救护士那里知道了我的名字。我当时想的是就算是被再怎么"年轻可怜的男孩"拜托，随便泄漏别人的隐私，这个护士也是够大嘴巴的了。但是，现在想来，如果那时对博人的搜查已经开始了的话，这位护士很可能在背后受到了当麻的指示。还有，光贵的藏书处理也不是博人自己想出来的，他应该是被谁诱导的吧。

对了，在那家医院的时候，我两次目击到了穿着工作靴的茶色头发的壮汉。第一次是博人在自动贩卖机前把零钱洒落一地的时候，第二次是见到冈部巴的时候。我那时虽然没怎么在意，不过，在去年春天和当麻扯上关系的时候，我两次撞上了那位工作靴男子。然后……

我紧盯着坐在驾驶席的郡司的后脑勺。

"对了，之前好像有一个男人非法入侵了博人房间。住在一○一号房间的里奥大爷和他撞了个正着。"

当麻的左眼皮轻微地痉挛了一下。

"哎呀？这件事当时没人报警吗？我没有收到过相关的汇报。"

"没被报警，挺好的啊。和邻居撞个正着，这个人可真是个低水平的非法入侵者呢。"

那个家伙恐怕是负责监视青沼家的人吧。而且他事先知道了我的长相。仔细想想，那起坠落事故刚发生没多久，东都综合调查的樱井就把"青沼光贵"的情报告诉给了我。只能这样认为了。

也就是说，是你吧？

郡司从脖筋僵硬到了后脑勺。脱发症？一直到他头顶的"地中海"全都涨红了。当麻咳嗽了一声。

"回到刚才的话题。再过不久，蓝湖公寓的火灾原因就要公之于众了。结论是青沼博人死于失火事故。在他死亡之时，不论是服用药物，还是给炉子做手脚的痕迹，都没有被找到。而且，有邻居作证说在这个月月初的时候曾看见光枝拿着像是炉子的东西进了公寓。我们的判断也是由此而来。没有自杀的证据，也没有放火的证据。用排除法来看的话，这个结论也是妥当的吧？"

"光枝呢？光枝说什么了吗？"

"她现在还无法开口说话。"

白色轿车从品川路驶入鹤川街道，开始横穿多摩川。在夜晚的黑暗之中，河川也变得沉默了。我发现轿车正驶向多摩丘陵的一座小的高丘。我想到了缓慢转动着的摩天轮。

"我的上司的意见是，博人虽然继承了他父亲的羟考酮生意，每天苦于复健，早已身心俱疲。不知道他是否有了明确的轻生的念头，火灾像是他自己引起的。'杀人熊书店'和'Heartful Reuse'搜查光贵的房间……不对，火灾发生在着手准备整理遗物和藏书的前一天晚上，只是偶然。"

当麻的语气里充满了讽刺。

"现在的上司是现实主义者。他说，如果与羟考酮有关的黑暗组织想要把药给了朋友的博人的性命的话，应该会采取放火这种一目了然的方法。一般来说，那种组织通常不会用放火这种简单粗暴的办法，不过如果要用的话，比起吸引警察的注目，他们更优先考虑的是炫耀自己的力量。"

轿车钻过高架桥，左拐之后下了缓坡。驶离大煞风景的小型环岛，车子停了下来。看了一眼外面。一辆正在等候客人的出租车。当麻敲了敲车窗，噘着下巴。看见了公交车站。带遮雨棚的长椅。在支撑顶棚的柱子的旁边，放有几束花。枯萎、美丽而又朴素的……明明都已经过去了八个月，痛苦的记忆貌似还残留在这里。

"我们已经停止调查此案了。"当麻说。

"这是上面的命令。搜查经费和可用人员都有限，事件又多。再加上也有人觉得，麻药性镇痛剂的黑市只是我的幻想。因此出于各种原因，我们的搜查只能到此为止了，唉……"

"喂，你。"

我果然还是发怒了。就算对方是信乐烧的狸猫，我也已经忍不了了。

"故意埋伏我，把我引到这种地方，就是为了让我听到目前为止的故事梗概吗？让我代替他们调查此案吗？别开玩笑了，为什么我非得按你们说的做啊？拒绝，我拒绝。我要下车。"

把车门推开之后，我发现自己的身上还缠着安全带。在我拼命挣扎的同时，当麻悠闲地说：

"我还什么都没说呢。你说得没错。叶村女士没有非得调查青沼博人案子的理由。你的委托人博人已经死了。不工作就不会被抱怨呢。"

"委，委托人？"

"不是吗？'发生那起交通事故的时候，我为什么会和父亲一起

出现在京王相模原线天空城站的站前环岛？一位名为叶村晶的侦探在替我查明原因。'他曾高兴地对大学同学说过这些话。"

缠在我身上的安全带总算被解开了。我从轿车里冲了出来，使劲地往回甩了车门。后排座椅的窗户被摇了下来。当麻茂的脸露了出来。

"郡司的名片。"

他突然把名片递给我，我条件反射般地接了过来。当麻说：

"虽然你对我们没有报告的义务，但是你还是拿着吧。说不定在什么时候会用得上。"

白色轿车尾灯消失在视线之后，我迈出了脚步。靠在公交车站的柱子旁的花束随风摇动，落在了地上。玻璃纸沙沙作响，花束滚向了人行道。耳朵里传来了刺耳的响声。

在此处发生的事故，使得博人的人生发生了巨大的变化。为什么会这样呢？命运没有答案。除此之外，我也没有其他的答案了。可即便如此，他还是想让我帮他调查。"为什么我和父亲会在这里？"就算知道了原因，复健也不会因此而变得轻松，伤病也不会痊愈，他也不能像普通人那样工作，也无法保证他就能找回失去的记忆。

可即便如此…

我松开了紧握着的拳头，拉平了被我揉得一团糟的郡司的名片。

## 13

青沼光枝从被运送的启论大学医学部附属医院转去了井之头江岛

医院，在那里继续接受治疗。这是东都综合调查的樱井说的。

那个时候，光枝被大火洗礼，吸进了大量的烟雾。包括气管在内，她的整个面部都被烧伤了。一边做着紧急处理，一边赶忙把她送去医院，但是烧伤状况比预想的还要严重，她的大脑无法得到足够的氧气。由于缺氧缺血性脑病，她直到现在还神志不清。

得到这个情报之前，我被"不好意思、抱歉、是我不好、对不住了""这是上面的命令"等大量的道歉和借口劈头盖脸地泼了一通。我早已向他展示了我的愤怒，不过，说实话，我其实早就超出了愤怒的层次。

樱井并不是我的朋友。我们只不过是工作伙伴罢了。他需要让自己站在东都综合调查的管理职位的立场。就算是打了再多年的交道，为了庇护我这么一个临时工而拒绝警察的合作请求，对樱井来说，这个选项从一开始就不存在。

还有，关于把我派到青沼家一事，他并没有明确地撒谎。倒不如说，为了不撒谎，他反而经过了一番深思熟虑。我被叫去杉并西警察署的时候，他当时那么不高兴，估计也是因为对这个结果感到羞耻吧。暗中被利用的……特别是被那个叫当麻的给利用了，我也觉得很郁闷。但是，明明可以选择拒绝，可最终被三十万钓上钩的人，毕竟还是我本人。

也不是从一开始便陷入此般境地。咬着被子、辗转反侧了一整晚之后，才成了那个样子的。

虽说如此，樱井好不容易感受到了厚重的罪恶感，我怎么可能

会想打消它呢？博人之前说的他的大学朋友"出石"和"游川"的联系方式、有关博人妈妈私奔的详情，我列了很多想让他帮我调查的事项，本以为他会觉得很麻烦，可谁知樱井哪里是摆出一副愁眉苦脸的样子啊，他像是摇着尾巴的小狗一样，高兴地接受了我的请求。

与他完成联络之后，我离开了斯坦贝克庄，起身前往江岛医院。

虽然是周一，但是医院的大厅里却没有那么多的人。面色阴沉的人们，正坐在长椅上东张西望。

重新看了一眼周围。和之前去的启论大学医学部附属医院相比，井之头江岛医院的设备明显要陈旧不少。入口的自动门反应迟缓，长椅像是被刷过很多遍漆，地面的许多地方都少了油毡，也没有现在的建筑物里很常见的吊顶荧光灯。斜十字交叉的抗震钢筋露在外面，支撑着墙体。如果可以的话，我可不想在地震的时候待在这里。

我装作煞有介事的样子，一边摆弄着手机，一边在医院入口盯梢。快到上午十一点的时候，牧村英惠现身了。她面色发黑，看起来有气无力的。她穿了一件深紫色的羊毛大衣，脖子周围缠着灰色的围巾。灰色的紧身裤和塞在码数偏大的鞋子里的双脚，从长大衣的衣摆下露了出来。鞣皮小包斜挎在身旁，她手上还提了一个纪伊国屋的购物袋。

她注意到了我，一瘸一拐地朝我走来。她的表情很生硬。

"你是叫叶村晶吧？事到如今，你还有什么事？"

之前设想好的关于如何开口的台词，全都从脑内消失了。我现在来这里做什么？我最怕被问到这个。

英惠平静地说：

"博人遗体的火葬，是我一个人负责的。光枝出院之前，葬礼也没办法举行。一直被邻居挖苦。住在公寓的那个大爷说由于火灾他才变得无家可归，让我们赔偿他的损失。警察确定说火是博人自己放的。那你呢？起火之后，你是从二楼跳下来了吧？即便这样，你还是想要向我抱怨吗？难道说，你是想让我给你磕头道歉吗？"

"我没有这样的意思……"

"哦，那是我失礼了。你是想去看她吗？"

说着，英惠加快了步伐。不能就这样结束。我追了上去，跟在英惠的身后继续说道：

"一直是您一个人在照顾光枝吗？除了您，她还有别的亲戚吗？"

"她没有别的亲戚。"

"那，博人……博人君的母亲呢？她没有联系过你们吗？"

英惠在副楼的电梯前停下了脚步。她没有看我，胡乱地敲着呼叫按钮，说：

"为什么要这么问？和你没关系吧。"

"火灾前一天的晚上，博人的房间里有一位女性。那人恐怕待了两三个小时才走的，不是位年轻的女性。所以，我猜会不会是……"

伴随着"叮"的一声，厚重的电梯门开了。英惠朝我转过了身。

"会不会是什么啊？"

"我在想，那位女性会不会是博人的妈妈。"

英惠先是愣了一下，之后突然变得一脸严肃，说了句"这到底是怎么回事啊"。

"是博人的妈妈啊。就是那位刚生下博人便跟着'狐狸与猴面包树'的老顾客私奔了的……"

英惠目不转睛地盯着我。

"这话，是博人告诉你的？"

"不是……是传言。"

英惠的目光越过了我的头顶，朝着后面的墙壁。过了一会儿，她回过了神，走进了电梯。我也硬着头皮跟了上去。

"传这个谣言的，应该是那个姓小暮的老头吧。他在那个公寓已经住了三十年了，估计平时总爱说些有的没的。"

我小心谨慎地沉默着，没有告诉她我其实是听樱井说的，樱井其实是听警察说的。电梯的门慢慢地关上了。英惠背对着我，飞快地说：

"不管你看见了谁，那人一定不是博人的妈妈。你看错了。"

"你为什么敢如此断言呢？"

"为什么……因为博人恨把他扔下的妈妈。就算他妈妈出现了，他也不可能和妈妈待在同一个房间的。他们会吵架的……与其这样说，不如说他们会陷入惊醒众人的修罗场吧。"

"博人的妈妈叫什么名字？"

"李美。青沼李美。"

"英惠，您是见过她的吧。那位李美，是个什么样的人呢？"

"什么样的人？……"

英惠转过了头，正视着我。

"是啊。她是个还很年轻漂亮的、引人注目的女人。但是，她好像喜欢穿成破破烂烂的样子去周游世界，把自己在旅途中遇到的倒霉事和找到了便宜的住宿等事向背包客同伴们炫耀，以此获得自我满足。她曾说自己瞧不起旧的价值观，什么人必须要有新的愿景才行，结果到了关键时刻，她还是没能逃出旧价值观的束缚。真是个认不清自己的愚笨而又可怜的女人。"

"您说话可真尖酸啊。"

"嗯？"

英惠嘲笑般地反问我。

"她丢下刚出生的孩子私奔了，对吧？难道我还应该夸她吗？"

"那会是谁啊？真的不是她吗？"

"谁知道呢，我也不知道。光枝从不对我说她儿媳妇的事情。估计她不愿意说博人妈妈的坏话吧。光枝是个很公正且注意他人的人。"

"是啊。"

英惠惊讶地望着同意的我，吸了一下鼻子。

"那位跟她私奔的人，好像叫佐藤什么来着，你有印象吗？"

"佐藤？这个名字也太常见了吧。我只知道博人妈妈的名字并没有改成'佐藤李美'。早就过了宣告失踪的期限，但是光贵一直没去注销李美的户籍。李美现在也还叫青沼李美，她的名字改写在青沼家

的户籍上。"

电梯到达了五层。电梯厅的地面上铺着像是木头材质的地板，眼前的墙壁被刷上了漂亮的绿漆，快要长到天花板的看样子很幸福的树，栽在了有漂亮花纹的九谷烧的花盆里。墙上挂着写有"QOL病房楼"的小铜板。

四周安静得令人惊讶，应该是用了能消音的建筑材料吧。身材娇小的护士笑眯眯地看着我们，用比猫还要轻的脚步从我的面前走过。

看着护士的背影。她走进了电梯厅右侧的护士站。在我想往前走跟上她的时候，英惠猛地回了头。她对我说：

"我可没打算让你再往前面去了。如果你非要进，可别怪我不留情面。让其他患者受惊吓的话，你肯定会被警卫轰出去的。你应该不想被这么对待吧？你要还是个明白人的话，就请赶紧回吧。"

"那个，让我看一眼光枝就好。"

英惠吸了一下鼻子，边走边说道：

"你这么久都没见她了，也没看你出什么事。况且，她现在没有意识。见和不见没什么两样。我说的没错吧？"

"博人之前委托过我一件事。虽然已经迟了，但我还是想完成它。我想把这件事报告给光枝，想让她允许我去做。如果不允许的话，那我就打算擅自调查了。因为这是博人和我的约定。"

我紧追不舍地补充道：

"为了完成博人的委托，我需要调查他的私人物品。能让我看看他在主屋里的房间吗？拜托了。"

英惠没有停下脚步。她沉默着扬长而去了。


还没到正午时分，"狐狸与猴面包树"餐厅的前面已经排起了长队。想着他们反正是来这里吃个午饭罢了，游客自不必说，但是挂着拐杖、穿着病号服的老年人和穿着一身白衣的江岛医院的工作人员交错着排在一起的场面，还是很引人注目。我一边在车站等着去往吉祥寺的公交车，一边望着"狐狸与猴面包树"。

穿着条纹衬衫和胭脂色背心的服务员从店里走了出来，微笑着和穿着病号服的患者聊天，搬来椅子给他们坐，队伍变短时扶他们往前走，给他们递水喝，对他们嘘寒问暖。我盯住了服务员的工牌。明明不怎么远，却看不清楚。最近，我眼睛的聚焦能力好像又变差了。

算了，也无所谓。我记住他的脸了。假装成很喜欢餐厅建筑风格的样子，我拍了一张照片。关于他们那几个人里到底谁是合作人员的事，等下一次来这里之前，我找机会去问问当麻好了。

一有空座位，客人就被往店里拥。乘着从开着的门缝里漏出来的风，孜然、桂皮、肉蔻和其他香辛料的味道，与花香一起飘了出来。我一时感到有些饿了。活着，肚子就会饿。人类可真是可悲的生物。

到了吉祥寺之后，我朝着杀人熊书店走去。

在外面的楼梯下面，招牌猫驼着背，咯吱咯吱地吃着东西。注意到我之后，它迅速扭了头，飞快地逃走了。虽然不能说它与我很亲近，但是应该没有那么讨厌我吧。我一边想着，一边爬上了二层。

这里原来是土桥从他母亲那里继承过来、由六个房间组成的灰

浆木制公寓改装而成的。二层最靠外的两个房间被打通，成了一个大厅，也就是沙龙，平时被用来举办演讲等活动。靠里的那个房间没被改装，洗手间和厨房都还是原来的样子。白熊侦探社的事务所就在那里。话虽如此，事务所正下方的仓库早就被塞满了，光是装着卖不出去的书的纸箱就占了厨房面积的四分之一。早晚有一天，下面房间的门和窗会变得无法打开的。

在余下的空间里，放着旧更衣柜和桌子，还有从土桥母亲家里搬来的带着裂纹的皮革沙发。我把之前用于调查的一小部分装备从斯坦贝克庄里拿了过来，塞进了这里的壁橱里。当时只是想着搬家的时候能省些工夫，没想到它们现在却成了我的意外收获。虽然用惯了的手电筒、望远镜、单反相机等物品都在火灾中被烧毁了，但是还剩了一些能用得上的东西。

检查了针孔相机和监听器等装备的电池，拿出了现在被用来装杂物的旧书包。这个书包里有个暗袋，螺丝刀和刀子都能放进去。只从外面摸的话，是绝对不会被发现的。

至于其他的必要物品，我一并在车站前的堂吉诃德杂货店里采购了。在手机上记了笔记，吃着在"ATRE吉祥寺"百货店买的午餐——炸猪排三明治和冰沙，我打开笔记本电脑，检索了"二〇一五年三月二十日 天空城 交通事故 "。电脑屏幕上出现了很多篇新闻报道。

春分之日的前一天，星期五，正午之前。一辆停在京王线天空城站站前环岛附近坡道上的小货车，突然间冲了出来。小货车笔直地撞向公交车站，碾压了三位正在等车的路人，猛撞到后面的建筑物之后才停了下来。被卷进这起事故的东京都杉并区的餐厅店长青沼光贵（51岁）和稻城市的自由职业者岩木茂登子（41岁）在送到医院之后被确认死亡。事故发生时和青沼光贵在一起的他的儿子（21岁）也一度陷入意识不清的危重状态。

造成这起事故的嫌疑人——住在邻近的川崎市多摩区的个体营业户堀内彦马（78岁）头部受到重伤，休养了两个月。在审讯中，他声称自己踩错了油门和刹车。嫌疑人堀内的妻子于一年前去世，他本人也变得有了抑郁倾向。警方对他的认知功能障碍进行了检测，正在慎重推进此案的调查……

把新闻报道的内容总结一下，大概就是上述的内容。我浏览了更多的新闻，想找找看是否有挖得更深的报道。我之后又看到的，是作为受害者之一的岩木茂登子有正在上高中和初中的儿子各一人，他在自己家附近的超市打工也有七年之久了。青沼光贵是位于吉祥寺的人气餐厅的店长，和他一起遭遇事故的他的儿子，是位于池袋的教爱大学的学生。还有，数月前的检测结果显示，堀内犯罪嫌疑人并没有认知障碍。他本人只是供述了事故当时笔直冲下坡的小货车在公交站处停了下来，一时之间，他的大脑变得空白一片……剩下的都是些"高龄驾驶员酿成事故"的报道。

唉，这也是没办法的事。从一开始，我也没想过自己能检索出与"青沼父子为何会出现在那天的事故现场"相关的线索。如果这样就能查出来的话，博人早就应该知道了。

跳转到了天空城站的主页。天空城不仅仅是游乐园，在其广阔的园区里，还有很多各式各样的设施。天空城高尔夫球场、天空城医院、天然温泉、养老院、棒球练习场……对了，话说高野咲的圣地之一就是天空城这里的棒球练习场。

我试着追溯至事故发生的一年前，检索了从那时起与天空城有关的话题。

期间限定游乐设施"地球穿梭机"解禁；偶像声优组合"波波利的泳池边"演唱会顺利举办；三千株杜鹃花迎来满开季；天空城对过山车故障致歉；第一停车场出现儿童中暑事件；新口味"蓝色夏威夷"天空城刨冰发售；东停车场停车管理员被殴打事件；摩天轮管理员被殴打事件；在等候过山车的队伍中发生因插队引起的游客纠纷；最近报告了很多起因游客饮酒而产生的纠纷；为了各位游客都能愉快地游玩，请时刻注意不要在园内过度饮酒；和天空城官方吉祥物"天空犬"一起玩儿吧……后面还有很多内容。

我取出了郡司的名片，给他发了一封邮件，说我想看交通事故的报告书。还写了我想知道火灾调查报告书的内容以及"狐狸与猴面包树"的相关情况。不知道他会不会回我的邮件，但是问他一句又不会让我损失什么。如果是他的话，这种时候，他肯定是会想利用我的。

下午两点半已过。我换了一件黑色上衣，离开了事务所。坐井之头线到三鹰台站，然后再过去。下车之后，我登上了立教女学院旁的坡道。随着接近青沼家，我的呼吸开始变得急促，心跳也加快了，有种不祥的预感。

转过弯之后，那棵樱花树便映入了眼帘。就像什么事情都没发生一样，樱花树稳稳地立在那里。只是，蓝湖公寓连影子都没有了。把我冻得发抖的那个房间，装满了光贵终其一生所收藏的书的房间，光贵的遗骨所在的房间，里奥大爷的房间，博人和那个迷之女子一起度过并发出呻吟的那个房间，全都不复存在了。这里已经是一片空地了。能闻到被重新翻过的土的味道。

我放心了。但是心又好痛。不只是房间和建筑，我们一起度过的那段时间，像是从一开始就消失了。

或者说，那有可能是点心罐妖精故意给我们看的幻影吧。


"青沼夫人的表妹，是叫英惠吧？她处理得非常快，那件事发生之后，不到一周的时间，挖掘机就开进来了。"

住在樱花树另一侧的邻居早坂茂市，一边泡着红茶一边笑着说道。

那场火好像没有烧到邻居家。如果火出现在前一天那个刮大风的晚上的话，邻居们恐怕就要遭殃了吧。早坂家的围墙有些许烧焦的痕迹。不过这种程度的痕迹，不知道那场火灾的话，是根本注意不到的。

他家里应该没事吧。"不好意思，我道谢晚了，那个时候是您把我从树上拉了下来，您就是我的救命恩人。"我有些夸张地向他表示了感谢。在内线电话机的另一侧，早坂茂市害羞地说："没事，没事，我只是做了自己该做的。对了，请稍微等我一下。"

等了十分钟。终于，早坂家的玄关开了。一位穿着樱桃图案围裙的男人出现在了我的面前。怎么看，他都得有八十多岁了。从树上下来的时候，没有把他给压到真是万幸。

我把在纪伊国屋买的红茶递给了他。他说："太好了，我的杏仁粉费南雪蛋糕刚刚出炉。"说着，他让我进到了屋里。

"青沼夫人的意识还没恢复，就把那边给收拾了，是有些无情了啊。不过，一出门就是火灾的废墟，不仅味道很难闻，也有可能会引来小偷。和附近的邻居商量了之后，我作为代表到医院去请愿了。英惠能听懂她说什么，真是帮了我的大忙。"

"早坂大爷，您住在这里很久了吗？"

小而美的独院住宅，院子里也被收拾得很整洁。在我被带进的客厅里，摆着一张像是遗像的女性的照片。

"这是我的妻子。她去世已经有五年了。"

早坂随着我的视线望去。

"我买这块地，好像是在昭和三十五年的时候。那时，青沼家的房子已经建好了。公寓当时还是一个鸡窝，虽然我们每天都要忍受吵闹的鸡叫声，何况我的妻子当时还怀着孕，但是，因为他们家经常送鲜鸡蛋过来，我们也就不好抱怨什么了。托他们的福，我的儿子健康地长大了。"

"您的儿子，和光贵一样大吗？"

"比他小一岁。不过他们小时候没有一起玩儿过。青沼家的主人是附近有名的对孩子的教育非常关心的爸爸。他让孩子上了启论大学附属幼儿园，从小学英语。光贵君经常坐在院子里被他爸爸体罚，虽说光光后来是学得不错吧。我妻子之前说过，我家那个傻儿子和光贵相比，简直是两个世界的人。"

早坂茂市把红茶和费南雪蛋糕一并端了出来，说"尝一个吧，我是照着妻子留下的配方做的。"

"但是，好不容易进了医学部，光贵君却中途退学离家出走了，真像是叛逆期来晚了的嬉皮士。我们对此都感到很吃惊。最开始的时候，青沼说光贵君在国外留学。可是没过多久，我就看见胡子拉碴、头发蓬乱的光贵君和一位与他打扮很类似的女性一起回来了。'你是打算结婚吗？''你不打算原谅我吗？'他们父子二人吵架的动静，住在附近的人几乎都听到了。"

他让我再吃一个费南雪。我吃的时候，他连眼睛也不眨一下，一个劲地盯着我看。

"怎么样？我今天奢侈了一下，试着用了发酵黄油。"

"特别好吃。很香，而且又不是特别的甜……光贵以前是医学部的？"

他也把一个费南雪放入了口中，小声嘀咕了一句"稍微硬了点儿啊"。

"启论大学医学部，就算是高中特进班的孩子，也很难考进去的。青沼以前在制药公司当销售，听说不管是医生还是医学部的教授，想让他们高兴可不是件容易的事。估计是他想让儿子成为医生，以后给那些人一个教训看看吧。遗憾的是，他的宝贝儿子却是个嬉皮

士。我妻子听青沼的夫人说的，最后，光贵君好像擅自和那位女性结了婚。"

"那之后，我就再也没有见过光贵君的身影了。父亲病死之后，他带着妻子回来了，住在公寓的单间。"早坂一边用纸巾擦着夹过费南雪的手指，一边说道。

"光贵的妻子吗？都已经是二十年前的事情了，不知道她现在长什么样子。我记得她是个很强硬的人，夫妻二人吵架的时候，她一点儿也不害怕。确实，她的岁数应该比光贵要大一些吧。吵过架之后虽然和好了，但没过几天，他们就又开始骚扰近邻了。"

"我的妻子是个很谨慎的人，见他们像是要和好，便会立刻把纱窗关上。但是，他们毕竟是年轻人，没办法啊……叶村女士，再吃一个费南雪吧？为了预防老年痴呆，我开始学做点心，越做越觉得有趣，越做越入迷。现在不是很流行什么'甜食男子'吗？我应该也算是吧？"

"哈哈哈哈。"茂市爽朗地笑了，我也附和着笑了。红茶喝完了，费南雪粘在了喉咙里。点心是无罪的，很好吃。仔细一看，我发现他的唇纹上残留着口红的痕迹，脖筋处也像是擦了粉底。

不知道这是出于什么原因。他难道有那方面的兴趣吗？但也有可能是因为思念妻子，所以把自己打扮成了亡妻的样子吧。遗像中那位女性的眼神，和凝视着吃费南雪时的我的早坂茂市的眼神非常像。不管怎么说，我确实打扰了他美好的午后时光。

## 14

我最后问了他一句有没有看到青沼光枝把灯油炉拿进公寓。早坂茂市回答说他没有看见。

从早坂的家里看的话,青沼家的主屋和公寓的出入口都被公寓给挡住了,所以没看到也是正常的。能看到的,也许只有住在公寓里的人吧。远远望着井之头路,发现居酒屋里有一位醉醺醺的大叔。是那个人吗?还是说是从对面的房子里出来的?又或者是路人?

"青沼家的对面那里,也是出租房。"

早坂特地把我送了出来,指了那个房子。

和我小时候读过的绘本《小的家》里出现的房子很像。一栋白色的有三角形屋檐的房子。窗框和门被涂成了蓝色,房顶上有一个海鸥模样的风见鸡,能体会到主人的兴趣。这栋房子像是已经被租出去了,仔细看的话,会发现地下散落着一些木片。

"之前是叫作吉永的一家人住在这里的,他们住了将近有二十年。他们一家共四口人,除了夫妻二人,还有一个和博人同岁的女儿以及比女儿小两岁的弟弟。自从他们搬走之后,这里的租客便开始频繁更换,没有住得久的人。大概是一个月之前,我看到过一个肠胃看上去不是很好的年轻男性进出过那里,但是不知道从什么时候开始就又看不到那个人了。"

其实,那是警察派来监视青沼家的人。抑制住了内心想要告诉他

的冲动，我离开了早坂家。早坂茂市取了晚报之后，小跑着回去了。明明才刚过下午四点，街上就已经有了黄昏的样子。

早坂茂市告诉了我那晚帮助过我的住在附近的人。我逐个拜访了他们的家，不过他们绝大多数都不在家。平日的这个时间，上班的人都还没回来吧。只有一位叫山冈的男性在家，我一边道谢一边把红茶递给他，他面带惊讶地收下了。我问他关于火灾的事情，他沉默了很久，眼神就像是穿过我看着另外的次元。稍微又寒暄了两句，我便立刻离开了。

从山冈家出来之后，我撞见了一位女性，是光枝当时给我介绍过的邻居片桐。染成了纯黑色的头发，浅粉色的指甲，深蓝色的带着光泽的大衣下露着漆皮浅口鞋。片桐往后跳着躲了一步，双手捂着胸口，直呼"吓死我了"。

"你是住在青沼家公寓的侦探吧？你找山冈有事吗？"

我说自己在火灾的时候被他帮助过，今天是来向他表示感谢的。听了我的话，片桐歪着脑袋，低声说道：

"山冈最近有些健忘。之前在超市买东西的时候，他没付钱就走了。"

"为什么呢？"

"经常有小姐过来。"

片桐暧昧地说。

"放在谁家里都不好受。博人君遇上那种事情。龙儿，我的儿子，也受到了打击。博人君应该是喝药导致意识变得模糊了吧。"

"我听博人说过您的儿子。他们是好朋友吧？"

"嗯，啊。"

片桐面带愧色地含糊其词道。与儿子同岁的朋友去世，儿子却还很健康。也有听到这种事后会产生罪恶感的人。

"您儿子现在在家吗？"

"他在专门学校。说是对以后的工作有帮助，从现在开始要学习。"

片桐骄傲地说出了一个在东证一部上市的企业的名字。春天从学校毕业之后，龙儿似乎就要去那里工作了。现在这个时代，终身雇佣已经很难了吧。但是大企业终归是大企业。工资待遇和中小企业是完全不同的。和吹口气就能吹跑的个人事业者相比，简直就是狮子和草履虫的差距。

"我想和您儿子聊聊。其实博人在去世之前，曾拜托我帮他调查一件事情。我想，龙儿说不定听他说过什么。"

片桐惊讶地睁大了眼睛。

"自从事故发生之后，龙儿就没有见过博人。他之前倒是去医院探望过一次，不过，博人受的伤过于严重，之后很难再和别人见面了。该怎么说呢，明明之前关系那么亲密，龙儿看到健康的自己，觉得心里很不是滋味。我觉得他帮不上你什么。"

说了一连串之后，片桐又补充道：

"就像博人君一时疏忽酿成火灾那样，他平时的意识也不是很清楚，拜托你的事，说不定他就是随口说说而已。"

和片桐道别之后，我朝着青沼家的方向走去。

不只是蓝湖公寓，就连用马克笔写着"青沼"的生锈的邮箱和路旁的山茶花都没有了。在光枝留下笤帚扫过的痕迹的院子里，放着我和她一起堆的像小山似的废品袋子、枯萎的盆景，还有烧焦的铁皮水桶。除了几个空罐子和塑料瓶，里面还有烟蒂。青沼家的主屋就像放下一切修饰的驼背老太太一样，接受着路上往来行人的目光的洗礼。

看来是没办法在白天实施了。等天黑吧。

我面朝着井之头路。突然间感到了谁的视线，我抬起了头。紧邻三角形房顶的白色房子，在一栋屋顶上是土黄色瓦片的平房前，一位女性单手握着晚报，歪着脑袋盯着我。她是光枝之前向我介绍过的邻居大场。"等等，先别开枪！"大场家的屋子里传来了像是重播的刑侦电视剧的台词，音量非常大。

大场说她好像见过我，但是想不起来了。我粉饰着自己亲切与哀愁交织的表情，向她打了招呼。本以为她会很直接地回我"你是哪位"，但是，大场并不是那种失礼的人。伴着她暧昧的回答，我提起了火灾调查的话题。我说："有很多不同部门的人来回换着出现，是不是不记得了啊？"大场大声地赞同了我。

"是这样的。不止是警察和消防的人，区役所什么课、保健所、什么报还有什么周刊杂志的人都来了。博人君的事果然引起了很大的关注啊。可怜的孩子。碰上交通事故受了那么严重的伤，明明他还那么努力地复健……"

感到胸口僵硬。她把我当成了警察或者政府的工作人员。就算我不是，也不能在这里哭。

我咳嗽了一声，问她道：

"您和青沼家平时走得近吗？"

"我和光枝已经打了五十多年的交道了。"

我不禁往后退了一步。她应该没听过"破钟"这个词，但是她真的长得很像破钟。在空中啪嗒啪嗒飞着的蝙蝠，突然改变方向飞走了。

"这里本来是我父母的家。离婚之后，我回到了这里。父母嫌我丢人，不让我出去，所以，我基本上就待在家里帮他们做做家务。在那些邻居里面，不说我的坏话而且愿意和我接触的，也就是光枝了。她应该也是个经历过很多事情的人吧。"

"此话怎讲？"

"她丈夫对她家暴。"

大场丝毫没有降低音量的意思。附近传来了关窗的声音。扭头一看，在青沼家旁门口挂着"横尾"的房子窗边，一位女性站在那里。挂着黑色装饰的大树和硕大的家门让这个崭新的房子看起来很特别。她没有表情地转过了头，藏进了蕾丝窗帘的后面。

"接着说她被家暴的事。光枝的老家在埼玉，她家以前是做小买卖的，经过客户的介绍，她这才和青沼结了婚。所以不论是自己被打被骂，还是孩子被体罚，她都没办法回老家。她丈夫还说过'我一边上班一边经营公寓，还教育儿子和你，你去哪儿找这么好的丈夫去？你就知足吧'这样的话。好像对她的父母也这样说过。以前的人们最

165

优先考虑的，毕竟是'吃上饭'啊。暴力什么的，也算不上是什么大事。"

"这样一来，儿子光贵对他父亲叛逆的时候，是不是闹得很厉害啊？"

"何止是很厉害啊。青沼发火说全都是光枝的错，好几次都把警察给招来了。光枝身上全是伤，甚至还被打骨折了。可就是这样，警察根本没抓她丈夫，只是说教了一番就走了，还说什么'妻子没办法宽慰丈夫，所以我们警察才出动了'。"

大场愤怒地瞪着我。我低下了头，小声嘀咕道："这也……"大场平复好心情之后，继续说：

"不过，这都是过去的事了。她丈夫也早就去墓碑的下面了。但是，光枝这些年可真的是遭了罪了。她丈夫突发心脏病去世之后，儿子和儿媳妇两个人又搬了过来，孙子出生之后，儿媳妇又从家里出去了。结果，博人是被她一手给带大的。她把博人带到上了大学，好不容易眼看就要毕业，也找到了工作，偏偏却又遇上了交通事故，最后是那场火灾。我听说博人的失火事件了，作为见过博人受伤之后的我来说，他没弄好炉子从而导致失火，这件事也不是一点儿可能都没有的。"

"对了，话说，好像有人看到过光枝在这个月月初的时候把炉子拿进了公寓。"

"啊？什么？"

之前还滔滔不绝的大场，突然陷入了沉默。装作不知道，我紧接着说：

"能记住这么细节的内容，想必那个人的记忆力一定很强吧。我要是一个月前见过有人拿炉子进出那里的话，肯定也早就忘了。"

"哎，我明明还没那么老啊。"

看到眼泪在大场的眼睛里打转，我急忙接话道：

"那，您方便提供目击证言吗？"

"啊，协助搜查毕竟是市民的义务。可是，我说的这些话应该无关紧要吧？"

"才不会的。您说的话是非常重要的证言。如果没有您的证言，警察就无法排除放火的可能。真的谢谢您。"

我深深地鞠了一躬，大场尴尬地笑了。她忐忑不安地说：

"是吗？这样啊。能帮上你真的太好了。啊，我还不能走，水壶还在火上烧着呢。"

玄关关上了。屋子里面吵闹的刑侦电视剧的声音也消失了。

隔着大场家的门，我看向了青沼家。如果路边的山茶花还在的话，从大场家的平房是望不到青沼家的院子的。路过的时候就另说了。

当我再次走向井之头路的时候，从"横尾"里走出了一个人。是刚才见过的那位女性。她穿着黄色毛衣、灰黑色的花呢裙，脚上穿了一双平底鞋。

她低下头自言自语道：

"大场是个编故事的小偷。"

"啊？"

"把别人的话说成是自己的事。她脑子那么笨，才撒不了什么谎呢。一听到别人说个什么事，她就能给别人说得像是自己见过的一样。"

"灯油炉的事情也是吗？"

好像是觉得自己说多了吧，横尾低着头回家了。

我继续往前走，途中拐了好几个弯。我一边观察着住宅区的街道，一边走到了井之头路。

井之头路的两旁，有几家居酒屋。我最先看到的，是一个有些年头、装有磨砂玻璃推拉门、写着"新藤吉"的木造居酒屋。推拉门的边上贴着日本酒制造商的海报，递上酒壶之后，穿着和服的女性像刚过三十三回忌的魂魄一样，轻轻地飘走了。

还有两家连锁居酒屋和一家装修得比别的店要气派不少的小料理店。不知里奥大爷是在哪一家店，或者说这些店他全去过我都不会觉得惊讶。但是，不论是哪一家店都像是刚开张不久的样子，客人也是零零散散的。说不定它们都应该重新开业一次。

正在这样想着的时候，我在靠里面的地上发现了棒球帽。

里奥大爷挤着他那张满是皱纹的脸，和与他同行的人愉快地聊着。和他一起的有三个人。一个是上门牙少了一颗，另一个是上门牙少了四颗，还有一个是上门牙少了两颗、下门牙少了一颗的人。他们都穿着像是平安时代的女官才会穿的那种古装。

他们像是故意地大笑着过了马路，进了便利店。我悄悄地跟了上去，在便利店里一边买咖啡，一边观察他们。只见他们把两桶便宜烧酒、两组六罐装的发泡酒、几个纸盒包装的日本酒以及矿泉水、炒面、炖炸猪排、土豆沙拉，还有一些干货装进了购物筐。最后，不知道是谁说了一句"不摄入蛋白质的话，对健康不好"，他们立刻就又从收银台边拿了一盒炸鸡。

付钱的是里奥大爷。他从怀里掏出的钱包看起来很便宜，但是很新，而且也很鼓。拿起塑料袋的时候，里奥大爷说了句"多谢款待"。紧接着，他文雅般地点了点头，感叹道："这里真是个好地方啊。"一行人离开了便利店。我喝着咖啡，跟在他们的身后。

他们要去的是都营住宅。并列着的四栋四层楼高的长方体建筑，一层是很低的楼梯和种着杜鹃花的草坪。楼顶上的储水罐正沐浴着阳光。

草坪的一角有一个凉亭。四根柱子支撑着亭子的顶部。下面放着发黑的长满苔藓的大理石质地桌子和长椅，感觉它们最适合出现在高压清洗机的广告里了。里奥大爷像国王一样坐在那里。另外三个人则把饮料都摆在了桌子上，然后开始倒酒。从旁边看，他们一点儿也不拘谨，很是开心。所有人轮流倒着大桶烧酒，大口地吃着加了很多蛋黄酱的炸鸡。

当时，我判断自己暂时无法逃脱，于是侦查了四周的情况。虽然天色渐暗，只有两户人家亮着灯，都营住宅就像是巨大的墓碑一样，矗立在黑暗之中。检查了入口旁的邮箱，写着名字的邮箱很少。也是，不给邮箱写名字的人最近多了起来。现在，能看到把所有家族成

员的全名写在邮箱上的，应该也只有大场喜欢的重播电视剧里的出场人物了。

三号楼二〇二的邮箱上，看到了"小暮"的名牌。上面的字还很新，闪着光亮。英惠之前说过，里奥大爷因为失火事件，向政府请求了流浪人员的补助。但是，至少现在，他应该不是无家可归的人了。听说他现在手头上已经有不少钱了。

我移动到了能够看到他们喝酒的地方。里奥大爷的酒量很好。三人一直向他劝酒，他丝毫没有退缩的意思，一直在喝，虽说最终还是醉了。只有里奥大爷在一直喝酒。另外三个人都是按着"一口酒，三口水"的步骤在喝，不过没有引起大爷的注意罢了。

酒宴还在持续。过了九点，酒已经被喝光了。看里奥大爷一点儿也没有要被醉意击倒的意思，那三人开始有些焦躁不安了。大爷红得像猴子一样的脸上绽放出了笑容，他伸展了一下背筋之后，又坐了下来。突然，门牙少了一颗的男人喊了一句什么，然后站了起来。与此同时，另外两个人也站了起来。三人组一齐按住了里奥大爷的胳膊，把手塞进了他的衣服内口袋里。大爷刚要抵抗，少颗门牙的男人就抓住了空塑料瓶的瓶嘴，把瓶子抢了起来。

虽然被塑料瓶打也不会死人，但是我不能放任不管。我掏出手机，播放了警车的警笛声，把音量调到了最大。同时，我大声地喊道："警察先生，这里！这里！"

正当我怀疑自己这种简陋的方法能否起作用的时候，里奥大爷虽然没什么反应，但是少牙的那几位却着实被吓到了。他们就像是看到恶魔骑着霸王龙出现了一样，猛地跳了起来，匆忙撞倒里奥大爷之后，立刻踉跄着逃走了。

确认他们消失了以后，我走近了里奥大爷。大爷把塑料瓶颠倒过来，在嘴上挥动着，注意到我之后，他抬起了头。

"你，啊，你叫什么来着？"

"我搬家的时候，你请我喝了罐咖啡。你还好吧？"

里奥大爷"呜啊"了一声。

"如果是酒，要是你愿意和我一起喝的话，我请你。那几个人是来干什么的啊？他们不想和我喝吧。"

"他们想要的是比酒更厉害的违禁物品。"

里奥大爷的眼神看起来有些迷离。我把手肘撑在了桌子上。

"那场大火的时候，你出去了吧？"

"啊，大火。我不愿意想它啊。博人死了，青沼奶奶也住进医院了吧。听说好像是博人引起的火灾。不过他已经死了，没办法反驳啊。"

"里奥大爷，那天你是几点出去的？晚上九点刚过，你好像还在屋子里。我听见你房间的电视的声音了。"

"嗯。"

里奥大爷摸着脸，一时语塞。

"可能是过了十点的时候吧。喝着酒看着电视的时候，我发现酒喝完了，于是就出去买酒了。在街上和'新藤吉'的须藤君碰上了。他说店里的吃的不够了，自己是出来采购的。然后，他叫我拿着买好

的酒去他店里喝。喝了五杯，他输了我两千日元。但是仔细一想，那酒可是我花钱买的啊。想着以后再也不去那家店了，然后我就回家了。之后就看到了那一幕。"

里奥大爷用手背擦了擦湿润的眼睛，把手放在了棒球帽的帽檐上。

"房子着了大火，全都烧没了。留下来的，只有这个了啊……"

"不过你没有受伤，而且那顶帽子还留了下来。它应该充满了你的回忆吧？"

"我之前戴的鸭舌帽，在居酒屋给弄丢了。鸭舌帽不见了，店里的人帮我找，最后找出来的就是这个。没办法，我就只好戴它了。"

"……原来是这么回事啊。"

"我不想惹麻烦，我不想给我的女儿惹麻烦。我的女儿很能干，她帮了我很多。火灾保险的申请、都营住宅的申请。她很擅长填这些文件。"

"里奥大爷，你买火灾保险了吗？"

"好像买了。"

"那，你钱包里的钱是赔给你的保险金吗？"

里奥大爷先是惊了一下，紧接着捂住胸口，恶狠狠地看着我。

"我没钱。嗯，已经没钱了。一点儿也没有。我是无家可归的人。拿到的钱，全都用来重新买家具了。喝酒的话，就会被女儿骂。"

大爷突然低下了头。伴着呼吸，鼻子发出了响声。看起来像是假睡，但是一不留神的话，还是可能会被冻死的。我把他摇了起来。

"换个话题。博人和光贵遭遇交通事故的那天，他们为什么会去天空城，你听说过吗？"

里奥大爷"啊"了一声，我又把问题重复了一遍。问到第四遍的时候，里奥大爷大脑的门好像才终于打开了。他听到了我的问话。

"嗯，青沼奶奶好像也不知道啊。当时通知事故的，貌似是稻城还是狛江那边的警察。青沼奶奶说他们父子二人不可能会去那种地方，以为是诈骗，就马上把电话给挂了。最后，还是附近派出所的警察直接去她家里告诉她的。"

里奥大爷摇了摇头。

"青沼奶奶当时真的是吓傻了。光贵和博人两个人一起出去，实在是太罕见了。以前，光贵叫博人跟他去美国，博人都没答应去。博人学校的公开日和家长会，也都推给了青沼奶奶，光贵根本就不去。也不是说光贵不关心博人，他经常给博人拍照。以前用的是胶卷相机，拍好之后必须去照相馆洗出来才行。"

里奥大爷长长地叹了一口气。

"博人也很可怜啊，为什么想不起来和他爸一起出门的原因啊？事故发生的前一天晚上，他们二人在二〇三号房间待了很久。时不时从那里传出的怒吼声，就连离得最远的我，也能在房间清楚地听到。我觉得不是博人想不起来了，应该是他不愿意回忆吧。和父亲最后的记忆如果是吵架的话，谁都不愿意再想起来的吧？所以，博人才一直没有跟我说过他和他爸吵架的事情。"

　　我把里奥大爷送回了房间。我想劝他别拿着大把的现金在外面乱跑，但还是忍住了没说。他那位能干的女儿肯定早就试着这么做过了吧。他本人应该也是知道的。可即便知道，没酒了的话他还是会出去买酒，还是会到处去给别人当冤大头。

　　时间还早。伴着空腹感，我来到了西荻窪站。本想在位于高架桥下的购物中心的"大岩食堂"点一份三文鱼咖喱，但是它周一不营业。想着今天没吃上什么好的，我又去买了便利店的咖啡，还追加了一个反式脂肪酸含量很高的甜甜圈。我坐在车站前的长椅上吃了起来。随着夜色渐深，闭店的店铺越来越多，站前的灯光也暗了下来。行人依旧如织。在自动贩卖机的后面呕吐的学生，互相挑衅、一触即发的几个年轻人，还有踢踏着平底鞋追赶公交的女人们。

　　看着他们，我想，我之后要做的事情也算不上是什么大事了。我的选择没有他们那样拼命，也没有他们那样有趣，是为了实现目的而去做的很普通的行为。对于被允许的上限和下限，我想自己决定。这样就够了。

　　目送终点指示灯变红了的末班公交车北上之后，我向着反方向走去。背着双肩包，双手插进衣服兜。钻过粉色的大象形状的门，沿着五日市街道往前走。穿过井之头路之后，我又回到了青沼家附近。

　　虽然已是深夜，但是在住宅街上还能看到人影。有从吉祥寺的方向走过来的大声唱着像是舞台剧台词的年轻人们，也有车辆从身旁经过。我一边走一边给自己套上薄手套，把头发和耳朵用针织帽压好。

我避开了下午在这附近来回走的时候确认过的监控摄像头，特别是最新式的摄像头的位置，溜到了青沼家的后面。

青沼家后门的边上，有一扇小百叶窗。玻璃是像百叶窗那样嵌进窗框的，想给屋子里通风的话，需要摇动把手。窗框是铝制的，不是很硬，可以很轻松地拉开。想要卸下玻璃也并不费劲。窗户比较小，虽说连猫想钻进去也不容易吧，但是因为门锁是带栓的旋转式，所以只要从小窗里伸一根带抓手的棒子把门把手抓住，然后再轻轻一转，这样门自然就会开了。

其实这并不像说得那么简单。用两面镜子确认了门把手的位置，保持住一定的高度，把带抓手的棒子移到门把手那里。两面镜子放在一起的时候，我发现自己分不清左右和前后了。起着支撑作用的小臂也随之开始颤抖。第四次失败的时候，我想着干脆打碎玄关的玻璃进去好了。被空咖啡罐砸坏玻璃的话，应该会被认为是路上的哪个混混扔的吧。

第七次尝试的时候，我终于夹住了门把手。第十一次的时候，成功地转动了门把手。

我把玻璃恢复了原状，关上门，重新上了锁。脱下鞋子，进入了室内。街灯的亮光从东侧的窗户照了进来，不用手电筒也能看清里面的样子。我们三人一起吃饭的饭桌、收拾好东西之后空出来的过道、位于客厅的放着博人洗好了的遗物的单人沙发都还在那里。还有，沙发上坐着的那个人，我也没有看漏。

"你可真慢啊。"

牧村英惠说。

## 15

"你是什么时候来的？"

平静下来之后，我开口问道。英惠在沙发上伸胳膊拉了一下电灯绳。六十瓦的荧光灯把屋子照得通透。在白色的灯光下，英惠的皮肤看起来更黑了。

英惠睁开了眼睛，歪着脑袋说：

"现在，这个问题重要吗？"

"……好像也不重要。"

"是吧。现在重要的是，到底要报警呢，还是不报警呢？你觉得哪个好？"

英惠拿出并打开了翻盖手机。见我没有反应，她用鼻子哼了一声，重新把手机塞进了口袋。

"你看来是做好了被抓的觉悟啊。然后呢？"

"什么然后？"

"你已经开始行动了吧？博人拜托你调查的事情。为了调查博人的私人物品，你是来看主屋里他房间的东西的吧？下午，我从医院回来走到这里的时候，邻居告诉我了。说有个问了好多关于青沼家的问题的女的。邻居给我忠告说'好不容易事情告一段落了，大家刚回归正常生活、稍微觉得安心一点儿了，为什么还有人要整事情啊？'

啊，比起忠告，说是威胁也不过分。"

邻居的话，估计是横尾吧。刚贷款建好新房，结果就因为邻居家着火而被采访的像破钟一样的大场。任谁都不会想象自己美好的别墅生活会在那种环境下展开吧？他们生气也是理所当然的事情。

"算了，邻居的不满就随它去吧。你能给我说说博人拜托你什么事了吗？我也是这家的人，应该有知道的权利吧？就算没有权利，你也应该告诉我的吧？"

英惠"哼"地笑了。她捂了一下嘴。

"仔细想想的话，你可真是会选时候啊。"

"什么会选时候？"

"这不是很明显的事嘛，放火犯啊。警察已经得出的结论，不是那么容易推翻的。但是，如果有人非法入侵了相同的地点的话，会变得怎么样呢？这个人是要用和灯油炉相同的手法来烧主屋的吗？给煤气灶点上火，故意让易燃物掉在那上面，然后在旁边再放上便携炉用的罐装瓦斯。但是，这一切精细的操作，都会被我看到然后报警。"

"等一下，我为什么要烧蓝湖公寓？"

"比如说，在光贵的屋子里发现了财物。"

英惠眯着眼睛，像是在愉快地妄想着什么。她鼻尖发红，呼吸节奏也加快了。

"想独占那些东西啊。所以，趁着遗物整理的专家来之前，把那些东西拿出来然后藏好。为了不让盗窃行为被发现，就点了一把火。这次潜入这里，就是因为之前把东西藏在了主屋。等着火灾原因被确

177

认之后，今天才来这里取。怕留下什么马脚或是暴露什么，所以也打算给主屋点火。怎么样？很完美吧？"

"预约遗物整理专家的人可是我啊。而且取消预约也很简单，全天都可以。什么完美啊，简直就是胡说八道。"

"胡说八道也没什么不好的啊。只要警察和大众肯相信的话。如果知道了那场火是你放的，我会很开心的。你是知道的吧？告诉我吧，他拜托你什么了。"

我思考了几秒。如果英惠把我推给警察，想让我充当放火犯的话，还是有一定难度的吧。话虽如此，事情也一定会变得很麻烦的。

用夜间潜入这种强硬的方法，是因为我想获得和博人有关的情报。现在最应该优先考虑的，也是获得情报。在现在这种情况下，只能说服英惠了。

我向她说明了博人由于丧失了事故当时的记忆，所以拜托我帮他调查那时发生了什么。但是，听到最后的时候，英惠的脸上写满了失望。她那像是吞了大象之后的蟒蛇一样的眉毛，突然上翘了一下，之后又耷拉了下来。

"他委托你的，就是这种事？"

"这种事？那，英惠，你知道博人父子为什么在事故当日会出现在那里吗？"

"不知道啊。"

她噘着嘴，两条腿在沙发上抬了起来。

"你没听说过光贵或者博人和天空城有什么关系吗？"

"据我所知，光贵从没带博人去过游乐园。他不是会做那种事情的人。他的父亲很严厉，休息日也让光贵做测试，还不停地骂他、教训他。所以，父亲不在家的休息日，对他来说简直就是天堂，没有比这再棒的了……哎，还有这种事啊。"

英惠一边看着自己的指甲，一边回忆起了往事。我问她道：

"英惠，你和光贵的关系很亲密吗？"

英惠眨了眨眼睛，紧接着说：

"就是普通的亲戚关系。虽然我不知道'普通'是什么程度吧。只是，我们家的亲戚就像梳子的齿一样，一个接一个地去世了。光枝的三个兄弟姐妹，都已经不在了。她和去世的丈夫家的亲戚，也早就断了往来。听到交通事故的消息后，我联系了光枝，想着说看看能帮上她什么忙。那时我正好在找房子，于是就租了光枝介绍的在她家附近的房子。"

"也就是说，光贵父子去没去过天空城，你是确定不了的吧？"

英惠的眼神里闪着急躁的光。但是，过了一会儿，她点了点头。

"是啊。我不认为光贵会一个人去那种地方，但是也不能说他们父子二人就一定不会一起去那里。"

"那我想拜托您一件事。能让我看看博人的房间吗？我想联系他的朋友，也想看看他的相册。光贵应该给博人照过不少照片吧。当然，也可能都烧没了。不过，应该还会在哪里剩下一些吧。"

"你真的打算调查这件事？事故的当天，为什么博人和光贵会出现在天空城站？"

"是的。"

"你这是为了什么啊？博人的记忆也不会再恢复了啊。就算他再想活着，现在他也已经不在了啊。这件事已经没有意义了啊。"

"是啊。就算抓住了放火犯，博人也没办法活过来。"

英惠叹了一口气。

"我说，你觉得那场火灾是有人故意放的火？"

"英惠，你是怎么想的？你真的觉得博人会不小心造成火灾吗？"

"我不想想这个，但是，我也觉得不可能。"

英惠咬着嘴唇，她反复地开合手掌，像是在抑制自己的兴奋。之后，她的语气发生了改变。

"不过，交通事故当天博人他们出现在那个地方，这件事和后来的火灾应该是有联系的吧？"

当麻茂带我去了事故现场。他的目的是搜查麻药性镇痛剂的黑市。光贵和博人在那天出现在那个地方，和羟考酮的秘密交易是有关联的。至少当麻茂是这样认为的。简直就像是很早之前的电影里演的似的，虽然很难相信父子会在游乐园里进行毒品交易，但是人们经常会采取出人意料的行为。怀疑也是理所当然的。

所以，搞清楚他们出现在那个场所的理由的话，参与羟考酮秘密交易的其他人物也可能会浮出水面。调查那些人，说不定也就能揭开让博人丧生的那场火灾的真相。

第二天要整理光贵的房间，这件事有很多人都知道。光枝对邻居们说过，博人也通知过自己的朋友。如果听见了富山和我的那通电话，"狐狸和猴面包树"的工作人员以及客人也会知道。之后，这个消息应该就会被传开的。知道这个消息的某个人，害怕羟考酮秘密交易的证据会在蓝湖公寓里被发现……那人为了保住自己，采取了残暴的行动，放火烧死了腿脚不便的博人。

一定要找出那个人。

但是，不能按照当麻说的来做。我说道：

"至于有没有关联这一点，也是要去调查的。毕竟博人也很想知道。"

沉默持续了一段时间。又过了一会儿，英惠像是忍受不住沉默了。她耸了耸肩，说道：

"好吧，随便你查。把家里翻个底朝天也没事。"

"谢谢。"

"我去倒草药茶。你要记住，只能待到天亮。"


博人的房间位于客厅的里面，面积大约是六帖。屋子里收拾得很干净。看起来像是从小学生时代就开始用的学习桌，抽屉里几乎是空的。壁橱的里面，只有三个放着按季节分类的衣服的收纳箱。

博人之前说的够付给我委托费的那个邮筒形状的存钱罐，静静地立在桌子的角落。比我想的要小，完全可以放在掌心。但是，至少今天还不能把它带走。即使里面只有一枚十日元硬币，英惠也会坚决反对的吧。

只是，像是博人房间里的东西，就只有它了。没有相册，也没有

电脑，日历、新年贺卡和小黄书也都没有。虽说现在的大学生不会在手边放这种东西了。应该全都放在手机里了吧。

"警察说是证据，所以拿走了好多东西。搜查的时候我也在场，东西几乎被拿空了，房间也被弄得很乱，我费了很大的力气才收拾干净。"

英惠往一个大的马克杯里放入了草药茶。她是知道博人的私人物品都没了，所以才大发慈悲地让我随便调查的吧。早知道是这样，我刚才就不应该谢谢她。

不想让英惠看出我的失落，我尽量保持住了冷静。这并不是什么难事。闻到草药茶的味道，基本上所有人都会变得没有表情的。

"警察把药查收了吗？"

"嗯，收走了。博人在江岛药局拿的镇痛剂，还有好多其他的药品，被警察一齐装进了文件袋，放在了桌子上。警察把那些药都给拿走了。不过，多亏了半年的治疗，药的种类和量都少了好多。有一段时间，他就跟泡在药罐子里似的。博人的状况好转了很多啊。"

英惠一边自语地说着，一边吸着草药茶。

如果那里有羟考酮的话，警察的搜查就一定还在持续着。残余的恐怕是在博人体内被检测出的苯二氮䓬类催眠镇静剂了吧。这一点应该在医院已经被确认过，可以认为它和被查收的药品无关。

以防万一，我抽出了壁橱里的衣服收纳盒，逐一调查了里面的内容。英惠坐在椅子上，用像是快要说出"真是个可疑的女人"的眼神望着我。

我一边查着，一边问她道：

"我可以问你一个问题吗？"

"什么啊？"

"光贵之前碰过那些药物吗？"

英惠目不转睛地看着我。她的警戒心看起来比以往任何时候都要强烈。

"你为什么会问这个？"

"我就是问问。我想，如果是背包客的话，会不会可能尝过大麻。"

"所以说，你为什么会问这个问题？"

"我只是对原医学生兼流浪者对毒品的看法感兴趣而已。因为在'狐狸和猴面包树'里，江岛医院的患者貌似很多，他们里面有不少人都饱受疼痛的折磨。比如说，也有人希望医疗用大麻能被解禁。"

"即使是医疗用，光贵也不会用大麻。"

英惠冷淡地回答道。

"有人认为大麻比烟草健康，根据在动物实验中投放的量、次数和环境的不同，出现muricide，也就是特异攻击性这一点，已经得到了确认。你知道吗，暗杀者的英文单词'Assassin'的词源，就是大麻。因随意服用大麻而引起的暴力事件也屡见不鲜。"

"可能是你说的这样。不过，你这只是普遍认知罢了。"

"这才不是普遍认知。光贵应该是知道大麻有恐怖的副作用。"

英惠唾沫飞溅，极力想说服我。不过在注意到我的视线之后，她

一下子就又缓和了。

"那是当然。被邀请加上出于好奇，他在印度和东南亚的便宜旅店里是尝过大麻的……尽管如此，这不过是那时年轻气盛罢了。现在他应该早就厌恶那种东西了。"

"那，比如说癌症晚期患者被疼痛折磨，光贵也不会给他们麻药吗？"

"我真是对你无话可说了。"

英惠转着眼珠说道。

"就算有那样的患者，不是医生的他为什么非要做那种事情呢？虽说光贵是被父亲强迫的吧，但是，进了医学部之后，他曾一度以成为医生为目标呢。如果是医生的话，就可以在处方中开出正规、安全的大麻。光贵完全没有必要多管闲事，而且他认识的医生朋友也有很多。"

"启论大学医学部毕业的医生吗？那里面有英惠你认识的吗？"

"井之头江岛医院的院长和院长夫人都是启论大学毕业的。我听说，院长夫人'万理华'好像和光贵还是同学。光枝转院的事情，也是光贵给'万理华'打了招呼才办妥的。"

"这……这样啊。"

"哎呀，这种事我以为你早就知道了呢。"

英惠得意扬扬地说。我看向她时，她正在红着脸窃笑。原本以为是属于自己的场所，我知道她并不喜欢光枝把我带进来，不过她的反应未免也太幼稚了吧。她看起来也就是五十岁左右，说不定也许比我还要小。

"顺便问一下，那位'万理华'是个什么样的人呢？"

"什么样的人？"

"江岛院长是有名人，他的夫人一定很漂亮吧。她说不定可能是光贵的前女友呢。"

我把查完的衣服收纳盒放回了原位，把还没查过的给抽了出来。英惠的脸上露出了些许的皱纹。

"你为什么会这样想？"

"光枝的状态并不是很好。能让她帮忙收下这样的患者，我觉得他们之间的关系并不只是同学这么简单吧。"

"这只是你的胡乱猜测罢了。'万理华'是出于医生的责任感才收了光枝的。而且，光贵有很长一段时间在'万理华'的店里工作。'狐狸与猴面包树'可以说是因为光贵而成了人气餐厅，但是，'万理华'也确实给他带去了一大批客人。给光贵母亲优待，难道不能说是代替光贵的退休金吗？"

我不禁放下了手中的衣服。如此说来，"狐狸与猴面包树"的店长到底是谁，我还真的没有调查过。江岛医院的员工和患者频繁出入。原来它是院长夫人开的店啊。

"我想了想，你可真是一直失礼啊。还是说，你们侦探都是这个样子？"

"你雇过侦探？"

我从盒子的里面抽出了一条还很新的牛仔裤，反问她道。这条牛

仔裤比博人其他的裤子要大上一圈，颜色也略微发白。一处像是沾上了某种甜饮料而留下的污渍非常显眼。

"没有。而且也不可能。"

"找博人的母亲这件事，你们谁都没有考虑过吗？"

英惠急促地吸了一口气，缓慢地吐了出来。她又深呼吸了一次，这才看着像是冷静下来了。

"她和男人私奔了……这不是你说的吗？找这种女人做什么？还是说你准备找李美，想让我给你出调查费？不好意思，我可没有钱来付给你。光枝的住院费不知道还要花多少钱呢。比起这个，你打算什么时候查完衣服？已经快两点了。"

英惠接连打了好几个哈欠。她的意思是李美的话题到此为止吧。她的眼眶里含着泪水，应该是刚才的假哈欠引起了真哈欠。博人房间的这种状态，她可能以为我会很快就放弃然后回家的吧。

"要不你回去休息吧。我锁门。"

"我信不过你。"

我也是。你的话我也信不过。

正当我想这样回她的时候，突然，我从牛仔裤的裤兜里掏出了一个东西。一张绿色的纸。上面印着白色的字——"一日巴士 天空城"。

## 16

"博人去了天空城？谁知道呢。他可能去了吧。又不是我们陪他去的。"

出石武纪小声嘀咕着，看向坐在他旁边的游川圣。身材魁梧的游川瘫坐在沙发上，目不转睛地盯着手机的同时，点了点头。他的眼镜镜片上映出了游戏的画面，不停地闪着光动着。

"我们这种外地来的学生，基本上都是在去池袋方便的地方租的房子，毕竟大学在那个地方。游川住在西武池袋线的大泉学园站，我住在东武东上线的上板桥站。所以去游乐园的话，一般都会去丰岛园或者后乐园，交通费也不会很贵。天空城离这里有些远啊。"

早上第一个电话是樱井打来的。他查到博人的大学友人"出石""游川"的联系方式了。

"已经约好见面了。十点半，在池袋教爱大学附近的'Inco'咖啡店。最好提前把情报费准备好。"

"聊死去的朋友的事，他们也打算收钱吗？"

"可以聊天，不过他们说用LINE聊就行。最近的年轻人，不是行走的病原体就是爱惹麻烦的混蛋。拜托他们见面聊天，怎么可能会是免费的啊。"

樱井把这两个人的情报给我发了过来。另外还加了一句，"关于博人的母亲青沼李美的私奔，请再给我一些时间"。

"一个人五千日元吧。记得用个可爱点儿的压岁钱红包装钱啊。"

我睁开蒙眬的睡眼，确认了时间。与其说昨天夜里，其实是今天早上，走着从三鹰台回到斯坦贝克庄的时候，已经快五点了。现在是八点五十五分。

反应迅速，结果反倒给自己添了大麻烦。好人一般都会干这种事。如果把联系方式告诉我的话，我来安排面谈的时间，不用付情报费就能获得有效的时间。但是，现在说什么都晚了。我抱着睡眠严重不足的脑袋，到了约好的地点。

"叶村姐的事情，我听博人说过。"

出石和我一边交替地看着放在桌子角落的小鸡花纹的化妆包，一边说着话。两个人简直就如石像一般。

残留着痘痕印记的圆脸，没什么观赏价值的圆鼻头。我在上中学的时候，棒球部里捡球的孩子就长这个样子。他外表虽然淳朴，却顶着一头看起来很复杂的发型。穿的也几乎都是很便宜的那种衣服。不过，运动鞋是与韩国的说唱歌手合作的限定款，好像有很高的附加价值。

"博人说'搬送我爸看的那台电视时，是一位女侦探开的我家的小货车'。他说的就是叶村姐你吧？"

"看来你和博人的关系很好呢。"

"国际社会学科是在我们入学的那一年刚成立的。人数少，又没有前辈，所以选课的时候大家互相交换情报就显得格外重要了。博人很受某位有权力的学姐喜欢。他把学姐从事务局的大妈还有教授那里听来的很多情报全都告诉给了我们。他是个不错的家伙。"

"那，他给你们讲过他和他父亲的事情吗？"

"呃，是什么来着。我不怎么记得了。有那种很喜欢说自己家人的家伙，但是博人不是那种人，他没说过他爸爸和妈妈的事，但是好像提到过他的奶奶。"

"她是个很聪明的奶奶呢。"

"是的，是的。他好像很以他奶奶为豪。只是，虽然我们自以为和博人的关系还不错，但是他出交通事故的事，我们过了好几个月才知道。所以，再次听说我们关系好的时候，还有点儿感到震惊。"

"我从博人那里听说了，为什么你们不知道事故的事呢？确实有些不可思议啊。大学的事务局在做什么啊？"

"是这么回事。"

出石压低了声音。

"事故发生前，他好像惹恼了事务局的大妈。不知道是不是这个原因，如果是一般情况的话，事务局应该会给我们这样的同班同学发消息的，但是那次却没有。而且，文平因为联系不上博人，还直接联系了事务局，结果被阿姨直接给赶出来了。"

"文平是博人的朋友吗？"

"啊，不是。他是博人的伙伴。"

"博人的事，文平什么都不知道。"

突然，游川不说话了。就像是没有受过苦的被喂养大的壮汉。他对时尚没什么追求，穿着鹿子T恤和风衣，上衣很华丽，袜子是尼龙质地的，像周末外出的老爹一样。听说最近的年轻人不怎么戴手表了，但是他戴了一块很大的手表。定睛一看，他的表盘上印着偶像声优的笑脸。

游川朝着出石稍微摇了摇头，又继续对着我说：

"在我们学科里，有同级生互相合作的'伙伴系统'。稍早之前，交不到朋友的在洗手间吃饭的家伙、在LINE里无法加群、无法交换情报的家伙等人，说自己是受到校园霸凌而变抑郁或是起诉学校的事情发生之后，校方想出来了这么个主意。文平和博人就是一对。"

"我很想见他，想听他说说博人的事情。那位文平的名字是？"

"谁知道呢，不记得了。而且，他好像已经回国了。"

游川又一次陷进了沙发里。出石忐忑不安地望着我。

"关于这件事，要不你去问问事务局大妈吧？那个可怕的家伙，是我们大学的影子老板。听说如果惹恼了她的话，学生的就职都会受到影响的。博人就算是没遇到交通事故，估计在就职的时候也会被她处处阻拦吧。"

"才不会有这种事呢。"

游川扶了扶眼镜，再次开口道：

"博人惹怒那个大妈，是因为他没有报名大妈推荐的公司吧。也就是我们大学的事务局。博人像是被卷进了代理战争之中，因为被威胁了，所以才没有去报名。"

"被威胁了？可真是不太平呢。"

"你别这么认真啊，侦探大姐。"

游川摇了摇头。

"事务局的大妈很中意博人，她想让博人做自己的部下。我们的事务局，工资挺不错的。正式录用之后，可以拿到很多补贴，听说第一年就能挣三百多万日元呢。博人应该也并不讨厌这个工作。但是，针谷主任教授把自己的女婿强推给了事务局。说如果博人不把报名表拿回去的话，就不给他学分。好像是这么回事。大妈不知道这件事，出于生气的原因，她把博人交通事故的消息捏在了手里迟迟没有公开。这件事暴露之后，她在今年已经被迫辞职了。"

"原来是这样啊。太厉害了。我还是第一次听说。"

出石小声嘟哝道。游川一侧的脸颊上露出了酒窝。

"因为是前前任校长的情人，所以她当学校的影子老板当了好久。在她真正走之前，大家还是不敢招惹她的。"

不论是大学生、家庭主妇、官员、宇航员，总有喜欢小道消息的人。尽管这样，摆出一副对流言和常言没兴趣的脸，还是很有意思的。

"对了，我听说博人给朋友发了镇痛剂。这是真的吗？你们有收到吗？"

游川的视线越过了眼镜，直奔出石。出石的反应更快一些。他淳朴的眼睛立刻睁大了，说道：

"啊，我收到了。上个月去看演唱会之后，我说自己浑身肌肉酸痛，博人当场就把药给了我，还说药非常管用。"

"这又不是什么犯罪行为。"

游川突然不说话了，我半笑着说：

"他把医生给他开的处方药镇痛剂这么亲切地分给了朋友啊？我之前也让他给我来着，结果他还是有没给我。"

游川的耳朵变红了。

"那，你为什么要问这个问题啊？"

"我只是想确认告诉我这个情报人的情报精度罢了。这么一来，怎么看都像是真的了。"

"啊，不过，他没有卖。我们也跟他说这个事来着。"

出石探出身子说道。

"博人的书包里有一个大的文件袋，那里面放满了药。大家取笑他是卖药的商人，他说自己只是卖多余的东西，好赚点儿钱。他在网上发现了个人买卖药品的网站，是用非常低的价格进的货。这反而更恐怖了。游川说如果这事暴露了的话，工作的内定肯定会被取消的。最后大家制止了博人，他这才不卖了。这是真的。"


把小鸡图案的压岁钱红包给了他们之后，我离开了咖啡店。一定要见见那位"事务局的大妈"。从掌控大学事务局的女中豪杰那里得到情报，原本应该像连体婴儿分离手术那样高难度。但是，既然已经被决定解雇，那么她现在一定会是一位口风很松且很迷人的大妈。对博人有兴趣的话，那么关于他的事情，比如说对他的那位回国了的伙伴，想必这位大妈多少是有些了解的吧。

正准备朝着教爱大学走的时候，来电话了。是当麻的手下郡司翔一打来的。刚接电话的一瞬间就听到了打嗝的声音，我不由自主地把手机移开了耳朵。压力会使人劣化的。郡司就是个很好的例子。

"你要的交通事故和火灾的资料，我都准备好了。"

郡司冷静地说。

"谢谢你处理得这么快。"

"但是，我不能把资料给你。你需要在我的面前读资料。不能做笔记，用你的脑子记。还有，这次知道的事实不要告诉别人。也不能以这些资料为基础去到处打听。你看完之后，我会把所有的资料再带回去，然后用碎纸机粉碎。"

什么啊。自动消灭吗？

"那十二点半在调布站的中央检票口见。请严格遵守时间。迟到的话，我就回去了。"

"你能来仙川的斯坦贝克庄吗？比起在咖啡店泄露情报，那里会好一些。"

电话被挂了。他根本没打算听我的想法。

现在已经是十一点半多了。我跑回池袋站，飞奔进山手线的车厢，赶上了从京王线新宿站发车的特急电车。平日开往郊外的电车上没什么人。我坐在电车上，打开检索引擎的网页，把天空城和游川的手表表盘里的声优的名字一并输入。去年八月，在天空城的泳池边举办了这位偶像声优的演唱会和握手会。气球、吹泡泡、马尾辫、红色波点比基尼、高跟凉鞋。盛夏的偶像演唱会，还很好地保留了从昭和时代继承下来的传统。

相关内容被上传了很多，笨拙地查看着无聊的图片。电车通过国领站之际，我总算看到见过的面孔了。是出石武纪。他一脸恍惚地在人群中跳舞，手腕上系着黄色的丝带。

赶上十二点半了。郡司呆站在检票口前。明明平时穿的都是西装，今天他却穿了牛仔裤和黄色风衣。戴着口罩、盖着帽子，低头遮住了脸。看起来像是性格怪异者的cosplay。

我从背后向他搭话。他先是确认了一下时间，知道我赶在十二点半前来了之后，露出了一副遗憾的表情。

"走吧，我预约了'田造'的小会议室。"

"郡司，你莫非是住在调布这边？"

"有什么关系吗？我今天不值班。"

"那为什么不去警察署呢？"

郡司没有回话，先往前走了。他虽然瘦，但不愧是经过警察训练的人，走起来都和常人不一样。试想一下的话，警察把内部文件拿给普通人看的时候，可能并不想让警察内部知道吧。让我看已经是很值得感激的事了，我也许应该把嘴闭上。

这样想还没过几分钟，在调布某文化设施的小会议室里，郡司从书包里拿出了信封。他拿出信封里面的东西的那一瞬间，我惊呆了。不管怎么想，报告书的量都实在是太少了，而且还有好多地方都被墨给涂黑了。

"这些是什么啊？"

"你看了还不明白吗？这些就是你要的文件啊。"

"这……这些文件又不会把哪个官员赶下台吧？也没有人打算戳破说这些文件不齐全吧？那是把什么东西给涂黑了啊？是当麻下的命令吗？"

"是我的判断。"

郡司翔一看了一眼手表，说："小会议室的使用时间是十二点半至一点半。"现在已经是十二点半过十分钟了。我把想说的话全都咽回了肚子里，开始看文件。

我先读了和交通事故相关的文件。正如之前已经知道了的，高龄驾驶员堀内彦马，七十八岁，由于踩错刹车和油门，导致了交通事故。结论是这样没错。肇事车辆、堀内彦马的认知障碍检查和精神鉴定，都没有发现任何异常。我又看了道路和车的位置关系示意图以及被害者二人的死亡诊断书。光贵的直接死因是头盖骨陷没骨折，被车子猛烈拖拽，脸上的皮肤组织也有脱落。光枝是怀着怎样的心情看儿子遗体的面容的呢？

堀内彦马的酌情裁量请求书也附在了里面。犯罪嫌疑人在高中毕业之后，帮助在建筑公司工作的父母干活，努力工作了几年之后，于二十八岁时独自创办了建筑工公司。结婚之后，供养妻子和三男一女，退休之后还一直工作，积极缴纳税金，为社会作贡献。他是一位没有前科、不喝酒也不抽烟、疼爱孙辈的模范市民。事故造成了两个宝贵生命的逝去，但是，犯罪嫌疑人为了救下在公交车站的人们，当时拼命地踩下了他认为的刹车。可谁知他不小心错把油门当成了刹车……这就是命运。

"这个报告书是谁写的？名字和住所都被涂黑了。"

"犯罪嫌疑人的亲属。"

郡司犯着困说。

"不是，我说，具体是谁啊？"

"你没有必要知道吧？只不过是一场交通事故啊。冲……和调查没关系。我要是不小心说漏了，让你知道了情报提供者的话，我也会惹上麻烦的。"

情报等于权力。深知这一点的他们，当然知道会有多麻烦。不舍得拿出来的东西，可以让自己变得更伟大。

我深吸了一口气。本来还想继续说的，但是正如郡司说的那样，只是交通事故的加害者的话，并不会有什么进展。问题是，光贵和博人为什么会在那个场所。

没有看到与这个答案相关联的情报。发生事故的三月二十日，光贵在那天早上，向工作地点的责任者请了假，用的理由是非常传统的"感冒了"。也就是说，他是突然决定休息的。

春分之日的前一天，也是学校放春假的前一天，天空城的入园者并没有很多，而且还是正午之前的时间。游玩的人们显然会去得更早的。为数不多的入园者们一齐在天空城站下车之后，走过高架桥下的道路，穿过站前环岛，又一齐走向缆车乘车处。在车站等巴士的，只有当地的家庭主妇和光贵父子二人。果然，他们的目的地应该不是天空城吧。

想着调查一下巴士的行走路线，但是报告书里没有写。打算做一下笔记之后再去查，却又想起了不允许做笔记。但是，我瞄了一眼郡司，发现他已经趴在桌子上睡着了。散发着胃药的气味，打着呼噜，流着口水。

这正好是做笔记的时机。我趁机掏出手机，把与火灾相关的文件都拍了照。所有的都拍完之后，郡司还是没有睁眼。我看了一下表，还有十分钟。能拍照真是太幸运了。根本不可能在剩下的十分钟里看完这些资料。

我粗略地读着火灾相关的资料。这些资料是按照什么基准选取的呢？资料里面甚至还有博人、光枝和牧村英惠的户籍复印件。正如英惠所说的，青沼李美现在还是青沼李美。但是，并非现在用的片假名，英惠的名字是写成汉字的。啊？一九四八年生？今年七十六岁了？根本看不出来啊。可能和她就算捏着鼻子也要喝的草药茶有关吧……

看着资料，有一处内容吸引了我。

从案发现场发现的灯油炉，是T公司1988年生产的AXW009861-R型号。在手机上查了一下，这个灯油炉能让水泥质地的十帖空间以及木头质地的八帖空间的范围变暖。不过，这个情报没什么太大的用处。相同型号的灯油炉还有另外两种，一种是最后的字母为W，另一种是最后的字母为B。也就是说，这表示的是颜色。

现场发现的灯油炉是R，也就是红色的。根据目击到光枝拿着灯油炉去公寓的证人证言，光枝拿的那个灯油炉也的确是红色的。这里的一致性让证言的可信度得到了增加，泉原的证言也变得可信了。

但是，光枝讨厌红色的东西。在面包活动中中奖所得的红色烤面包机，她当时想都没想就给扔了。

当然，即便这样，也不能说青沼家就不会有红色的灯油炉。还

197

是让人有些在意。我和里奥大爷都不知道的红色灯油炉，突然如从天而降一般出现在了一〇二号房间，成了火灾的原因。不是我们本人的话，是体会不出这种违和感的……

规定的时间到了。整理好文件，把它们又放回了信封。

通过这些文件，我知道了泉原之前所作的调查很扎实。只是，他比较肯定自杀这一说法。文件里面，除了博人朋友的证言，还有他之前去的江岛医院的精神科医生和理疗师的证言。虽然他们的名字和联络方式都被涂黑了，但是他们都被问及了博人自杀的可能性，而且全员都没有进行否定。

可即便这样，结论还是失火。我想起了当麻以前对女子棒球选手高野咲的坠落死说的那番话。如果在判定是事故还是自杀的时候产生了分歧，在没有十分明确的根据的前提下，警察会出于对遗属的同情而倾向于按照意外事故进行处理的。博人在出事之前对谁道别过吗？他说过自己想去死吗？留下遗书了吗？显然是没有这些事实的。所以自杀这个结论没能成立。这就可以了。

尽管如此，至少我是明确否定自杀说的。牧村英惠应该也会接连喊着不可能的。这里没有那两个人的证言。有关放火说的证言，从一开始就不在文件里面。还是说是郡司忘记复印了？

我看了一眼郡司，他还是趴在桌子上睡着。我靠近他，想把他拍醒。从他脑袋的正上方看，他头上那块十日元硬币大小的斑秃，简直就和温泉馒头点心没什么两样。

我不禁停下了手。

像温泉馒头一样的十日元的斑秃。佐佐木瑠宇要找的那个男人。那个人的左耳后方就是这个特征吧……

我拼命地回忆她说的其他特征。三十岁左右，身材偏瘦但能看出平时有在锻炼身体，喝了胃药……

喂，喂。不管怎么想，那个人都应该是郡司翔一吧？对了，还有。

瑠宇是在去年春天和那个男人相遇的。当麻茂威胁利用我，也是在去年春天。如果在那个时候，比起我的周围，他把部下安插在斯坦贝克庄的附近进行监视的话，郡司接近瑠宇的可能性就非常大了。在家工作，对斯坦贝克庄最熟悉的人就是她了。

不对，但是……哎。

我不禁叫出了声。郡司突然抬起头，看了一眼手表。沉默着擦了口水，表情别扭地看着我。

"我都说了，今天我不值班。本来我这会儿应该在家睡觉的，都怪你，我昨天收拾文件收拾到半夜。"

"你知道佐佐木瑠宇这个人吗？"

我单刀直入般地问他道。郡司先是愣了一下，然后突然颤抖着从椅子上站了起来。

"已经到时间了，必须去还小会议室的钥匙了。"

"你是知道的吧。"

"你说的是什么事？"

"那我拍一张你的照片给瑠宇看看也没事吧？"

我把手机对准他时，他猛地弯下身子，钻进了桌子的底下。蹲在椅子和椅子中间，把一半的脸埋在了地上。他以这样的姿势说道：

"你能别这样吗？当麻警部还不知道那件事呢。"

"那，你果然和瑠宇睡过啊。"

长时间的沉默支配着小会议室。过了一会儿，奇妙的声音开始响起。我跪在地板上，窥视着郡司。他哽咽地说：

"我，我只不过是顺势而为。因为，我也不能说不愿意啊。"

喂，喂。

"你不想愿意吗？"

"从情人旅馆的前面路过，出于礼貌也要邀请一下。我本以为她会一笑了之呢。"

我邀请她之前，已经不能说不愿意了。郡司抽泣着鼻子说。我心烦意乱地从桌子离开，靠在墙上坐了下来。

"我问你，在正常情况下，警察会和搜查对象睡觉吗？"

"她不是搜查对象，只是被问话的对象。"

"那他是你们警察官的工作关系者，这一点没错吧？"

"是这样没错。我和她只是很普通地说了些话而已。"

"瑠宇吗？"

"一点儿都不紧张，吃了饭，聊了很多。本想着能和她多待一会儿。那时很愉快，但是我有些累了。"

郡司的叹息声从桌子下面传了出来。

"我以前就这么觉得了。我不适合这个工作。我读文件和写文件都很费时间，也不擅长和人说话，根本说不长。特别是当麻警部要求的那种潜入搜查。我特别不擅长干那种事。我提了好多次调动希望，但是都没有被警部同意。"

"啊，这样啊。你还是很在意的啊。"

"哎，是啊。是为什么呢？"

所以，你才会在那个地方。从去年春天开始，脱发症没能治好，一直在喝胃药。也许真的是工作太累了吧。但是，被称赞之后又很开心了，也不可能让我调动。

"我有一段时间回到了交通科。但是，今年我又被当麻警部叫了回来。他对我说'为了调查高野咲的那起坠落案件，我们成立了特别任务小组，你也加进来吧。我们需要你出一份力'。所以，我也不能说我不愿意。"

为什么非得听你说这些傻话啊。虽然我没有理会这句话，但是说话的内容变得有趣了起来。

"那你也调查'狐狸与猴面包树'了吗？"

"我没有报名那里的打工。与其说是靠着评价什么的，不如说雇了认识的工作人员。然后每天去店里，和一位叫伊贺的服务员成了好朋友，跟他说我也想在这里工作。伊贺对店长说了之后，最后果然还是没能成功 。"

昨天中午，我把在"狐狸与猴面包树"前拍的亲切的服务员的照片给他看了。郡司点了点头说："是的，这个人就是伊贺。"

"店里用了相当长的时间呢。那个人推荐了我，而且店里明明需要人手。当麻警部怀疑那个店里有在进行非法交易，因为那里的防卫

太过严密。"

就在那个时候，光贵因为交通事故而死，调查小组也解散了。

"我这才安心下来了。不过，我又继续成了当麻的秘书。再加上，最近又开始调查青沼博人的案子了。"

"在青沼家附近的那栋白墙三角形房顶的房子里，你是在监视博人吧。"

"之后的预备调查的人手不够，在那个家里待着的只有我。"

所以在进入一〇二号房间的时候，才会和里奥大爷碰个正着。负责监视的还有另一个人，如果他向里面的人逐一传达外部情报的话，也就不会是那个样子了。

郡司在桌子底下长长地叹了一口气。

"我被下令调查监视对象的房间内部状况了。第二天，我报告说自己的脸被邻居看到了，结果被狠狠地痛骂了一顿，还被说'违法行为是不被允许的'。我当时就感觉自己的胃好像穿孔了。多亏了这件事，我圆形脱发症的毛病又犯了。"

比起当麻的蛮不讲理，还有更重要的事情。

"我只是想确认一下，你开始监视青沼家的准确时间是？"

"十月二十九日的上午。只有我一个人，所以我只是拿着摄像机到处拍摄，然后让去过青沼家的人确认。一多半都是邻居或者大学的朋友。啊，叶村，你和那两个从楼上摔下来的老太婆缠在一起的画面，我也看到了。你当场就流了很多血。"

"那些视频的量，大概有多少？"

"十月二十九日中午到十一月九日的晚上，两百五十个小时多一些吧。叶村住进青沼家之后，我就撤退了。不知道什么时候会被公寓里住着的那个老头找到，我一直都替自己捏了一把汗。撤退的那天，我才终于放心了。"

"你给泉原看那些视频了吗？"

"没有，毕竟火灾发生的时候，我的视频早就没在拍了。"

"那，你能让我看看吗？"

"啊，这。"

郡司从桌子底下爬了出来。

"我的个人意见可不管用。毕竟拍摄那些视频的监视工作没有得到正式的许可，是否能公之于众，需要由麻警部来决定才行。"

"他肯定会同意的。没关系。你一定能让他同意的。凭借让瑠宇对你着迷的魅力，绝对可以说服当麻警部。"

我朝着郡司微微一笑。郡司泛白的脸突然间就涨红了。


## 17


从小会议室出来的时候，与郡司翔一就此分别。在那之前，我和郡司说好了，只要当麻警部不问我瑠宇和郡司的关系，我是不会主动对他说的。分别的时候，郡司的脸还红着。他说：

"呃，她，还……还惦记着我？"

"忘不了，甚至给你还画了张很烂的肖像画。"我如此回复他之

后，他"嘿嘿嘿"地笑了起来。我说："你警察官的身份要是被她知道了，也没关系吗？"

郡司的表情立刻变得严肃，说道："关于视频的查看，我会尽自己最大的努力让警部同意的。"

来到"田造"的"天空休息室"，点了自助午餐。作为单人顾客，我被带到了面向朝南的窗户的柜台座椅。往下能看到闪着光的多摩川和京王线京王多摩川站的房顶。随着蜿蜒的铁路再向南方望去，能看到立着摩天轮和过山车轨道的小丘陵。

我夹了很多煮蔬菜、盐渍鲭鱼、沙拉，一边吃一边盯着天空城。

吃完饭后，从调布站北口坐上了去往吉祥寺的巴士。路过电气通信大学、深大寺、神代植物公园，经过消防大学之后，沿着吉祥寺路北上。

在巴士里，为了抑制住刚吃完饭后涌上头的困意，我继续努力调查。在教爱大学事务局的副局长中，有一位叫坂户水穗的女性。虽然她的社交网络内容的更新在数月前就都停止了，但是通过主页可以知道她的容貌，也能判明她过去所发的内容以及住所。她住在离巢鸭站非常近的十八层高的公寓内，而且好像每周都会去附近的酒吧两次。被通知辞退以后，她也可能每天都会去那里吧。

接下来，我又查了井之头江岛医院。我点开医院的点评网站，看到了很多不太好的评论。比如说，量血压的方式很随便、设备老旧、医生从不看病人只看电子病历等。综合评分只有二点八分。

想着主页的顶部会有江岛院长的照片，但是果然还是没有被放出来。快速地过了一眼医院的历史、概要、诊疗科室等项目。江岛医院于一九四八年开业，初代院长是江岛耕三，他同时也是井之头地主的儿子和启论大学医学部的教授。启论大学以前在水道桥，战后转移到了三鹰。它被怀疑和江岛耕三老家的土地有关系，这一观点不见得就是错的吧。

一九六九年，耕三的儿子江岛清志就任第二任院长。一九八四年，清志的弟弟幸生出任第三任院长。一九九一年，江岛清志成了新任院长。

觉得院长的更替有些快，我检索了他们各自的名字。江岛清志死于一九八四年，享年五十二岁。江岛幸生死于一九九三年，享年五十八岁。没有一篇报道说明他们的死因。关于是事故还是事件的报道也没有找到，大概是病死的吧。院长英年早逝的话，医院也不会特地公布死因。

回到了主页。江岛医院主要的科室是内科、外科、整形外科。除此之外，还有形成外科、中医内科、外来复健、肿疡内科、缓和关怀内科。"和其他医院合作，作为方便当地住民看病的医院，支撑着地域的医疗与健康。"看着这样的标题文字时，我注意到了缓和关怀内科诊疗部长——江岛茉莉花的名字。

我们缓和关怀内科，对于癌症晚期患者的来自身体的痛苦、来自精神的痛苦、来自社会的痛苦、精神痛苦等四个方面的痛苦进行关怀与治疗。

她就是英惠说的院长夫人"万理华"吧。

原来她名字的汉字是茉莉花[1]啊。

我感觉好像在哪里见过它。"茉莉花茶"。之前在"狐狸与猴面包树"餐厅喝过。"茉莉花茶"是"Jasmine Tea"的一种，里面加了茉莉花的"Jasmine Tea"……

我不禁想起了在博人死前拜访过他的那个女人。那个女人的身上散发着浓厚的人工花香。花香充满了黑夜和博人的房间。

是茉莉花的香味。

我试着检索江岛茉莉花的名字，找到了杂志对她的采访，有照片。黑色盘发、一身白衣的五官立体的美女。戴在脖子上的银色月牙形吊坠闪着光芒。就是那天晚上的那个女人。我确信。当时，借着街灯的光亮，我在一瞬间看到了她的脸。那个女人的五官也很立体，虽说可能是灯光和阴影共同作用的结果吧。可尽管这样，我的确信也不会动摇。就是她。

读了对她的采访。江岛茉莉花的父亲和叔父都死于癌症。他们二人为了让茉莉花的祖父开创的江岛医院发展下去，作为医生的同时，也作为经营者对医院的管理呕心沥血。结果，正值壮年的二人却不幸病倒了。二人忍着病痛，几乎没有接受过缓解疼痛的治疗。但是，作为看着患者饱受痛苦折磨的家属来说，实在是太难受了。消除痛苦，不仅仅指的是缓解身体上的痛苦，它也能起到消除精神上的不安的作用，使人更加冷静地面对工作和家务。最后，也能减少人们对死亡的恐怖……

---

1　"万理华"和"茉莉花"的日语发音都是"marika"。

巴士停靠在了启论大学附属医院车站。有大批的乘客在等候上车。我提前让自己的大脑保持冷静，所以顺利地从车上下来了。外面很凉快，没有风。天空中的云很多，但是能透过云朵之间的空隙看到冬天。那是初冬的蓝色。

樱井打来了电话，我边走边接听。他的罪恶感貌似还残存着。我让他帮我调查江岛茉莉花的家庭住址和用车情况，痛快地答应了我两个请求之外，他还另外附加了一个。

"青沼李美的私奔对象佐藤，我终于知道他的真名了。我还让人帮我调查了对青沼光贵实施暴行和恐吓的被害情况报告。因为是二十多年前的文件，所以花了很长时间才把它找了出来。佐藤的真名是佐藤和仁，昭和三十六年（一九六一年）生人。他是在一九九三年七月十日前后失踪的，当时他三十二岁。户口所在地是千叶县的佐仓市。失踪当时的住所是东京都三鹰市下连雀四丁目的雀巢公寓的二〇一号房间。提出寻人请求的是房东。"

我隆重地对他表示了感谢，好好称赞了他一番。樱井用鼻子哼了一声。

"望月在实地调查时虽然不中用，但却很擅长查资料，喜欢把自己埋进文书和数据的海洋里，很像现在的年轻人。要是让我在公司待一天的话，我会觉得自己身上长蘑菇了。"

"那让他当主编，樱井你出来不就行了？"

"实话告诉你，他之前没能承担起管理岗的职责。"

樱井说。

"已经过了五十岁，一不留神选择了轻松的工作。腰和膝盖都开始疼了，说不定哪天就动不了了。我们的买卖可不是说着玩儿的，真有可能把命搭进去。哎，干这行的，大都有腰病和膝病。叶村，你现在还觉得没事吗？"

"托您的福，我现在还好。"

虽然工作结束后我倒头就睡吧。

"这样啊。要是疼了的话，你可要跟我说啊。我可收集了好多有关腰痛的资料。"

"说不定'狐狸与猴面包树'的负面流言，你也知道的吧？"

樱井的声音断得非常不自然。沉默了一会儿之后，他说话的回声明显与刚才不同了。像是换了场所。

"不好意思，我走到外面的楼梯了，在公司里不方便说。"

"什么啊？"

"正如你察觉到的，'狐狸与猴面包树'的流言与腰痛有关。叶村你知道'花园代理店'的佐古先生吗？前不久刚去世了。"

"花园"是业界有名的老牌侦探社，我和佐古只在大约十年前一起工作过一次。他虽然是大前辈，不过因为当时他总是使唤我，所以我对他没什么好印象。

"佐古为了治疗腰痛的老毛病，除了整形外科，他还去了脑神经外科、疼痛诊所、心疗内科、针灸院和整骨院，甚至还去找了催眠术士和萨满巫师。但还是没能治愈，疼得睡不着觉，于是他把手伸向了安眠药和镇痛剂。没有效果就两倍三倍地喝，听说效果不好，他还特地用西柚汁喝安眠药，结果引起了胃痉挛，被担架抬进了医院。"

"这也太乱来了吧？"

"他就是个乱来的人。听说他以前穿女装扮过清扫员，还给新宿有名的情人旅馆的所有房间装上过窃听器。他把别人的妻子带进情人旅馆的事情被暴力狂警察给发现了，结果在审讯室里被打得很惨。腰痛就是那个时候留下的后遗症。还有啊……"

"这个话题，以后再慢慢说吧。下次就着烤鸡肉串听你说。"

"啊，好啊。总而言之，佐古在正规医院拿不出药，于是他便在不正规的医生和网站上买了。吃这种地方弄来的药，根本不可能活得久啊。他一个人生活，没有家人。'花园'的后辈发现的时候，都已经过去两个礼拜了。他的死因是药物中毒。同时服用了鸦片类镇痛剂和苯二氮䓬类催眠镇静剂。这种搭配，好像在《死刑囚的鸡尾酒》里出现过。"

呜哇。

"花园代理店"在泡沫经济之后欠下了很多债，为了救公司，佐古当时把自己的积蓄和父母留给他的遗产都拿了出来。所以，后来他没办法工作了的时候，社长还继续给他发工资。多亏了他，花园也开始了调查工作。只是大家都知道佐古的状态，那件事没造成太大的影响，在警察署内部就解决了。流言也是那个时候出来的。

樱井的声音变得更低了。

"佐古死前的精神状态非常好，像是完全忘了腰痛，还久违地去了一次风俗店，看起来很开心。有人很羡慕他，刨根问底地问了半

天，他才窃笑着告诉那人，吉祥寺的'狐狸与猴面包树'餐厅里的香料可以治腰痛。"

"是谁问他的？"

"因为是流言，所以不太清楚是谁说的。不过，第一嫌疑人是我们公司的专务董事。他与佐古是同病相怜的病友。"

原来如此，怪不得樱井要走到楼梯继续说。

"药的源头难道不是'狐狸与猴面包树'吗？但凡是听到流言的人都会这样想。我们公司刚传开这个流言，社长就下了全公司的封口令。"

"然后，当麻警部就开始调查'狐狸与猴面包树'了？"

东都综合调查的社长以前在警察厅工作过。

"不知道啊。我也对那个警部说了同样的话，但他看起来像是第一次听说。不过，那个家伙也是只老狐狸。我老早前就听社长说过了……啊。如果是这样的话，那麻烦可就大了。我破了公司封口令的事，早就被社长知道得一清二楚了啊。"

就算性格再坏，我也不觉得当麻会把那种事情告诉给社长，但是樱井听起来很是沮丧。他叹着气回到了自己的桌边，把江岛茉莉花的自家车的车型和车牌告诉了我。世田谷区牌照，银色的混合动力轿车。

通话快结束时，我不知不觉已走到了江岛医院的前面。刚冷静了一下大脑，就看到一辆小轿车从医院的地下停车场出来了。世田谷区牌照、银色的混合动力车。开车的是一位戴着像是女演员才会戴的那种很大的太阳镜、身穿白衣的女性。可能是由于太阳镜的作用吧，她的脸看起来很小。胸前的银色吊坠闪着光芒。

是江岛茉莉花。

我条件反射般地追了上去。果不其然，茉莉花的刹车灯变红了。很好，追她！

接下来的一瞬间，我的右脚被路上的石块卡住了，两只脚绊在了一起，身子向前倾。摔倒的一瞬间，好在是伸出的左脚支撑住了身体。脚底板重重地砸在了地上，声音很响。

路过的行人都面带惊色地看着我。意识到自己的脸涨红了，我低着头在原地站定了。身体摔倒的势头和冲刺的加速度所产生的力量，全都被左膝吸收了。我的左膝不停地打战。

慢慢往前挪的时候，我看了一眼前方。茉莉花的混合动力车还在信号灯前停着。但是，我已经跑不起来了。受到刚才差点摔倒的惊吓，我的心跳变得非常快。随着信号灯变颜色，我目送着茉莉花的车子在路口稍微往前一些的地方向左转去。

我慢慢地边走边想。话说，我最近一直没有像样地运动过。一个月前的川崎监视任务，跟踪石和梅子，惨被误伤，紧接着又遭遇了火灾。在前天晚上当麻找我之前，我甚至都没有散过步。所以说，就是因为平时不怎么用，所以腿脚才没什么力气。绝不是什么由于年龄增加的老化和劣化。绝对不是。应该是这样没错。

从膝盖到脚面、大腿，浑身上下都隐隐作痛。托这次遭遇的福，我多少感受到了"花园代理店"的佐古的心情。对于侦探来说，腿和腰很重要。在当今这个时代，通过电脑世界的调查，可以知道很多的事情。尽管这样，通过直观的视觉和听觉所获得的情报，还是会超越文字和数据的情报领域。对方的呼吸和身体气味的变化、眨眼、手和脚的摆放位置、体重的变化次数和方法，都是贵重的情报。只是，这些内容无法被数值化和规范化、只有通过与人面对面检出，用自己的感官去感受，用自己的头脑去学习，才能获得这些情报。

所以，为了获得情报，为了与人相见，腿和腰是非常重要的。我能理解腰痛始终无法痊愈的时候，用尽一切方法治疗的佐古的心情。不会飞的猪虽然还是猪，但是走不了路的侦探可就不再是侦探了。

茉莉花的车左转之后驶入另一条道路时，我的膝盖只是觉得有些发软，脚已经不怎么疼了。走着走着，想了一会儿我才意识到，那条路通向的是"狐狸与猴面包树"店铺后面的停车场。有一辆世田谷区牌照、银色的混合动力车。副驾驶座椅上扔着一副太阳镜。停车场的角落里有一个镀锡铁皮质地的烟灰缸，穿着主厨服装和服务员工作服的五六个人，歪七扭八地蹲着或是站在那里，眼睛盯着手机屏幕，拿着手机的那只手的手指则夹着香烟。香烟的烟雾缓缓地飘向空中。

看了一眼时间。已经过了下午三点。停车场里很空，只有几辆车。入口边上的午餐招牌已经被撤了。

推开店门，我走了进去。

和之前来的时候相比，店里的人虽然少了许多，但也有大概三成的上座率。狼吞虎咽地吃着自己迟到的午饭的医院工作人员，还有从近处来的孩子们。抱着银色盘子的服务员面带困意地靠在收银台旁边的墙壁上。

江岛茉莉花在柜台坐着。她弓着后背，手肘撑在桌子上，像是咬住了杯子一样，她在喝着咖啡。靠近她之后，我坐上了她身旁的高凳，递出名片，做了自我介绍。茉莉花手指弹着名片，说道：

"这个晶字，是念'Akira'吗？"

像是有裂痕一般的低沉的声音。如果不知道她是医生的话，我肯定会以为她是个重度吸烟者。

"是的。"

"叶村晶。我听博人说过。一位也许能填补他缺失的记忆的侦探。"

"看来您很了解博人呢。"

江岛茉莉花直勾勾地盯着我。黑色的眼线让她的眼睛显得更加突出，淡绿色的眼影使得她白皙的皮肤更加明显。白衣的下面是祖母绿、灰色和黑色组成的窄边毛衣，她的下半身穿着紧身牛仔裤。银色的吊坠在她的胸口反射着像吊灯一样的光。实物与其说是月牙玉，不如说是像胃的形状。

"远比你知道得多，侦探。在他出生之前，我就开始和他打交道了。"

"我听说您和青沼光贵是启论大学医学部的同学。"

"是的，光贵没能承受住父亲的期待和重压，从医学部逃跑了。"

"他去海外流浪的原因只是这个吗？"

在柜台的角落擦拭玻璃的服务员走了过来。茉莉花对他说"也给这位侦探上一杯咖啡"。她说话的语气像带着刺一样。服务员抬起头，确认了我，回了一声"明白了"之后，走向柜台的最深处，从裤兜里掏出手机，背对着我。

"只有这些？应该还有别的理由吧？"

"是的。比如说有人想离你远去，你怎么想？一个是制药公司的营业员的儿子，一个是在大学里也有门路的地主一族的大医院院长的女儿。虽说比喻成罗密欧与朱丽叶有些过分了，但对他来说压力也很大吧。"

茉莉花把托着腮的双手放了下来，转过身子正对着我，然后露出了笑容。她光滑的脸上印着和年龄相称的皱纹。那些皱纹立刻变得非常生动。

"我把真相告诉给你吧。确实，如果我的父亲、叔父还有他的父亲不知道我们交往的事，不去多管闲事的话，博人还真有可能会是我的儿子。"

咖啡来了。午餐时分，在保温机上睡懒觉的咖啡。长时间待在温暖的环境里，就会有种苦涩味。咖啡是这样，人也是。

"但是，最终没能成为那样。光贵放弃所有，逃走了，后来和李美结了婚。你收了江岛琢磨院长当你的婿养子。"

"琢磨不是婿养子。误解的人很多，其实他是我的表弟，死去的叔父的儿子。一般程度的有钱人最害怕什么，你知道吗？是自己的财产被别人拿走啊。所以，我和表弟成婚，是为了保护江岛医院的实权和财产。换句话说，就像是公司合并一样。不过，也正因为这样，我没能生个孩子。"

茉莉花的话很大胆。她问我"你知道这话的意思吗"？我接受了她的挑战。

"我看了你的采访。你的父亲和叔父，他们二人都饱受癌症的折磨。如果你和表弟生了孩子的话，孩子得癌症的概率就会……"

"就会很高。但是，只是比一般人稍微高一点儿而已。因为将来可能会得癌症，就不生孩子吗？侦探，你没有谈过恋爱吧？"

"我有过这份荣幸。"

茉莉花大笑了起来。她的笑声像是通到了天花板，乘着吊扇在店里扩散开来了。

"确实很幸运啊。那件事太麻烦了。就算是年轻的时候，心凉得也会很快。光贵从眼前消失，如果我能和别的男人结婚的话……但是，最终没能那样。没想到控制神经脉冲这件事，居然意外地有难度。消除了痛苦的话，其他的副作用就会袭来。忘不了恋爱的话，结婚只会变为走形式。"

"所以在光贵回国之后，你让他当了这家店的店长？为的是把他包围住。"

"我可没往他脖子上拴绳子啊。要是这样的话，我就不会雇他们夫妻了。"

"那，李美走了之后，你和光贵？"

"那之后的事情，就交给你的想象吧。"

茉莉花微笑着说。有些歪斜的微笑令我感到些许的怪异。扔下丈夫和刚出生的婴儿，和男人私奔的他的妻子。结婚只是走过场的茉莉花。光贵在没有了大医院和来自父亲的压力之后，他和茉莉花之间的关系复活了。至少从外面来看是这个样子。

站在柜台的与我保持了一定距离的服务员，看着我的背后。在通向厨房的门那里，站着一个我好像见过的男人。他戴着"樋田"的名牌。光贵之后的继任店长。只见他带着上次给我端香肠的那位忐忑不安的服务员，环顾着店内的情况。

可恶。

这两个字从我的嘴边溜了出来。

"火灾前一天的晚上，你去了博人在蓝湖公寓的房间吧？喷了茉莉花味的香水。你今天好像没有喷。"

茉莉花双眼蒙眬地看着我。

"我怎么着都还算是医疗从业人员。工作的时候，不喷香水。"

"那天晚上，你在博人的房间做什么了？你走了以后，博人一直在痛苦地呻吟。"

茉莉花开口的时候，有一只手拍在了我的肩膀上。樋田店长站在我的背后，他对茉莉花说道：

"这就是那个让老师为难的侦探吗？"

"没事，我没觉得为难。"

茉莉花爽快地答道，向樋田摆了摆手。樋田店长站在原地没有动。

"我可没觉得。喂，我说，能请你出去吗？"

肩膀被拉了一下，差点儿从高凳上滑下来。我踢了一下柜台下面的板子，让高凳转了半圈，对着那位店长的肚子就是一记铁肘。应该是打中了。樋田弯腰捂着肚子，他的身体就像被对折了似的。年轻的那位以及站在柜台的服务员，像棒子一样立在原地。

"不想让我在这里的话，动嘴就可以了吧？我还没有动手，你就先碰我。我的举动是正当防卫。想叫警察的话，请便吧。反正，作为侦探，我早就习惯被警察关照了。"

樋田捂着肚子，站在那里没有回话。我从高凳上滑了下来。茉莉花低声笑着说道：

"好不容易才变得有趣了，你这就要回去了吗？侦探。"

通知服务员我是侦探的，不就是你吗？我抑制住了怒气，没有反驳，冲她点了点头。

"我下次再来拜访。"

"我还想和你慢慢聊呢，侦探。下次，咱们去不会被人打扰的地方喝一杯啊。明天晚上怎么样？到时候我联系你。"

不知道是哪位服务员突然吸了一口气。想着她是不是认真的，我把咖啡的钱放在了柜台上。离开之际，茉莉花用手指摆弄着我的名片。

## 18

快步走向吉祥寺的时候，痛快和后悔时不时地向我袭来。我一

方面为刚才的那一肘打得漂亮而心生愉悦，另一方面也为自己竟会在那里引起骚动而感到自责。虽说是他先动的手吧，我还是应该温和地离开才对。都已经是四十多岁的人了，却还在使用暴力，真是太差劲了。和茉莉花第一次见面到约好下一次见的时间，只用了五分钟啊……

在狐久保路口，我回过了神。接下来该干什么？我还没有想过。去巢鸭的话，还为时尚早。想在没有游川圣的地方，单独和出石武纪聊聊。

对了，青沼李美的私奔对象——佐藤和仁。他以前住的三鹰市下连雀四丁目就在这附近。虽说是二十年前的事了，不知道那个雀巢公寓现在还在不在。反正去看看又不会有什么损失。

十字路口向西，沿着紫桥路北上。跟着地图导航走了一阵之后，带地下停车场的混凝土制的五层建筑出现在了眼前。令人惊讶的是，它就是雀巢公寓。面朝马路有一个院子，里面满是茂盛的绿油油的常春藤。对面的右侧是通往地下停车场的斜坡，左侧是建筑物的入口、邮箱和管理员室。

敲了管理员室的房门。突然，门旁边的细长型推拉窗滑了开来，露出了一只狗的头。黑色和茶色夹杂的毛有些长的狗，它的眼睛很像英国演员马蒂·费德曼。那只狗像是在不停地颤抖着，仔细一看，原来颤抖着的是把狗抱在膝盖上的老太婆。推拉窗的后面像是放着一把按摩椅，不过是被收起来的。穿着手织毛衣的老太婆温和地说着欢迎的话语。

"拒绝强行推销。"

"啪"的一声被关上的推拉窗，把狗给夹住了。它立刻叫了起来。窗户再次被打开的时候，老太婆愤怒地向我伸出了手指。

"我都说了拒绝了吧？最近的年轻人真是不懂礼貌啊。"

"……我想和这里的房东见面。二十年前失踪的，叫佐藤和仁。"

我话还没说完，老太婆就再次指着我说：

"喂，我说，你知道时间就是金钱吗？"

四处打听的时候，我习惯在口袋里装几张折成四等份的一千日元纸币。我取出一张，放在了窗框上。赶在老太婆的手伸出之前，那只狗用前爪按住了纸币。老太婆与狗之间的无声纸币争夺战逐渐白热化，最终以灵长类的获胜而告终。狗发出了悲鸣，老太婆按下了遥控器的按钮。她停止抖动的时候，狗也停了下来。紧接着，狗从老太婆的膝盖上跳了下来，跑向了管理员室的深处。

"佐藤先生啊，我记得很清楚哦，毕竟当时我是第一次提出租客的搜查申请。"

这个人就是房东啊。面对一脸吃惊的我，老太婆拿出蜜柑让我吃，她自己也吃了起来。

"他是大学入学的时候搬来的。二〇一房间比其他的都要宽敞，对于普通的大学生来说，我这里的性价比很高。那个孩子家里很有钱，但是他一个人住在这里。他母亲来打过招呼，准时给他的银行账户汇房租，还会送出盂兰盆节的季节问候。他本人很老实沉稳，扔垃

圾的时候也跟人打招呼，是个很招人喜欢的租客。"

房东摇着脑袋，"啾"地吸了一口蜜柑。

"大学毕业之后他继续住在这里。系着领带，挤着满员电车去公司上班。但是，在他消失的三年前，他的父母因交通事故而死。再也没有人约束他了。从早上开始，他就拿着罐装啤酒在街上闲逛，我问他怎么了，他说自己已经辞了工作。之后，他便挥霍父母留下的遗产，四处玩乐。睡到下午才醒，晚上出去喝酒，天亮了才回来。对了，他在国外玩儿的时候，连着好几个月都没回来。"

"那，他是什么时候消失的？您是不是不知道啊？"

"那个孩子，就是在那种情况下，他也没有晚交一天的房租。出去旅行之前，他一口气交了好几个月的房租。虽然他那时已经非常堕落了，但是父母从小对他的严格教养已经深入骨髓了吧。可是在六月交了房租之后，我便再也联系不上他了。本以为他又去国外了，盂兰盆节的时候，他的隔壁说二〇一房间很臭，我这才拿着备用钥匙打开了他的房门。食物已经腐烂，盆栽枯黄而且被虫子吃得不剩什么了。他的护照就掉在地板上。"

"然后您就提出搜查请求了？"

"九月底的时候吧。我在合同里写了'连续三个月不交房屋，视为解除房屋租赁合同'的条款。还有其他租客想搬进来，二〇一也不能这么空着。我记得佐藤君以前抽着奇怪的烟，打电话的时候声音很大，夏天也不洗澡。和嬉皮士的同胞们一起开聚会。邻居净是找我抱怨的。说不定他已经在没人知道的地方悲惨地死去了吧。"

"为什么能断定他的失踪时期是七月十日前后呢？"

"因为那个时候有邻居看见他了。说是看到一位打扮得很正经的女性，被佐藤带进了屋里。"

"具体是什么样的人呢？"

"不知道啊，你去问他以前的邻居吧。"

"那个邻居现在还在这里吗？"

"早就搬走了。谁会想知道这个事呀？再说了，我也不会免费告诉你啊。以前的租客的资料，倒是在靠近天花板的小壁橱里放着。"

"……那，这就是佐藤最后的目击情报吗？"

房东把剥下来的蜜柑皮卷成球形，放进了从超市带回来的塑料袋里。

"提出搜查请求的时候，警察虽然调查并联系了佐藤君的亲戚，但是亲戚说那孩子的父母已经去世了，而且他们也很多年不来往了。剩下的房租不给我的话，我就不让他们来收拾佐藤的行李。结果，这件事就这样不了了之了。"

"那，佐藤的行李最后怎么样了？"

房东目光狡猾地看着我。

"我都说了不了了之了啊。时间就是金钱。"

在推拉窗关上之前，我又递出了一张纸币。房东舔了舔嘴唇，伸出了手。我把纸币稍微往后拽了一下。

"我问你话，你好好回答，这钱就归你。"

"什么啊，真小气。我这不是在好好跟你说呢嘛。我还没问你

呢，话说，你为什么要调查佐藤啊？明明二十多年来，就没有人调查过那个孩子。"

"我要找的不是佐藤，而是跟他一起私奔的女人。"

房东的眼睛瞪得像刚才的那只狗似的。

"私奔？是不是搞错什么了啊？一起在这里生活不就行了吗。把钱扔在家里，然后出去私奔？有这样的人？还是说他对流氓的女人下手了？哇，怪不得他会那么匆忙地逃跑呢。"

"等一下，你刚才说他的房间里剩着钱？"

房东眨着眼睛，她的身体姿势也由前倾变为了后仰。

"好像留下了吧。毕竟护照还在地上呢。"

一不留神说漏嘴了的这个老太婆，应该是不会让收回未缴纳房租的绝佳机会溜走的。二十年前的话，不像现在这么费劲，只要拿着存折和印章去银行，即便是以他人的名义，也可以轻松地把钱取出来。哪止是房租，她的精神损失费应该也拿到了不少吧。

"难道说，你当时没看存折里面吗？"

我装作一副若无其事的样子问她。

"我对佐藤失踪后的存折没兴趣。我只是想知道佐藤失踪当时的现金动向。只能靠房东您的记忆了。如果您肯跟我合作，今后警察要是跟这个调查扯上关系了的话，我保证不会让你惹上麻烦的。"

说着，我把手从一千日元纸币上拿开了。房东虽然一直盯着我的脸，但是立刻就把纸币抢过去了。

"是呢。在我的记忆里，存折上好像有以十万日元为单位的转入和转出。在他临失踪之前，有一笔五十万日元的取款。余额大概是一百万日元左右。"

"那么多吗？"

房东窃笑着对我说道。

"对吧？私奔什么的肯定是搞错了。你要是好好查查的话，肯定就知道了。你要看看佐藤君的房间吗？当然，不是免费的。"

经过交涉，我们去了地下停车场。位于停车场深处的角落，一个两帖大小的空间里堆着行李，上面盖了蓝塑料布。由于长时间的放置，塑料布上满是灰尘，卷着蓝塑料布的绳子黑得发黏。

只是看这些东西就值三千日元吗？我略带担心地解开绳子，取下了塑料布。纸箱和衣服盒子，还有破破烂烂的床和沙发。

在潮湿的、沾满污渍的、歪扭着的纸箱里面，主要装着磁带、录像带和光盘。其中不乏有些发霉、粘在一起取不下来了的。

还有相册。这是佐藤和仁的父母满怀着对孩子的爱意而制作的相册吧。刚生下来就被父母抱着的婴儿，从会爬到会走路，到背着书包上小学，再到上大学。全都是他露着虎牙和可爱笑脸的照片。每张照片的后面都有评论，而且像是女性的笔迹。似曾相识、令人怀念的笑脸。也许是因为这个笑脸和像团子的鼻子一样，最近都不怎么能见到了吧。

其他的照片，则是被胡乱地塞在信封里。蹲在冰冷的停车场的地板上翻看着照片。学生时代的、公司职员时代的、还有像是旅行时拍的。发现了一张像是在"狐狸与猴面包树"拍摄的照片，背景是"狐

狸与猴面包树"的招牌。

照片里面，佐藤和仁戴着一副比现在市面上卖的还要大的眼镜，青沼光贵穿着服务员的制服。和遗像相比，这张照片里的光贵当然年轻不少。

光贵的旁边，搂着一位大肚子的女性。照片的角落写着"93.4.18"。这是拍摄于博人出生前一个月的照片。那位女性，恐怕就是青沼李美吧。

照片虽然褪色了，但是青沼李美给人留下了很深的印象。戴着鼻环，梳着一头脏辫，化妆也很夸张。不过，能看出她是一位年轻可爱的姑娘。和博人非常相似的笔直的眉毛、细长的眼睛……

想着在光线好的地方仔细看看，站起来的一瞬间突然晕了一下，撞在了床头板上。床头板前面的板子掉了，床腿也少了一个，所有的行李都倾斜了。"饶了我吧。"我不禁喊了出来。

一边叹气，一边捡起掉落的板子。想着把它归位的时候，我发现两块木板之间有一处缝隙，那里面好像被塞着什么。我抽出了里面的东西。真空包装的像是茶叶一样的干燥叶子。

就算不调查，也能推测出一些东西了。


走到三鹰站，坐中央线在新宿换乘山手线。到达巢鸭站的时候，太阳已经落山了。才刚过了下午五点半，天就已经全黑了。我的心情立刻变得低落。冬天，冷点儿没关系。但是我真的很讨厌黑暗。

途中，我给牧村英惠打了好几个电话，但是无人接听。是无视我？还是在医院不方便接听？她虽然讨厌我，但是对调查还是很关心的。我想，接着打给她的话，她应该会注意到的。

教爱大学事务局的坂户水穗屡次在社交网络上介绍过的红酒酒吧，就在从巢鸭站去往白山路的途中。白色帆布风的店铺，带木框的玻璃入口。玻璃上用白油漆写着店名。原木制成的柜台的内侧，站着一位身穿白色T恤的男性。

推开店门，伸进脑袋，没头没脑地问了一句："请问坂户来了吗？"男性看着店外，冷冷地回道：

"她不会再来这里了。"

我缩回了脖子，顺着男性的视线望去，看到一个蓝色盖子的垃圾箱。男性走到我看不见的位置，伸手打开了盖子。里面放了很多玻璃碎片。对于红酒酒吧来说，把玻璃瓶当作可回收资源扔出去的时候，应该不用特地把酒瓶弄碎吧？不过，也有可能是哪位女性把失业的事一吐为快，然后生气地摔碎了酒瓶吧。

我去了她的公寓。十八层的公寓，哪一个是她的家？我在楼下抬头，数也数不清楚。按了门铃，没有反应。我又去附近的饭店看了一圈，还是没有发现像是坂户水穗的女性的身影。

在路上转着，等到了晚上九点，还是不见她回来。我有些累了。天亮之前才从三鹰台回家，没睡着，一大早又出去见了出石和游川。被郡司叫回来，从井之头江岛医院到"狐狸与猴面包树"，之后又去调查佐藤和仁，然后又去了巢鸭。真是高密度的一天啊。也可以说是正处在势头上，停不下来了。越是这种时候越要注意。如果不注意的

话，很有可能干出傻事。

回去吧。

通过白山路回到巢鸭站。与我进入的检票口不同，一位眼熟的女性从山手线的站台下来，并穿过了检票口。是坂户水穗！我本想返回追上她，但出站时却刷不上IC卡。赶紧转到有工作人员的检票口，好不容易排队出来的时候，坂户水穗的身影已经消失了。

在车站到公寓的这段路上，以饭店为中心继续搜寻，但并没有看到像她的身影。想着她是不是已经回家了，我按下公寓的门铃却没有反应。

伴着左膝的违和感，我走回了车站。途中，在自动贩卖机的前面，我碰见了坂户水穗。她用大屁股对着我，双脚呈外八字状，朝着贩卖机弯着腰。绕到她的前面，我发现她就是坂户水穗。把啤酒从自动贩卖机里拿出来的同时，坂户水穗拉开了易拉罐的拉环，在贩卖机旁边的暗处喝了一口。

"坂户女士。"

啤酒从嘴里喷出的同时，她回了头。

"我想跟你聊聊关于青沼博人的事。能稍微借我一点儿时间吗？"

坂户端着满是泡沫的啤酒罐，努力不让泡沫沾到自己的身上。突然，她转过身去，背对着我走了。我立刻追了上去。

"请等一下。"

"我没什么好说的。"

“你知道他死了吧？既然这样，你还打算什么都不说吗？”

坂户没有说话，她喘着粗气，迈着像螃蟹一样的外八字快步地走着。我护着左膝，一边喊着“就算是为了他，也请你说几句话啊，不会给你添任何麻烦的”，一边追赶她。画面变得越来越奇怪了。两位大妈在夜路上演着追捕大戏。路上的行人，有的面露厌色为我们让路，有的则是回头看着我们。

公寓前的人行横道的信号灯变成了红色，总算追上坂户水穗的时候，我笑得停不下来了。她不高兴地望着我，说道：

“你干什么啊，要是再跟着我，我可就要报警了啊。管你是哪个杂志社的，我没什么好说的。如果你认为我是那种被开除了便能滔滔不绝地说老东家坏话的大妈，那我告诉你，你大错特错了。我怎么着都还算是在教育机关工作的人。大人应该给年轻人做榜样。即便遭到了不公正的对待，也不能图自己的一时痛快而把什么都说出来，我必须教会别人这么做才行。”

令人感动的演讲。就算她单手拿着冒泡的啤酒罐，就算她不合脚的高跟鞋的鞋跟已经被磨薄而且沾满了污垢。我收住了自己的笑容。

“是我失礼了。但是，博人的事……”

“我没什么好说的。”

坂户水穗看向了别处。就算已经被开除了，但她还不像是一位有魅力的大妈。

“那，请你告诉我一件事就好。博人的伙伴文平君。他的名字怎么写？你只要告诉我他叫什么，我马上就回去。”

227

"文平？那是谁？博人的伙伴是越南留学生。"

坂户像是吃了一惊，陷入了沉默。信号灯的颜色变了，我低着头离开了。只回了一次头。绿色信号灯前，坂户像是对着啤酒罐的神明祈祷一般，张开双臂，呆站在原地。

山手线换乘京王线。在回去的路上，我查了越南人的名字。进而又查了教爱大学和越南人留学生，随即对千岁乌山这个地方抱有了浓厚的兴趣。多亏了这件事，我终于知道游川为什么对我抱有警戒心了。

回到仙川站已经晚上十点半了。在超市里物色着贴有半价标签的便当之时，有人从我的背后向我搭话。是飞岛市子。她不好意思地看着别处，支支吾吾地说：

"那个，前几天是我言重了。我不想让我公公的事情闹大。"

她看起来惊慌失措的，但还是把话说了出来。

"彼此彼此，我也把话说重了。"

"没有没有。是伯母拜托你的吧？我是知道的，所以才朝叶村你发了火。实在是对不起。"

市子深深地低下了头。我嘟哝道："没事，没事。"虽然有些害羞，但没觉得有什么不舒服。在斯坦贝克庄最后的岁月里，被房东的侄女痛快地说了一顿。这个记忆印在心里，其实感觉还挺不错的。

"对了，作为道歉，能陪我去喝一杯吗？我请你。不过，时候不早了，只有那边的居酒屋还开着。"

"谢谢。你的好意我心领了，只是，明天一大早还要去工作。"

"怎么着也得吃顿饭吧？四十五分钟就好。十一点十五准时解散，怎么样？"

"可是……"

"拜托你了，让我道个歉。就按我说的来吧。"

市子深深地弯腰，双手合十。

我们走进了一家位于附近的商业办公楼里的连锁居酒屋。市子点了烤鱼、饭团和腌菜拼盘等像晚饭一样的食物。可能是她看出我不想喝酒了吧，她没有点扎啤，而是拿取了瓶装啤酒和玻璃杯，给我倒了一些。

虽然干了杯，但是氛围完全没有被炒热。她没有看我的眼睛，更没有读书的爱好。我对运动和音乐也没什么兴趣。她有爱她的大家族和财产。我只不过是个贫穷的独居者。见她喝高了之后，我问他飞岛一郎是不是浪子回头了，她只是"嗯嗯"了两声，没有说闲话，也没有抱怨。我把啤酒垂在膝盖，集中注意力吃饭，但是总觉得没什么味道。

我们在正好到十一点十五分的时候解散了。在车站的樱花树前互道晚安之后，和飞岛市子分别。我这才觉得心里踏实了。

走过车站附近的过轨天桥，独自沿着铁轨走向斯坦贝克庄。轨道对面的拉面店飘着浓郁的猪骨汤的味道。闻到了沿线住户家里传出的洗发水的香味，听见了木桶放在浴室地板上时的"扑通"声。

喝的那一点儿啤酒开始起作用了。感觉轻飘飘的，头晕目眩。是由于睡眠不足而引起的疲劳吧。之前的空白期很长。这两天，突然又

229

切换回了侦探模式。消耗的体力远比我想象的要多……

膝盖使不上力气。"咔嚓"一下，身子向前倾，我当场就觉得浑身发软了。刚抓住轨道两旁的铁丝网，我就瘫坐在了地上。"怎么回事？"我想到。怎么了？全身都没了力气。

我抱着肩包，冷静了下来。但还是无法动弹。一张黑幕落在了我的眼前。

## 19

看见有好多兔子在跑。是见过的兔子，在追着我跑。兔子歪着身子，嘟哝道"太迟啦，太迟啦"。我喊了一声"等一等"，把手放在了它的肩上，兔子回过头，但是它的脸却消失不见了。失去了头的兔子悲伤地燃烧了起来，然后融化了。有人给我盖上了什么。"住手！"我愤怒地用头撞了那个人。

对方呻吟道："啊，假牙……"是无线对讲机的声音。对方让我站起来。我想站起来，但是我的双腿不听使唤，刚往上了一下，却当场又瘫坐了下去。不知道是谁弹了一下舌头，说："喝醉了啊。"互相说了很多关于律师的话。那人叫我上车，搂着我，夺走了我的行李。我被扔进了臭被子里。好恶心……

我隐约地睁开了眼睛。

虽然睁开了眼睛，但却看不见光。我叹着气翻了个身，又一次准备入睡。也许是有人把出了故障的心脏塞进了我的脑袋，然后盖上盖子，上好了锁。疼痛很规律，时不时感觉像是牵着山羊散步一般，欢快地小跳着。

抱头安静地忍耐着。意识飞向了空中。让身体随它而去之后，像是有什么东西从胃里逆流了一样。伴着强烈的不适感，我睁开了眼睛。也没多想，就从被子里出来了。一个劲儿地爬着，来到了马桶的跟前。

还是觉得很难受，站不起来。两次把脸对准了马桶。我还是头一次宿醉得这么严重。接连打了好几个嗝，把胃液吐了出来。根本没有力气站起来。

睡觉，起床，呕吐，再睡。已经不知道是第几次坐起来了。头晕眼花，耳鸣不止，胳膊没劲。实在是太异常了。

心跳很快。多亏了这一点，我脑袋里的那个不知道是谁的心脏，也跳得很快，疼痛感也变强了。我拼命地控制情绪，努力不让自己感到更加恐惧。没关系，只是不舒服而已。只是疼痛而已。最坏的后果也就是一死，没事的。

我蜷缩着身子，好让呼吸集中起来。脉搏也逐渐降了下来。再一次睁开眼，掀开薄被，坐着环顾四周。

我待在一个狭小的屋子里。透过天花板上高高的磨砂玻璃窗，光线斜着照射了进来。像是被清扫过一样。浅粉色的墙壁看起来也很新。但是，位于角落里的坐便器和眼前的铁栅栏，却破坏了这种美好的气氛。

我好像被关在了某处警察署的拘留所。

是因为喝醉倒在地上而被带到这里了吗？对了，我刚才做了一个有人用头撞我的梦。那真的是梦吗？还是说，真的是因为发生了什么，我才被逮捕的？

等一下，等一下。我到底醉了没有？我只是喝了两杯酒而已啊，会严重到被带来这里吗？是因为生什么病了吗？不对。我的全身都散发着酒气。味道是从我穿着的衣服传来的。我摔倒后，是谁向我的身上倒酒了吗？为了让我看起来像是喝醉了。如果是这样的话，那我就没喝醉。是谁给我下了药吗？

会是谁呢？

能想到的只有一个人。飞岛市子。她半强迫着把我拉进了居酒屋，特地取了一瓶玻璃瓶装的啤酒，给我往玻璃杯里倒了酒。当场的气氛也没有热起来，她一直没有直视我。还有，她是药科大学毕业的，恐怕她有药剂师资格，知道哪种药喝多少就会起作用。

可是，为什么呢？

虽然她因为飞岛一郎的事对我生气，但是我并不觉得她会这么做。在不同场合下，她是妈妈友，是和儿子踢球时争抢位置的对手，是吵闹的喋喋不休的邻居。虽然对不喜欢的人下药、让那个人受到羞辱这种事，远比一天三顿饭来得更快乐。但是，会有人为了掩盖这个目的而在事后往对方的身上倒酒吗？有很多药物是检测不出来的，她应该是深知这一点的。

铁栅栏的深处传来了脚步声。一位穿着制服的女警察走了过来，问我道：

"感觉怎么样，七号？"

我不禁回头看。没有人。女警的眼睛直视着我。"七号"好像叫的是我。刚好还是我的幸运数字。

"……没有比这更糟糕的了。"

"昨天你喝得大醉，现在按规定要对你执行流程，能站起来吗？"

"能让我喝口水吗？"

门开了，瓶装矿泉水被递了进来。是冰镇过的。走到坐便器那里漱了口，之后又含了一口水，稍微温了一些之后，把水咽了下去。本来应该大口大口地喝的，但是觉得胃里像在翻滚一样，最后没能喝太多。

被带去别的房间之后，她询问了我的住所、姓名、生日和职业。我都回答了。逮捕手续文书上写着"成城西警察署"。我的嫌疑是"大醉倒地之后，用头顶撞欲将其扶起之人并使其受伤。涉嫌违反刑法第二〇四条伤害罪之规定"。

"你昨天晚上喝了多少？"

女警问我道。我如实回答了"啤酒，玻璃杯两杯"。女警面露惧色地看着我。我想，我要是说被认识的药剂师下了药，她会信吗？那位药剂师是三个孩子的妈妈，她的丈夫是在厚生劳动省工作的高贵的市民。而我则是又呕吐又顶人的在书店打工的兼职侦探。她会信谁呢？赔率是一比一百八十，来，下注吧。

在问话的途中，她被负责人叫了出去。回来之后，明明笔录才做

了一半，连说明也没有，她就让我返回了拘留所最深处的那个房间。水和早饭已经备好了。我几乎没怎么吃。想着应该还会有人叫我出去问话，但是始终都没有人来。

我就这样待了好几个小时。别说是人了，就连蟑螂都没看见一只。一如既往的不见人影。

一整天都躺在被子里，要么睡觉，要么打盹，要么被头痛侵袭。想喊"放我出去"，但还是放弃了。要是这么做能把人招来的话，我现在应该坐在劳斯莱斯里监视才对。

太阳已经落山，觉得已经睡够了。起床，叠好被褥，站起来摇摇晃晃地走了几步。左膝还是有违和感。如果是变形性膝关节炎的话，可就麻烦了。不增加肌肉的话，就没办法走路了。

注意不给膝盖造成负担，我轻缓地做起了下蹲运动。刚开始动，一位和早上不一样的女警走了过来，提醒我老实待着，让我不要乱动。他们虽然讯问了我，但是没有告诉我可以选律师，也不听我的辩解。

"在执行逮捕时遇到嫌疑人喝醉的情况，都是等人酒醒后再办告知手续的。你能帮我叫律师吗？如果不行的话，请让我联系一下认识的警察。他叫郡司翔一，我包里有他的名片。"

女警没有回话。她的身影从我的视线消失了。

阳光从窗户消失，灯亮了起来。晚饭送来了，总算是有了食欲。猪肉做的青椒肉丝、海带芽味噌汤、麦饭。我吃得干干净净。

吃完饭后没过多久，我被带去了洗脸处，拿到发放的牙刷，用温水洗了脸。很冷，但是大衣没有还给我，也没有换洗的衣服。

灯光变成了夜晚模式，被通知就寝了。铺好被褥，打着战睡下了。我在想，这里和蓝湖公寓的那个房间相比，到底孰好孰坏？

拘留所里有热水可以用，那里没有。那个屋子能听见人声，这里一片寂静。比起那里，拘留所的灯更亮一些。但是那个屋子没有铁栅栏，光能直接照进来。这里要是着火了，可没办法逃走。

明明白天睡了很久，但是又困了。等回过神，光已经从窗户照进来了。抹布被扔了进来，我被命令做扫除。做完之后，早饭来了。我吃得很干净。吃完饭，又被新的女警带去洗脸处，她递给了我昨晚用的牙刷。这里好像没有其他住宿的人。

从窗户照进来的光越来越亮，但是谁也没有来我这里。我只是被拘留然后扔在了这里。如果他们真的打算起诉我的话，应该会走正式的流程吧。如果不是这样，之后就会有一连串的问题。但是手续只进行到一半，我想，不如说是他们并没有打算真的逮捕我。

在暧昧的状态下，我在这里度过了两晚。有人想让我隔离。

没有办手续，所以从文件上看，我并没有在这里。这是任由司法警察操作的。

话虽如此，也不能让我在这里待到发霉。开警车把我送到这里的警察、拘留所里负责的女警，还有好多其他的人。就算我再怎么被默认为偏离社会规范，四十八小时也应该是拘留的极限了吧？

今晚十一点之前，应该会有动静。

只能等待了。

我冷静得连自己都感到吃惊，靠着墙壁，我又睡着了。过了一个小时左右，我睁开了眼睛。会不会给午饭呢？这里的管理者应该不会太小气。午饭的费用是自己付呢，还是从税金里出呢？用的是哪里的预算？是警察的还是说……

在我打哈欠都打累了的时候，七号总算被叫了，我去到了外面。女警把我带到了拘留所的出口。还以为一定会被刁难，没想到直接穿过了那里，坐着电梯上了三楼。途中看了一眼挂在墙上的表，一点十三分。

让我去的是一个小会议室。一位个子不高但是目光不同寻常的男人在等着我。他说他是成城西警察署安全生活课的织田。

"叶村晶女士，是我们警署错抓了你。你现在可以回家了。"

"啊？！"

"我马上就把行李还给你。在那之前我需要说明的是，如果你对本次拘留有疑问或不满的话，请向厚生劳动省的麻药取缔部进行申诉，而不是我们。本来就是他们对你下达的拘捕令，准备用伤害罪起诉你。但是，对方又请求我们暂时先不要走流程，再加上刚才说之前全都是误会，希望我们不要处罚你。说是希望，实质上是下达的命令。虽说同为司法警察官，不过我还没被麻药取缔部命令过呢。"

"啊？"

"一点儿都不吃惊呢。"

织田还是用他那特有的眼神望着我，我硬是冲着他打了个哈欠。

"让我免费睡了两晚，你们对我有恩。我不会去申诉的。你担心的是那件事吧？"

女警拿着我的行李进来了。是那天晚上的大衣和肩包。包里的东西被摆在了洗手间。智能手机、翻盖手机、钱包、手帕、名片夹等等。智能手机没有异常，钱包里也没少东西。除了郡司的名片。他的名片被从钱包里取了出来，在洗手间里只放了一张。

虽然我在没有正式手续的前提下调查嫌疑人的私人物品是违规的，但我只是说了我的私人物品里有郡司的名片。我没有抱怨什么。

在佐藤和仁的床下发现的干燥大麻，被我放在了原地。我一边想着没有随身携带那个东西真是太好了，一边整理着物品。如果从我的包里发现了大麻，不管麻药取缔部说什么，警察肯定也不会放我走的。

"不过，我说，叶村女士，你的立场改变了呢。"

织田半笑半不笑地说道。

"昨天晚上，我联系了那张名片，我们公司的领导给我打电话，让我汇报情况。但是，立刻有更高层的人说没有新的命令，不许我们碰在拘留中的侦探。这到底是怎么回事呢？"

"谁知道呢。我看着像熟悉警察高层动向的人吗？"

我没打算开玩笑，但是织田仿佛生气了。他贴近我的脸，低声说道：

"总之，别太得意了，你的靠山没你想的那么大。你最好记住这句话，侦探。"

我都说了我没打算告警察啊，也没把当麻当成我的靠山。我之所

以说让他们帮我联系郡司，是我怕他联系不上我会生气。我可不想让那个麻烦的警察成为自己的敌人。至少，我还可以拜托郡司让我看看他拍的青沼家的监控录像。

从成城西警察署出来，朝着小田急线的成城学园前站走去。没什么钱，但我想去奢侈一下。在站前大楼一层的星巴克买了今日推荐的咖啡，在超市买了两种沙拉和三明治，然后乘上了扶梯。在四楼的公共休闲空间找到了一张空桌椅，坐下来享受自己迟到的午餐。

一口气吃了一半，冷静下来之后，我起了疑心，又查看了一遍自己的肩包。没有窃听器和发射器。智能手机里也没被装监听软件。之前觉得自己的行动很荒唐，就算是非法拘捕日本人，如果对方是侦探的话，那也没什么关系。通过这次的事情，我又深刻感受到了这一点。

继续一边吃着午饭，一边看着手机。我收到了包括郡司、樱井和江岛茉莉花在内的不少新邮件和来电记录。在打开邮件之前，我先检索了新闻，读了最新的报道。内容是十二月三日上午，井之头江岛医院及其关联企业，接受了厚生劳动省特别小组的搜查。

厚生劳动省从以前开始，在根据所获得的复数情报进行秘密侦查之后，查明了井之头江岛医院架空捏造癌症患者治疗数据、虚报医疗费用的事实。另一方面，同样伪装成治疗架空患者，向腰痛和膝盖痛的患者秘密倒卖麻药性镇痛剂的事实，也终于在这次的搜查中得以确认。在作为关联企业由江岛院长的妻子经营的餐饮店工作的伊贺义昭，四十七岁，因涉嫌违反"麻药及精神药物取缔法"的规定，已被逮捕。江岛琢磨院长及其妻子，现在正在麻药取缔部接受审讯。

和我预想的一样。

我舔了手指上黏着的蛋黄酱，又喝了一口咖啡。

在飞岛市子与同在厚生劳动省工作的贤太结婚的这个事实上，加上麻药取缔部今天采取的搜查行动一起思考的话，就能看到最近这一系列事情的全貌了。

在当麻因为高野咲事件盯上"狐狸与猴面包树"并展开调查之前，井之头江岛医院就成了麻药取缔部的调查对象。因为对象是医院，比起警察，厚生劳动省能更及时地获得情报。恐怕，最初的问题是医疗费的架空请求[1]吧。但是，随着对此事的调查，江岛医院涉嫌秘密倒卖羟考酮的犯罪行为也浮出了水面。因此，麻药取缔部才开始行动了。

我其实也注意到了。比如说，关于飞岛一郎的事情。有流言说他住进了江岛医院，但市子始终都在否定此事。事实上，真正的飞岛一郎应该是和某位女子去旅行了吧。在此期间，恐怕是飞岛贤太的同事用了飞岛一郎的保险证，潜入了井之头江岛医院。

但是，冈部巴把这个计划给断送了。为了隐瞒此事，市子揪出了巴的"阿喀琉斯之踵"——仲町路的陪酒女，在我面前歇斯底里了一番。

当麻茂之前的搜查终止，很有可能是由于上司的反对。"东都综

---

1　日本的一种收费诈骗。指把不记得签约的商品和服务伪装成"在什么地方签约"，以"架空"的名义进行收费、骗取购物。

合调查"的社长对于"花园代理店"的佐古所泄露的"狐狸与猴面包树",也是因此而下达了封口令。厚生劳动省的高层应该是和警察厅与警视厅的高层有过交流的。高级官僚之间肯定也有朋友。厚生劳动省抢占了先机。他们并不想让警察插手。

然后,我出现了。在江岛医院里,飞岛一郎的事并不是个例。从很早之前开始,一定早就有很多搜查员进去搜查过了。随着秘密搜查的推进,准备在几天之后,也就是十二月三日的上午进行搜家。

但是,我刚好在那之前出现了。作为侦探,我知道了"狐狸与猴面包树"和非法出售羟考酮有关,在井之头江岛医院转来转去。而且,江岛茉莉花之前说的"明天晚上",也就是十二月二日的夜晚,约好了和我见面。

如果院长夫人被这个侦探追问了是否非法出售羟考酮,之后事情的走向将会变成怎样?院方察觉到潜入搜查的事实,隐藏或销毁证据,统一对外口径。长期的搜查工作会成为徒劳。绝对不能让这种事情发生。有必要让这个侦探老实待着……


"但是,如果一开始就明说的话,之后完全没有必要那么做啊。"

我对飞岛市子说。

午后的阳光,倾泻在布田站附近那条靠近京王线地界的道路上。穿过冬日清新空气的阳光,虽然不怎么暖和,但是亮度很高。在并排摆着贩卖农作物的投币式储物柜的地方,有几张长椅。透明的储物柜里,放着大头菜、白萝卜和菠菜。市子的孩子们在长椅附近的水龙头洗好了手，大口地咬着我在成城买的"平太郎"鲷鱼烧。

"我不过就是个吹口气就飞的穷侦探啊。地位如此之高的麻药取缔部，提前跟我说一声，让我暂时先不要接触江岛医院和'狐狸与猴面包树'不就行了吗？为何非要铤而走险给我下药呢？"

"你是怎么知道的？明明上面的人刚说了先这样放着不管……"

市子的声音很紧张。她的手心像是出了很多汗，掉了好几次手机。

"当然是听巴说的了。有了调布市土著提供的情报网，侦探就真没有什么必要了。"

"我知道叶村你对这次的事很生气，但是当着孩子们的面……"

"但是你也不能那么贸然行事吧？我还不想死呢。那药真是太过分了。你觉得我在拘留所里吐了几次？我跟你说，我能活着出来，已经很不可思议了。要是再给我加点儿什么的话，估计我的命就没了。"

市子好像真的被惊到了。

"我选的可是副作用小的药。变成那个样子，是叶村你自己的体质问题。"

"你觉得，你这种借口能说得通吗？"

我暂时陷入了沉默，看向愉快地吃着鲷鱼烧的孩子们。

"是叶村你不好啊。我明明说过让你不要靠近江岛医院。主任还吃了你一记铁肘。"

那位店长，是麻药取缔部的主任？他突然变脸把我赶走，是出于这个原因啊？不过，能成为店长也真是厉害。他可以说是潜入搜查员

的模范。演技和讲话都能令人信服。

"你是觉得对我说了也是白费力气，所以才用了强硬手段吗？不愧是国家权力机关的工作人员，做事情还真是一点儿都不留情面呢。"

我冲着吃鲷鱼烧的孩子们挥了挥手，市子皱起了眉头。

"够了。我丈夫他们为了让国民远离毒品的危害，可是在拼命地工作。让你稍微在拘留所里待几天，跟这个比起来根本不算什么。要是真想办你的话，你暂时可出不来呢。看在伯母的面子上，不会做得太过，但这可不是就真的不能逮捕你。你要是敢跟踪我的孩子的话，我丈夫还有上面的人都不会坐视不管的。你明白了吗？"

"嗯。我已经很明白了。"

我点了几下手机。"我选的可是副作用小的药。变成那个样子，是叶村你自己的体质问题。"

"录音资料已经发送了。或者说是藏起来了。我这样已经是生气了。"

我脸色发青，手捂着嘴对市子说：

"我不是对市子你生气，我也不是怀疑你什么。你也是被迫那么做的。所以，那个时候，你才没敢看我的眼睛吧。我生气的是那些看似用了计谋、却把事情变得麻烦了的家伙啊。那些人太想对麻烦的侦探以及向那个侦探说明羟考酮秘密搜查的麻烦的警察炫耀自己的力量。后来，明明没有下命令的道理，却对所辖署下达了命令。"

我拍了拍膝盖，站了起来。

"受冈部巴照顾这么长时间，我没有要断送她侄女的生活的意思。正如你期望的那样，我会尽快搬离斯坦贝克庄的。我会努力不让我的脸还有这个录音资料再次出现在你的眼前。如果不这样做的话，你丈夫的晋升也会受影响吧？只是，作为交换条件的是情报。让我和你丈夫谈谈吧，怎么样？"

身材高大的市子看起来像是泄了气。吃完鲷鱼烧的孩子们在嬉闹玩耍。一片祥和的景象。

我告诉她，希望她能帮我调查一下。

## 20

井之头江岛医院的新闻，多少还是引起了社会舆论的哗然。

自我被释放的那天晚上到第二天早上，新闻节目里时不时会播放江岛院长以前出演过的影像，还有他拍摄的高级手表代言宣传照。院长在外汇零售交易中损失了很多钱；之前被认为是名医，但最近求医于他的患者已经明显减少；平时坐的是高级轿车；和银座的原女招待有私生子等流言也在新闻中被报道了。

多亏了这件事，江岛医院的事件以非常清晰易懂的方式平息了。浪费成性、出现金钱危机的医院院长从国家骗取了诊疗报酬。紧接着，他把作为麻药性镇痛剂的羟考酮等药品对架空的患者进行投放，剩余的部分被他私自侵吞。院长夫人经营的餐厅则成了他们毒品交易的舞台。长年在此餐厅工作的服务员伊贺义昭向被疼痛折磨的病人搭

话，亲切询问他们的状况，对值得信赖的客人出售高价"止痛药"。

漫不经心地接受采访的人说：

"那个店给我介绍了很贵的止痛药，还叫我不要跟别人说。多亏了那里的药，我觉得轻松了好多。"

那位老人如此回答之后，电视台的记者问他："你吃的难道不是毒品吗？"老人慌张地否认道："不是吧，我不知道啊。"后来，这段影像在该电视台其他时段的新闻节目里播放的时候，这位老人的脸被打上了马赛克。但是……

"这个人，是国分寺那边的房屋中介吧？"

和我一起看电视的冈部巴一边吃着柿种花生，一边说道。平时经常去江岛医院，她看起来比别人更加关心这个事件，而且也在毫不怠慢地动用土著情报网收集着情报。

"果然被搭话的都是有钱人啊。我认识的某位夫人腰痛去江岛医院看病，每次回家之前，她都会去'狐狸与猴面包树'吃午饭，服务员也对她很亲切，但是我从没听她说过药很有效的事情。还有，那位夫人可能是眼神不好吧，穿的衣服总是有好多毛球。她平时爱到处和别人炫耀，如果真的拿到了特别的药的话，她说不定会在南、北、西多摩到处闲逛着跟人吹牛呢。"

冈部巴说，院长的爱人怎么会是银座的女招待呢，其实是三鹰站前开英语教室的青梅竹马才对。还有，虽然患者数下降，但每次去那里都得排队。冈部巴不停地卖弄着她作为土著的情报。

"看来电视上说的不对啊。不知道他们有没有好好采访。"

"那，外汇零售交易的事也是？"

"那件事是真的，最近貌似挺常见的，上网或是用手机就能开始做。我听说他在很多年前用不光彩的手段借了一大笔钱，追债的人跑到医院，引起了不小的骚乱。他毕竟干了那么过分的事，没办法同情他。"

冈部巴吃了一会儿柿种花生之后，缓缓说道：

"对了，晶，我听瑠宇说，你是不是把行李往吉祥寺的事务所搬呢？你打算住事务所啊？"

"拖了这么久，真是不好意思。我下周周中就搬走。"

"发生什么了吗？"

掸了掸沾在手上的调料粉，巴狠狠地盯着我。花生从气管里飞出来了。

"什么怎么了啊？"

"是市子吧。那孩子是不是催你赶快搬走了？"

我把空茶杯贴在嘴上，装作喝茶的样子，说道：

"没有的事。不管怎么样，我今年都必须要搬走啊。而且，去那里住的话，还不用交房租。"

"还有一个月左右呢，不用这么着急的。你完全可以住到正月之前，我不介意的。晶最近很不容易吧，看你都不怎么回来，是工作太忙了吧？瑠宇说她住到年底才会搬走。"

"谢谢您。不用担心，我没事。"

"这样啊。"

　　冈部巴没有问我想搬去哪里。对于不知道我之前被拘留了的冈部巴来说，我没能把"如果需要和麻药取缔部的相关人员保持距离的话，我住在哪里都行"这句话说出口。


　　被警察释放的翌日是星期五。再加上周末的三天里，我每天都把能拿的行李带去杀人熊书店，把它们收到白熊侦探社事务所的壁橱，然后在正午时分准时开店营业。

　　富山店长的忙碌好像终于告一段落，他出现在店里的频率明显比以前高了。果然有名的店长在与不在，顾客数量完全不同。十二月最初的周末，通过社交网络得知富山店长在店的客人们络绎不绝地来到店里，不仅在店里呆很长时间，还买了书。尤其是星期日的晚上格外地忙碌，因为我们店久违地举办了活动。

　　"纽约推理节"之后，富山店长考虑在十二月举办的是"戏剧推理节"。把以戏剧界为舞台的推理作品、推理作家的戏曲和推理小说戏曲聚集在了一起。

　　"适合圣诞节的戏剧推理小说，我全都摆出来了。首先是王道作品《阿加莎克里斯蒂戏曲集》，我们店里有它的全套。"

　　富山高兴地如数家珍地说着，我做着笔记。

　　"罗伯特·托马斯、安东尼·薛弗、艾拉·莱文、井上厦、恩田陆、筒井康隆的戏曲也有存货。瑞吉诺·罗斯的《十二怒汉》前段时间好像已经卖没了。总之，把能找出来的戏曲都收集到一起。还有……"

富山走到书架，连着抽出了好几本书。

"帕特利克·昆丁的《演员之谜》、卡洛琳·格雷厄姆的《空心人之死》、迈克尔·英尼斯的《复仇吧！哈姆雷特》、克里斯蒂安娜·布兰德的《耶洗别之死》、西蒙·布雷特的《杀人导演》、艾德蒙·克里斯平的《天鹅之死》，对了还有迪克·弗朗西斯的《横穿》。在长距离列车内进行表演的活动，非常有趣呢。"

富山滔滔不绝地说着，不一会儿书就堆成了山。

"加斯东·勒鲁的《剧院魅影》，这可是经典作品。在它之后，放上奎因的《罗马帽子之谜》吧？退休的莎翁剧演员哲瑞·雷恩登场的《X的悲剧》《Y的悲剧》《Z的悲剧》也不能不提。对了，'暹罗猫可可系列'里的《猫知道莎士比亚》和《猫……》，哎呀，还有哪一本来着？说的是在比卡库斯建了一个剧场，围绕着戏剧俱乐部发生了命案。"

富山望着摆成一长串的莉莉安·布朗写的红色封底的书，嘴里念叨着什么，之后又看着我说道：

"叶村，帮我找找。"

"啊？我吗？"

"看看封底上的故事简介不就行了，你还有哪里不明白啊？不过，仔细读内容的话，肯定就能找到的。"

"……有三十多本呢。"

"嗯，可以暂时享受一段时间呢。然后是，日本作品该选些什么好呢。户板康二的'中村雅乐'系列是绝对要选的，这可是后台解谜

的杰作。松井今朝子的戏剧三部曲也不错呢。还有三上于菟吉的《雪之丞变化》、服部真弓的《哈姆雷特狂诗曲》和有吉佐和子的《华丽开幕》。"

富山自我陶醉了一会儿，突然拍手道：

"我有个好主意。机会难得，干脆办个活动吧。住在江户川区的某位推理小说评论家的夫人，掌管着一个推理专门剧团。在二层的沙龙，放映剧团过去演过的舞台剧的影像，你觉得怎么样？应该能拿到《谋杀彩排》的DVD光盘。"

"放影片的话，许可的作品也都可以放吧？"

"这就要拜托给叶村你了。毕竟你是侦探。"

"啊，我吗？"

"顺便学学著作权法，怎么样？作为在书店的侦探，可以把著作权领域当成自己的招牌绝技啊。活用这个知识，联系作家和出版社，帮助我们书店办活动，这难道不好吗？"

"……你就是想让我免费干活。"

"说实话，比起放影片，现场演出的效果会更好一些吧？剧场转播，影像中的观众所能感受到的临场感，和看影像的观众的距离感是有很大区别的。我们的沙龙这么窄，不可能在这里演。啊，但如果是朗读会的话，应该可以办吧？推理专门剧团团员的推理小说朗读之夜。在朗读的前后加上对作品的解说和对推理戏剧的对谈。嗯。这样的话，应该能招揽到客人的。虽说还得看选什么样的推理小说吧。"

"像圣诞节的，果然应该是克里斯蒂吧？"

"不是，索性选和私立侦探有关的吧，这样说不定会好一些。选取其中的精华部分，让观众听到侦探和妩媚的美女之间的对话。私立侦探小说朗读之夜，搭配一根手指粗的威士忌。如果不想用纸杯的话，可以自带玻璃杯。定员二十人，参加费一人一千五百日元。问题是作品啊。"

富山高兴地边走边看着书架。

"雷蒙·钱德勒、罗斯·麦克唐纳、达希尔·哈米特。卡特·布朗的《从宇宙来的女人》……这部作品的主人公是女演员，挺不错的，但是很难摘出一个段落来。还是短篇小说好啊。苏·葛拉芙顿的《连帽衫与散弹枪》？马克斯·阿兰·柯林斯的《死亡出诊》？虽然不是私立侦探，威廉·柏洛兹的《瘾者的圣诞》怎么样？写的是圣诞节的事，而且又很短。但是，这样的话，就必须拿威士忌之外的东西出来了。"

能拿得出来吗？

与其说是谈话，不如说是富山店长的单向指示。这个命令是在半个月前的十一月中旬下达的。

我的脑袋还没能很好地运转起来。机械地看着笔记，把书摆在八边形的平台上，机械地做着装饰。机械地应对顾客的询问，机械地告知活动。我把写着圣诞节字样的纸箱从仓库里拿出来，像往年一样做了装饰，这当然也是机械性的工作。

即便这样，但不愧是富山付出心血的活动，十二月六日星期日举办的朗读会的票立刻就卖完了。那天，我从中午开始准备朗读会使用

的椅子，将桌子拼成了方便摆放食物的组合，把戏剧节用的一部分书转移到了沙龙。检查了音响设备，买了威士忌和鸡肉，还订了披萨。和剧团商量之后，选定了《圣诞节的悲剧》作为朗读作品，虽说可以放心些了，但是威士忌的赞助还没找好。

富山店长是这天下午三点来的。逗了一会儿招牌猫，和客人聊了一会儿之后，他这才走到了我的面前，极为少见的一脸吃惊地看着我。

"我想用二层最靠里的那个房间给剧团人员当休息室用，怎么样，叶村，那个房间可以吗？"

"作为白熊侦探社的事务所，随便你用。这话可说富山店长你之前说的。"

"这样啊。看你最近又是扫除又是收拾书箱的，与其说它是事务所不如说倒像是你的住处。叶村，你是打算住在那里吗？"

"呃……那个，我现在住的共享公寓催我赶紧搬走……"

富山想了一会儿，耸了耸肩。

"哎，算了。侦探社本来就是全权交给叶村你了的。"

我继续准备。演出人员是五点来的，客人从五点半开始聚集。沙龙的空间狭小，只能容下参加活动的客人。布场结束之后，剩下的事就交给富山了。考虑到有想在活动开始前把东西买好的客人，我下楼去了一层的收银台。

楼下很热闹。除活动作品之外，有客人买写真集《监视日记》作为准备送给原刑警的祖父的圣诞节礼物，有客人拜托把玛格丽特·梅的书包成礼物。还有买了很多大卫·阿蒙德的书的客人。在开演时间六点半之前，营业额刷新了之前创造的五位数的纪录。

但是，朗读会开始后，顾客就从店里消失了。时而听见二层传来的效果音，但是总体来说很安静。

我把书架上的书重新摆放整齐之后，在收银台稍微休息了一下。我原本是想利用这个时间来继续我的搬家工作的。

从斯坦贝克庄拿来了窗帘和地毯，给沙发铺上布之后，事务所就真的成了富山说的能让人安心的住处了。

虽然这个建筑是很久之前建的，但是在改建之际，进行了抗震加固，洗手间和厨房也没有问题。占据着厨房地板的放着书的纸箱，被我搬进了浴室。附近有大众浴池，从明天开始，我就能踏实地住在这里了，一点儿问题都没有。不知道该说是幸运还是不幸，由于之前好多物品都被烧了，现在的我反而觉得一身轻松。

但是，还有东西留在斯坦贝克庄。古董店里卖的大正时代的书架。经过多次严格筛选之后留下的三箱我喜欢的书。冬天用的羽毛被。那床被子是我在十多年前获得临时收入后，在百货商场买的。它也是我剩下的为数不多的物品里唯一可以被称为财产的值钱货。

正当我想着这些东西到底要怎么搬的时候，关着的门的对面传来了动静。我的心跳开始加速。"不可能。"我对自己说道。不可能。绝对不可能。

门开了。我没有说"欢迎光临"。当麻茂站在我的面前。

只见他外面穿的是一身中高档西服，罕见地打了深蓝色的素色领带。明明是晚上，却穿着看起来像是刚熨好的白衬衫。是因为厚生劳动省越过当麻直接和他的上司谈话，还是因为之前什么都不说就让他终止搜查，抑或是因为我那天没在车子后排耍威风？总而言之，这个与我不共戴天的仇敌，今天看起来非常紧张不安，像是丢了壳的蜗牛似的。

"二层可真热闹啊。我看到你们书店主页上写着有活动。真是生意兴隆比什么都强。"

说着，当麻用背在后面的手把门给关上了。

"你一个人来的吗？郡司呢？"

"这附近不好停车，郡司那个家伙，只要让他开车，他就高兴。等那个活动结束也太麻烦了，我就让他先把我放在了路边，然后我就来找你了。我收到了来自麻药取缔部飞岛贤太的秘密联络。"

我点了点头。当麻有些失望地说：

"把情报泄露给普通人很丢脸，调查之后有什么新发现，就联系郡司。这话好像是叶村你之前说的吧。即便真的暴露了，司法警察之间互相交换一下情报，应该也就解决了。"

"也许是我说的吧。我可能告诉了郡司的联系方式。"

"局外人侦探在耍小聪明啊。"

"是我失礼了。你不高兴吗？"

"如果我说是的话，你应该特别高兴吧？"

"托你的福，我特别高兴。"

当麻的喉咙发出了"嘎"的声音。

"就算是这样，你还是把警察当你的中间人了呢。你不觉得我会在中途把情报捏得死死的吗？"

我没敢说"我抓住了郡司的弱点，没关系的"。

"我对那个情报会做出什么反应。我之前还觉得你对这一点很感兴趣。"

当麻在说什么，好像是他的回忆。他没有感情地继续说着。

"通过他们那边的调查，江岛院长夫妇、被逮捕的伊贺义昭，还有刚被抓的在江岛医院工作的药剂师和事务员，共计八人，在青沼家发生火灾前后的十一月十一日夜晚十点之后持有不在场证明。那天是江岛院长的生日，院长宅邸好像举办了聚会。医院相关人士纷纷参加，聚会结束时已经是凌晨两点多了。除了医院相关人士，还搜集到了外卖员等人的证言。"

"'狐狸与猴面包树'的伊贺义昭呢？"

"因为祖母的十七回忌法事，他回滨松老家了。那天晚上，他和亲戚朋友还在住持那喝酒喝到了很晚。"

当麻看着自己被修剪得很整齐的指甲，接着补充道：

"虽然厚生劳动省和麻药取缔部的小组还没有完全查明钱的去向，但是通过对医疗费的不正当请求和麻药的非法倒卖来看，江岛医院并没有因此而获得暴利。其他的医疗用麻药的库存数量也多少有些合不上，但也不是少得特别离谱。果然，应该是有从海外特别是从美国走私进口来的药。"

"也就是说，走的是青沼光贵这条线吗？"

"但是，死人毕竟无法开口说话。没有任何证据。就算有也应该是被烧了。还有，上述那些有联系的人，都有火灾的不在场证明。雇人纵火的可能性也不能说是没有吧，如果雇的专门做这种事的人的话，应该会采用撒上助燃剂再点火这种单纯的方法。也就是说，蓝湖公寓的火灾和非法出售羟考酮无关。就像泉原之前认为的，那场大火是博人不小心失火造成的吧。"

我沉默了。当麻罕见地叹了口气。

"事到如今，你还是无法接受吗？"

"说火灾和羟考酮事件无关，我首先就接受不了。"

"你是接受不了青沼博人的失火吗？"

"郡司在青沼家蹲点时拍的监控录像，能让我看看吗？"

"恐怕得不到批准。"

"为什么啊？你是怕它没办法作为资料提供给泉原吗？当麻警部擅自让郡司偷偷拍摄的录像，是不能被当作证据的。所以你也没有提出。你是害怕这事被人知道了的话，自己就有麻烦了吗？"

"失火这个判断是不会被推翻的。不管你接受也好不接受也好。"

"那你呢？你能接受吗？"

当麻沉默了。这个男人的兴趣是麻药性镇痛剂的非法买卖。如果和这件事没关系的话，火灾对他应该是无所谓的吧。当然，他不会把这话说出口。警察得出的结论，他也是绝对不会质疑的。

只要没有什么特别情报的话。

我从收银台底下的包里拿出了当时在佐藤和仁的行李里找到的照片，把它递给了当麻。一九九三年四月十八日，佐藤和仁与年幼的青沼光贵，还有一个挺着大肚子的女性。

当麻面带讶异地接过了照片。

"这是'狐狸与猴面包树'的店内啊。这个是青沼光贵吗？旁边的这个男的是？"

"光贵妻子的私奔对象，佐藤和仁。"

"那，这个女的是光贵的妻子吗？"

"嗯，是青沼李美吧？我知道这个女人。"

当麻兴趣颇深地盯着照片上的女人。

"你和二十年前私奔的这个女人见面了？在哪里？"

"青沼光枝给我介绍过。她的表妹牧村英惠。"

一九九三年四月，这位女性的鼻环卸掉了，年轻二十岁，和博人很像的被修得笔直的眉毛，把像是吞了大象的蟒蛇的眉毛做上艺术化妆，出来的就是英惠的脸。

虽说这张照片具有决定性，但是其实从以前开始，英惠的言行就很可疑了。

首先是年龄。根据郡司准备的文件里附着的户籍复印件来看，牧村英惠生于一九四八年，今年六十七岁。就算她大量饮用有抗老化效果的草药茶，看起来也比实际年龄年轻很多。一开始我以为她是五十多岁或者更小。

我一开始就怀疑博人在死去的前一天的晚上见的那个女人，莫非

就是他的母亲。听了这话的英惠先是一惊，紧接着说我没有根据，一口咬定是我想的不对。

我问她和光贵熟不熟，她说只是普通亲戚罢了。另一方面，她说了有关博人和光贵的亲子关系的内情，详细介绍了光贵的流浪生活和他与药物的关系。她知道江岛医院的院长夫妇和光贵是同一所大学的医学部出身。但是，我只是暗示江岛茉莉花以前和光贵会不会是恋人，她就非常不高兴地说我是没有根据的胡乱瞎猜，果断地否定了我的猜测。

我问她李美是怎样的女性，她冷冷地说了句"年轻时想引人注目的又傻又可悲的女人"。也就是说，她对光贵的妻子很熟悉。

到底是熟还是不熟呢？我说她对青沼家的事很熟悉，但是重新问她之后，她又言语躲闪着说自己不过是远房亲戚罢了。

如果她不是牧村英惠而是青沼李美的话，那么她的言行就好理解了。

"但是，青沼李美为什么要伪装成她婆婆的表妹呢？是因为她不想让婆婆还有儿子知道自己私奔了吗？"

"我认为青沼光枝是知道事实的。她住的房子，是光枝帮她租的。用牧村英惠这个名字，应该也是光枝的主意吧。郡司给我看的资料里，有英惠的户籍复印件。确实是有牧村英惠这个人的。只是，我想，她很可能是在住某处养老院，即使名字被用了也不会有任何抱怨吧。或者说，她也许根本就不会注意到自己的身份被盗用了。没有变更住民票，也没有新开银行账户，单纯只是借用牧村英惠这个名字，任谁都不会注意到吧？"

"可能是这样。不对，那为什么……"

说着，当麻把视线又移向了照片。

"这个男的……叫佐藤什么来着？"

"佐藤和仁。他以前住在三鹰市下连雀的雀巢公寓。已经失踪快二十年了。他虽然和别人的妻子私奔了，但是他觉得现金和其他不应该留下的东西，却都剩在了他租的屋子里。"

"那，青沼李美在二十年前不是和男人私奔了，而是把那个男人……"

就在当麻茂正准备做出判断的时候，他的手机响了。我一边看他接电话，一边在心里想着。

……杀了。

如果不是这样的话，李美没有理由换用别人的名字。在交通事故中，她的丈夫去世，儿子也身受重伤、命悬一线。所以她才会回来啊。作为母亲，堂堂正正地和儿子相见不就行了吗？当然，就像她本人说的那样，虽然刚生下来就被母亲抛弃的博人不太可能轻易接受她，但是，她也没有必要和光枝一起冒险冒名顶替别人。

打完电话之后，当麻看着我说：

"泉原说他接到了郡司的联络，在江岛医院住院的青沼光枝，好像已经咽气了。"

21

在去太平间的途中，被沉闷的念经声包围着。

冷静下来仔细一听，发现那并不是念经的声音，而是为了保持地下空气流通的空调发出的声音。通往太平间的走廊，很阴冷。有缺口的油毡地板和露出棉花填充物的长椅，在荧光灯的照射下显得格外清晰。

光枝被安放在细长的棺木里，枕在一个看起来很廉价的白色化纤枕头上面。向下看的时候，我不禁在心里默念道："原来她的脸是长这个样子的啊。"仔细想想，我和她共处的时间也不过三天而已。她的鼻子还没有恢复到以前的状态。

想起了她如虎头狗一般的气势、吵架时生动热烈的语气。她那咄咄逼人的话语，像是会从眼前这个躺着的物体里吐出来一样。

我知道了。光枝已经不在了。肉体不过是灵魂的交通工具罢了，光枝已经换乘去了别的地方。这样想的同时，遗体旁放着的花束和线香、殡葬公司的人，但凡目之所及，全都像是人为安排好的。

"如果她能恢复意识的话，你是觉得事情还会出现什么转机吗？"

当麻小声地说。

"毕竟灯油炉是不是被拿进了博人房间这个问题，最应该问的人就是光枝了。如果她说不知道那个灯油炉的话，不管邻居的目击证言是什么，事态都有可能会发生颠覆性的转变。"

我没有回答。警察下的结论，恐怕是不会轻易推翻的。比起放火，邻居们更希望这是一场失火事件。他们不想被卷进更严重的骚动了。想起了博人说过的话。如果是别人的痛苦的话，几十年都忍得住。看来这话说得没错……

"就这样送去火葬场，可以吗？"

一位身着黑衣的像是殡葬公司的女负责人用安静而又官方的语气问道。我和当麻对视了一下。

"她的家属呢？青……牧村英惠应该是陪在她身边的吧。"

"是她的表妹吗？刚才好像还一直在呢。这家医院的丑闻被曝出之后，她就一直住在病房，看起来很憔悴。"

"她现在不在吗？"

"我觉得她马上就会回来。"

有种不祥的预感。

我从太平间飞奔了出去，在医院里四处寻找。哪里都没有找到青沼李美。从停车场到病房，只要是碰见的人，我都拿着英惠，不是，是李美的照片问他们有没有见过这个人。来回奔跑，正当我想再回太平间看一下的时候，当麻给我打来了电话。

"拜托警卫让我看了监控录像，五十分钟前，李美坐出租车离开了医院。据出租车公司交代，她所乘坐的车辆在晚上七点三十七分的时候，将她放在了三鹰台站的附近。"

"她住在三鹰台的什么地方来着？"

"我让郡司把她的住址发给你。"

不愧是警察，调查就是快。我跑出医院，拦了一辆出租车。

在三鹰台站南侧、商店街稍微往里的地方右转。在超市对面的荞麦面馆边上，有一条向南延伸的上坡道。我跑上了坡顶。靠在三鹰台市政窗口前的公共电话亭稍微调整了呼吸之后，我环顾了四周。郡司告诉我的住址那里，有一栋公寓。这是一处一层和二层分别都是单人间的立方体建筑。我爬上通往二层的楼梯。她的房间没有亮灯。一眼就看出门并没有上锁。我打开了门。

从玄关就能一眼望到整个屋子的全貌。真的是个很小的房间。玄关旁边只有一间小浴室，连收纳都没有。比洗脸台还要小的水槽，旁边是一个很小的电炉。铺着木地板的房间的角落里，有一套叠好的床被。中间是一个坐垫和一张矮桌，还有一个行李箱。

走进房间，开始调查。行李箱的外面还留着航空公司贴的胶带，里面装的是很像她风格的天然材质的连衣裙。行李箱摆放的位置，只会让人觉得她是为了准备随时能提着行李箱出门。

没有找到像是文件、手机、电脑之类的物品，也没有照片。没有一件私人物品。桌子的角落里，放着三张一万日元的纸币。纸币之上有一把钥匙。应该是这个房间的钥匙吧。

我明白了，她根本没有要回来的意思。

不回家的话，那她到底是去哪里了呢？光枝去世，她失去了继续待在这里的理由，所以就走了。但是，她去哪里了呢？被褥和桌子算就算了，但是连准备好的行李箱也不拉，她真的就这么走了吗？

我站了起来。突然间，好像闻到了什么。我把脸靠近了那个矮桌。是草药茶的味道。桌子上残留着些许草药茶的粉末。还能看出桌子上有正方形的痕迹——边长大约三十厘米的正方形。

这会是什么痕迹呢……

答案，如闪电一般直击我的大脑。

我从房间飞奔了出去。穿过铁道路口，跑上了立教女学院旁边的坡道。觉得身子好沉，累得喘着粗气。左膝有些不稳，我咬紧了牙。我和她有五十分钟的时间差。但是，说不定还来得及。

星期日的夜里，路上没什么人。在这个季节，不用开窗，房间的灯光便会像光束一样从窗帘或是纱窗的缝隙漏出来。大家都把自己关在自己的小屋里，准备明天的工作或是其他事情，享受着一天之中最后的悠闲。

感觉有凉凉的东西掉在了脸上。下雨了。在街灯照射下，看见雨滴在夜晚的柏油路上扩散开来。雨水淅淅沥沥地落在地面。伴着雨声，我向青沼家跑去。

青沼家没有亮灯。外面的推拉门也是关着的。里面不像是有人在。环顾四周，有一条笔直的脚印通向主屋的玄关。是我的脚印。

没有发现李美的足迹。

手机响了。是当麻打来的。我躲在玄关的房檐下，接了电话。

"叶村，你可能猜对了。"

"经过调查，青沼李美是出生在美国的双重国籍持有者。二十多年来，她好像一直住在那边。不用照顾光枝了之后，她也没有继续待

在日本的理由了。她一定是打算就这样直接返回美国的。"

"请等一下。"

"机场和航空公司也去查过了。就算她确实通过光贵非法倒卖羟考酮，也没有证据能够证明。美国和日本之间虽然有罪犯的引渡条款，但是在现在这种状况下，不管是日本还是美国的法院，都不会下逮捕令的。只能在出国前把她拦住，让她自己交代。"

"她的行李箱还留在房间。我不觉得她要逃跑。需要担心的……是她会不会去自杀吧。"

当麻沉默了。我向他说明了留在李美房间的矮桌、草药茶粉末以及正方体的痕迹。

"从大小来看的话，我觉得很有可能是骨灰盒。男性用的骨灰盒的大小是九寸，也就是差不多二十七乘二十七厘米的面积。她之前说过，博人的火化只有她一个人参加。"

我没有在主屋看到博人的骨灰或者类似的物品，想必李美是把它拿回了住处，放在自己的身边了吧。

"把自己的行李、房间钥匙和打扰费的钱留了下来，只带着儿子的骨灰走了。光枝的死，使她万念俱灰了吧。她没有理由知道我们在怀疑她。正常情况下，她应该会在做好善后工作之后，再悠闲地返回美国吧？她没这样做，实在是奇怪啊。"

电话那边的当麻叹了一口气。

"草药茶粉末上的痕迹，你能确定那就是他儿子的骨灰盒留下的吗？"

"……不能。"

"那就是叶村你的想象了。"

"这……算是吧。"

"我们没有命令你的权力。换句话说，这实在是太浪费了。"

电话被挂了。我又拨了回去，但是当麻没有接。他像是要按着"美国逃亡说"的思路去调查，估计还会回我一句"你的话，想怎么调查随你的便吧。"

我在近处走了走。早坂茂市、大场和片桐都很不高兴地接听了门铃受话器。废话不多说，我一上来就告诉了他们光枝去世的消息。他们听了之后，果然都打开了话匣，和我滔滔不绝地说了起来。但是，问青沼家的坟墓在哪儿，他们都说不知道。

"因为光贵君和他爸的关系很差吧。"

早坂茂市在受话器的对面嘟哝道。

"光枝应该犹豫过要不要把光贵的骨灰和他爸的放在一起吧。"

大场用震耳欲聋的声音说道。

"光枝都已经去世了，你能不能别再管青沼家的事情了？如果连寺庙的事情侦探都要来回调查的话，那么谁都成不了佛了。"

片桐匆匆忙忙地挂断了受话器。

经过他们这么一说，我总算是注意到了。就算有家墓，放进去的也只是折磨光贵的他的父亲的骨灰。李美是不可能以那里作为目标的。

可是，如果是这样的话，那到底该去哪里找李美呢？我不知道。

来到了井之头路。在这种天气的周日的晚上，附近的陪酒女还在街上招揽客人。上半身披着看起来很暖和的人造皮革大衣，下半身穿着超短裙，大腿的一多半都露在了外面。她们撑着伞，等着行人，在街上徘徊。

去附近的几家居酒屋里看了一下。我问里奥大爷在不在，店员没有看我，说他今天没来。"新藤吉"里那个叫须藤君的年轻男子说漏了嘴，告诉我他以后应该不会再来了。我去了都营住宅。里奥大爷不像是回来了。我看了一眼角落的亭子，何止是他本人，连酒宴的痕迹都没有。

里奥大爷可能是又出什么事了吧。但是，我现在没有心思担心他的事情。

我又一次返回了青沼家，也去了三鹰台站。还是没找到李美。我把她的照片给路人看，问他们有没有见过抱着骨灰盒的女人，他们都只是对我摇头。

我坐在车站入口房檐下的台阶处避雨。可把我给累坏了。多少知道一些李美的事情的江岛茉莉花，又在我接触不到的地方。光枝也死了。邻居的流言也起不到作用。还能去问谁呢？

……博人。说得准确一些，是博人的朋友。

我按原路往回跑。片桐不耐烦地接了受话器，说龙儿不在这里。他去别的地方研修了。暂时不会回来。他的手机也打不通。

"我想知道博人以前还有哪些想去的地方。事关人命，能告诉我他的联系方式吗？"

"我拒绝。"

受话器被挂断了。我想着应该再挑战一下。现在这种情况，即便缠着她到早上也没用。只能去试试其他的朋友了。

走到井之头路，等待出租车。可能是小雨的原因吧，出租车根本不见来，来的也是载了客人的。不得已，我只好边走边跑。来到吉祥寺站之后，我坐上了中央线。到新宿站之后，换乘湘南新宿线，再在池袋换乘东武东上线，到达目的地上板桥站时，已经过了上午十一点半。

出石武纪住的公寓是几年前才建好的，入口带有自动锁。不过，和很多公寓的自动锁相似，这里的锁也如同纸糊的一般。就算左膝出问题了，我也能找到三条很轻松就可以进到里面的路线。但是，直闯他的家门危险系数很高。想要接近出石，还有更简单的方法。打个电话，然后说话就行。当然，说什么话可是有诀窍的。

我刚在川越街道街边的家庭餐厅落座，出石武纪就气喘吁吁地赶来了。和约定好的一样，他是自己来的，并没有通知游川圣。只是他第一次没看见我，第二次视线错过了，直到第三次，他才朝我挥了挥手。出石点了自助饮料，刚坐下来，他就匆忙开口说道：

"你真的能保证把我在这里说的话当作从没听过吗？我的父母真的病了。正月前就职失败了，那是……"

"我说过吧，只要你好好回答我的提问，我就全都忘掉。我平时也是很忙的，而且只是个免费的侦探。我绝对不会把大学生的胡话拿去给别人说的。你懂了吗？"

出石武纪略带惧色地点了点头。我把他在之前说的那位偶像声优的池边演唱会上跳舞的影像找了出来，并播放给他看。

"这种证据照片，只要想找就能找到的。明明你们这代人应该很清楚这一点啊。你为什么要撒那种无聊的谎话，说自己没去过天空城呢？"

"游川……那个家伙，很担心。他说'总而言之，博人还有天空城的事，都要简称到底说没听过不知道'。他还说了，如果说得不好，被认为有关系的话，那可就麻烦了。"

"有关系，指的是和文平君吗？"

"啊，是的……"

"看来游川君也不怎么擅长说谎啊。什么忘了文平君的姓，他已经回国了。听到这种话，说什么也得调查一下呢。"

由于坂户水穗说漏了嘴，我去查了越南人的名字。中间名很多都用的是"ban"，汉字写成"文"，名字则有很多人用"bin"，汉字写成"平"。他的名字，也就是"文平"。叫这个名字的人不少，我试着查了几个之后，看到了一篇新闻报道——"越南人留学生'范文平'涉嫌违反麻药及精神药物取缔法，被警方逮捕"。

如果放在日本的话，他的名字就像"田中博"一样常见。所以，我在查阅的时候也非常谨慎。范文平被逮捕后，教爱大学的主页上刊登了"来自校长的道歉"一文，内容是"得知本校在籍留学生的逮捕消息的各位学生以及家长们，给你们添麻烦了，实在是对不起"。加上坂户水穗的反应，可以确定被逮捕的越南人就是博人的那个伙伴了。

范文平和比他晚来日本的亲戚租了一栋一户建，用来种植大麻草。他们因为贩卖毒品的嫌疑而被逮捕。只是，范文平否认自己的嫌疑，他声称房子是他叔父租的，自己只不过是帮帮忙而已。由于嫌疑不充分，他后来被释放了。

"博人从文平那里分得了一些呢。"

出石小声说道。他看起来不是很想说"大麻"和"麻药"这种词汇。

"他说'那个东西不上瘾，没事的，比香烟还要安全'，就试着用来着。后来在高处用了之后，他整个人的情绪变得非常高涨，还说了'如果在天空城的观览车里用的话，不知道会是怎么样'这种话。"

"他真的去做了吗？"

"我不知道。发生交通事故的前一段时间，博人没有用那种东西。如果他真的用了的话，我们就不想和他继续扯上关系了，而且如果他提起天空城的话，游川也说了一定要立刻否认。对不起。"

出石武纪抽搐着鼻子。都到这个时候了，他貌似还想说谎。

"你和游川其实也试了吧？要是一点儿关系都没有的话，连去过天空城这件事都要否认，这也太神经质了吧？"

"不是，那个……"

我把脸贴近了他。

"你说实话。要是撒谎惹我生气了，说不定我就忘不掉了。"

出石武纪一边惊慌失措，一边交代了以下内容：之前听博人说过的文平把"那个东西"分给了他；出于好奇心，自己和游川圣也试着用了；由于身体素质的不同，他也因此尝过一次苦头。之后游川圣好像还在继续服用，但是，与博人开始不谈论"那个东西"的时间节点几乎相同，游川也不再吃了。他还说自己只是在那场演唱会的时候去过天空城，而且只有那么一次。看起来这怎么都不像是在说谎了。

"之前，我从博人那里收到了天空城的优惠券，但是实在是有些远啊。"

"为什么博人会有那么多天空城的优惠券，还能发给你？"

"呃，他好像是从住在天空城附近的朋友的叔叔那里得到的吧。"

出石武纪没有自信地嘟囔着。

"我不记得了。博人出事故的时候，游川说'地点就是地点，没关系的'。游川还说'他不可能和他爸一起去试那种东西吧，总而言之，忘了这段记忆吧'。所以，我就全给忘了。"

"等一下。那，真的是博人前脚出事故，你们后脚才知道的吗？"

"游川……很在意名字，就查了一下。但是赶去那里的话，很有可能被人知道我们和他很亲近，而且如果从他持有的物品中发现那个东西的话，我们可就要遭殃了。我好不容易拿到内定了，因为这件事，我很有可能还得重新找工作。虽然文平在博人出事故之后就被逮捕了，但是他没有提博人。如果提了的话，那他可就不是嫌疑不充分了。"

说着，出石的脸上浮现出了天真的笑容。谁都不在意博人因事故差点丧命这件事，博人肯定会觉得自己被抛弃了，一定很痛苦。即便我把这些话告诉给他，他也能忍受几十年吧。


放了出石武纪之后，我确认了时间。快到下午两点了。想了一下从这里去吉祥寺的打车费，我心头一颤。家庭餐厅里并没有很拥挤。再次落座，在始发列车到来之前，我决定在这里消磨时间。

从范文平的报道里，我推测博人和出石他们使用了大麻。所以，沿着这条线索的话，出石武纪是不会拒绝和我见面的。果然没有错。

话虽如此，青沼李美拿着博人的骨灰到底去了哪里？我还是没有找到任何线索。就算是对于大麻的话题还能比较流畅地进行说明的出石，我拜托他尽量想起有关博人和他父母之间的事，他也是觉得很困惑，没有头绪。不记得了，不对，是没听他说过。如果去找邻居同时也是他的好朋友的龙儿问一问的话，会怎么样呢？毕竟博人之前说过他们从小学开始，关系就很好。

听到光枝的死讯，片桐害怕青沼家的不幸会传染给他们家，立刻挂断了受话器。再按一次的话，可不只是赶人，她立刻就要报警。想要知道龙儿的联系方式，越过他妈妈是查不到的。

一边祈祷樱井的罪恶感没有消失，一边给他发了邮件。随后通过网络检索，再次对青沼李美展开调查。然而，直到我找得头晕眼花，也没有查到任何线索。

我放弃了，把目光移回了店内。我隐约记得，博人好像对我说过他和他父亲之间的事。他爸爸每年都要去美国。在临近大学入学考试的时候，他爸爸还三番五次地要他和自己一起去美国……

被自己打呼噜的声音惊到了，我睁开了眼睛。口水在桌上堆成了小水坑，窗外已经亮起来了。

用肩包里常备的洗脸套装洗了把脸。镜子告诉我，我已经不是适合熬通宵的年纪了。没有化妆。没人会在意我的脸。但是，如果太差劲了，说不定反而会给人留下印象。

又干了一杯在饮料台接的酸到不行的咖啡之后，我离开了家庭餐厅。接下来，只有去那个地方了。京王相模原线天空城站前环岛巴士车站。李美的丈夫死去、儿子受重伤的地方……

一边和席卷而来的困意做斗争，一边回到新宿站，坐京王线特急来到了调布。途中，列车因人身事故被迫停了下来。到达相模原线天空城站的时候，已经是从家庭餐厅出发的两个小时之后了。

从站台爬楼梯上去，出了检票口。沿着"天空城方向"的指示牌在高架桥下走着，左转之后，来到了环岛。受到了太阳的直晒。阳光很刺眼。

正好赶上沉重的巴士加速向右拐来。巴士车站没有别的人，上次看到的花束已经被收拾了。一台黑色的出租车停在环岛的前面，司机一边打着哈欠，一边读着报纸。

"抱着骨灰盒的女人？我没有看到。"

对于我的提问，司机歪着脑袋答道。

"这里冷冷清清，要是有的话，我肯定不会发现不了的。但是，直到刚才电车一直都没动，我去调布拉活了，也是才回来这里的。"

司机说今天天空城的开园时间是上午九点半。平常的星期一，一直都是十点才开，今天因为有学校在里面办活动，所以开园时间稍微提前了一些。

坐上他的出租车，沿着巴士路线追赶那辆巴士。在巴士停靠的弁天洞窟、天空城高尔夫球场、天空城医院、天空城入口，我都去询问了路人，但是没有人看到过像是李美的女性。巴士一直开到了终点小田急天空城前站，所有乘客都下车了。我询问坐在空车里的巴士司机，他说没有注意到我要找的人。

稍微过了天空城的开园时间，我又坐出租车回到了京王线天空城站。想着说不定可以，我怀着浅浅的期待从车窗望向环岛，还是没有看到李美的身影。

万事休矣。

付了打车费，我返回了车站。走在昏暗的高架桥下，我感觉自己要被徒劳感压垮了。我到底在干什么？连一个说不定会自杀的外表特征明显的女人都找不到，我还有什么脸好意思说自己是个侦探？不，回到发现她不是牧村英惠而且青沼李美的阶段，再去问问的话，或者说……

"喂，你。"

被高架桥下的回声惊了一下，我扭过了头。出租车司机兴奋地朝我挥着手。

"就在刚才，你要找的那个女人好像在附近。"

我和他一起跑了回去。

环岛边上还停着一辆出租车。那辆车的司机从车里下来了。他一边揉着自己的腰，一边等着我们。

"听说你在找抱着骨灰盒的女人？我刚才看见了。"

"刚才，是什么时候？"

"五分钟之前吧。她朝着缆车乘车处走了，走得很慢，你赶快出发的话，应该还能赶上。"

匆忙地向他表示感谢之后，我立刻跑了出去。


## 22


跑上了楼梯和坡道。感觉腿和腰都快不是自己的了。心脏剧烈地跳动着，有种不祥的预感。

我向站在缆车车票自动贩卖机前的工作人员询问了李美。他说，有一个很像的人在几分钟前坐上了缆车。"平时没有人抱着骨灰盒来这里，所以我一下子就记住了。你认识她？"

我在自动贩卖机买了三百日元的单程票，急忙走进了大门。周一刚开园不久，在等候缆车的，只有一位拿着昂贵相机的人、一对打扮朴素的情侣和推着婴儿车的年轻夫妇。已经出发的缆车的窗户里，映着某位女性的背影。

一辆缆车本来是可以坐八个人的，但是结伴而来的人们都各自坐进了不同的缆车。

我也一人独占了一辆宽敞的缆车。伴着有规律的缆绳卷动的声音，可以俯视到高尔夫球场、购物中心和多摩川。

给当麻发了邮件，眺望着风景。可能是睡眠不足的原因吧，随着缆车的升高，我开始越发觉得头晕恶心了。透过脚下的玻璃，可以看到离得很远的地面。

我不禁想到，也许是刚才过于紧张了吧。突然，觉得腿肚子开始发胀。疼得我直打滚。脱水？单纯是累了？还是因为我在彻夜未眠的同时，过度使用了平时几乎没怎么锻炼过的腿和腰？我拼命地伸展腿肚子，忍受着疼痛，没出息地哭了。努力对自己说："比起脚的小拇指撞在柜子角，这根本不算什么。"于是，我忘了自己正处在半空中。

总算控制住了泪水的时候，终于能看见天空城了。但是，从缆车上下来抵达售票处，得知天空城的成人一日通票是五千四百日元之后，我的视线又变得模糊了。为了尽快找出李美，能够自由出入还是好一些。看来这个钱不得不花了。

印着"一日通票天空城"的缎带形状的纸，被我在入园的时候卷在了手腕上。从在博人的壁橱里发现的牛仔裤口袋里拿出来的，是鹦鹉绿的缎带。缠在我手腕上的，是蓝色的缎带。我进到了园内。穿着玩偶服装道具的天空城官方吉祥物——天空狗（一只长着翅膀的狗）一边跳着舞，一边靠近着入园的游客们。它是想和游客合照，然后再卖照片。

入口的地势有些高，园内的则是缓缓的下坡路。我站在入口放眼整个园内。

在铺着粉红色柏油的主道上，有大型手摇风琴的演奏者、糖果屋和卖爆米花以及奶油冰激凌的露天小摊，圣诞树也被立了起来。游乐园拿出比节日还要节日、比梦幻还要梦幻的架势，尽全力地招待着来访的游客。

我的目光锁定在了沿着主道向下走的人们身上。在华丽的娱乐世界里，只有那人的周围显得很压抑。大地色调的开襟毛衣，手臂像是抱着什么。在擦肩而过的行人之中，有一个身影让我心头一紧。我不禁又看了一眼。

我拖着伤腿，开始追她。

街头艺人开始表演抛小球，或者是变得如铜像一般，缓慢地动着。甜甜的香气混合着黄油与脂肪的味道，乘着风飘散在园内。戴着天空狗帽子的年轻人和拖家带口来游玩的，在这片十二月的天空下来来往往，好不热闹，好不愉快。一边给当麻发送邮件，一边避开人群，追逐买了摩天轮乘车券的她。

"李美女士。"

把票给了检票员之后，她静静地回过头看着我，之后又把头转向前方，坐进了来到她身边的红色车厢。我让检票员看了一眼的我一日通票，硬是坐进了她的车厢。工作人员像是感受到了奇妙的氛围，停下了正准备关车厢门的手。如果李美对我说"下去"或者"出去"的话，摩天轮说不定会被紧急停止。可是，李美什么话都没说。工作人员有些犹豫，不过，他应该是觉得还没有到要把动着的机器停下来的程度吧。车厢门被关上了。摩天轮开始转动、上升。

车厢像是一个树脂做的鱼缸。我坐在李美的前面。盖着白布的骨灰盒躺在她的双膝。她用骨瘦如柴、满是色斑的双手紧紧地按着那个盒子。

能听见游客们高兴的尖叫声。窗外来回转动的过山车，正在复杂立体的路线上移动。其他地方的叫声，也乘着风传了过来。巨大的像宇宙飞船一样的游乐设施，载着很多游客，像是会在噩梦中出现的秋千一样，激烈地摇晃着转动着，在最高处停了下来。

"小时候，你和家人来过游乐园吗？"李美嘟哝着。

"没有。"

"这样啊，我也没有。我爸妈都对我没什么兴趣，渐渐地我也就不抱什么期待了。像这样的……游乐园，全都是假的。人造的可爱，人造的香气，人造的机器和它的运转方式。所以，像这种东西，我一点儿都不羡慕。"

"我以前好像也说过。跟你说'光贵没有带博人去过天空城'的时候吧。"

"我不信你说的。"

李美淡淡地笑了。

"但是，我说的是真的。我拜托过光贵。不要只和博人两个人去游乐园，不要只和博人去享受欢乐。少了我，家就不能算作家了。光贵遵从了我的愿望。"

摩天轮的车厢还在继续上升。就像正在从井里取水的生锈的滑轮一样，伴随着粗糙的摩擦声，摩天轮缓缓地转动着。隐隐发光的多摩川仿佛近在眼前。在对面的建筑物中，调布的文化设施"田造"在阳光的沐浴下，闪着白光。就在六天之前，我在"田造"的天空大厅里看到过这个摩天轮。

"李美女士。"

我直奔正题。

"你杀害佐藤和仁，是因为光贵吗？所以光贵才会满足你的愿望？"

青沼李美抬起了头。蒙在她脸上的那层薄纱消失了。艺术化妆的眉毛先是上翘继而又下沉。

"你说得可真冷漠啊。"

李美说道。我以为她会否定杀人。但是，紧接着她又说：

"真正重要的，是对等的互助关系。光贵是和我比翼双飞的灵魂伙伴。所以，他才会听我的愿望啊。"

车厢被风吹的摇晃了。灿烂的阳光从左侧的窗户照了进来，我们的影子变深了。深绿的山丘，在丘陵中间建造的购物中心，车辆一台接一台地渡过桥梁。这样的景色在我的眼前铺展了开来。

"在亚洲旅行的时候，我与和仁在印度尼西亚的民宿里相识。遇见他的时候，我就已经是大麻的常用者了。我是那种深信如果想引起别人的兴趣，就必须把事情做得彻底的笨女人。要是我说大麻很普通的话，别人肯定会非常吃惊的。这样做的话，大家就都会注意我了……我可真是傻啊。"

李美一边笑着，一边抚摸着骨灰盒。

"与和仁打交道，当然是为了大麻。我对他没什么兴趣。他是被父母呵护着长大的小少爷，和我完全是两类人。但是他给我大麻，还帮我付房费，简直是不能再方便了。我和他一起住了三个礼拜。正觉得没意思了的时候，光贵出现了。"

李美的脸上像在放着光一样。

"见到他的时候，我觉得像是看见了另一半的我。他好像也这么认为。和光贵在一起的时候，完全没有必要掩饰自己，也没有必要拿自己和谁去比。没必要执着于对自己没兴趣的人。冷静地做自己。是光贵让我学会冷静下来的。"

我不再需要其他的东西了。我的父母、大麻、和仁还有旅行，都不需要了。

"我和光贵一起回到日本，结了婚。托茉莉花的福，光贵当上了'狐狸与猴面包树'的店长，我也开始和他一起工作。之后博人便降临了。我真的觉得自己好幸福。直到和仁出现之前。"

佐藤和仁的父母死了以后，他被亲戚骗走了很多钱。李美抛弃自己和光贵结婚的事，给他的心灵造成了更大的创伤吧。但是，李美却把他说得像是与自己无关。

"只是单纯的偶然，他住的地方离'狐狸与猴面包树'很近。然后我就和他撞见了。看到我挺着个大肚子，他好像更加生气了。即便这样，一开始他还是亲切地靠近我们，经常来店里。有可以把种子拿

回家种出来的干燥大麻，他说想和光贵一起卖。光贵一开始也是这么想的，说是让他当冤大头，我们能把生孩子的费用挣回来。但是，知道我是被和仁推荐才那么做之后，光贵生气到了极点。"

"毕竟你是个孕妇啊。"

问她大麻的事的时候，李美奇怪地开始详细说起了它的坏处。

"光贵禁止他进店之后，和仁在店里故意生气地挑拨、威胁和诉苦。摆出一副受害者的样子，甚至还叫了警察。但是，我什么都做不了。和仁说了，如果大麻的事情暴露了，我们一定也脱不了干系。"

为了就快要出生的孩子，光贵一定是忍耐了佐藤和仁的蛮横吧。但是，就在博人出生的两个月之后，和仁手提菜刀闯进了蓝湖公寓的二〇一号房间。

"那个家伙对我说'你打算把所有的事都告诉给警察？'我一边喊着'那让你尝尝叛徒的厉害'，一边与他扭打了起来。意识到的时候，我已经把菜刀插进他的心脏了。但是他倒地之后还在动，我便又把他拖进了浴室，在那里面把刀子拔了出来。血一下子喷到了天花板，浴室瞬间变成了一片血海。那个男人的身体里居然有那么多的血，我真是没想到……"

里奥大爷曾说过，二十多年之前，他的房间就布满过尘土。邻居早坂家对年轻夫妇的卿卿我我感到厌烦，只要他们家里一热闹起来，早坂就会立刻把窗户关上。因为有大麻的事情，所以李美没有大声求助。她只能靠自己来制止佐藤和仁。

"明明有那么大的动静，博人却没哭没闹，睡得很踏实。我后来也总在想，他为什么只在那一天没有哭呢？出生之后，他每天晚上都在哭闹，我连着两个月没有睡好觉。我婆婆抱着他的时候，他非常安静。可是，一旦我抱他，他就会立刻尖声大哭起来。对于从没感受过父爱和母爱的我来说，我自己果然还是缺了点儿什么。这孩子明显是很敏感地感受到了……"

李美把骨灰盒抱得更紧了。

"光贵回来的时候，我浑身是血地抱着博人。光贵见状，脸色大变，赶紧接过了博人。然后，他对我说'之后的事情全都交给我，你赶快逃吧。我就当作你与和仁私奔了。他的遗体我来处理。我会把博人带大的'。我出生在美国，有永久居住权，也有认识的人。在那边可以生活得很方便。所以我后来才决定去了美国。收拾好行李之后，当天晚上我就离开了公寓，坐上了前往美国的飞机。"

"把博人留下了？"

"是的。把他留下了。在飞机里，我一个人发着呆，很是寂寞。我想见光贵，但也觉得安心，因为以后不用再照顾婴儿了。"

摩天轮的车厢到达了最高点。阳光照进了车厢的各个角落。好刺眼。在冬日澄净的空气中，闯进视线里的富士山的轮廓格外清晰。远处的新宿高层建筑群、东京塔、天空树，都能一览无余。集中注意力，我感觉自己的意识能飞到那边的大楼里的人们身边。能够看着他们、触摸他们、感受他们……我眼前的景色让我产生了如此的想象。

但是，摩天轮吱吱作响，并没有停下来。景色也在继续变化着。车厢越过了顶点，阳光稍微不那么刺眼了。我回过神来，继续说道：

"光枝也许是知道实情的吧。所以，在你回国的时候，她并没有把作为犯罪现场的蓝湖公寓二〇一号房间借给你，而是给你介绍了别处的出租屋。如果看到你进出那间公寓，里奥大爷和邻居一定会认出你的。"

如果公寓有空的房间，而且又需要有人在身边帮忙的话，一般来说，光枝于情于理都应该让作为自己亲属的李美住进来的吧，而不是邀请偶然间碰见的我。

"光贵之前说过。那个房间的浴室，不论怎么打扫也清理不干净了。瓷砖的接缝里，总是在缓缓地渗出茶色的污渍。光贵在浴室把和仁分尸了。"

李美看着远处，一脸困意地微笑着。车厢开始缓缓下降。原医学生给遗体进行分尸的场景，浮现在了我的脑海，随后赶忙将这景象从我脑中驱逐。

"所以，二〇一号房间一直被当作仓库。"

"是这样的。可是，光贵还是说成了因为楼下的大爷很吵，所以才把那间屋子用作仓库。没办法，为了不让被人有想租它的意思，他还特地弄歪了窗户，好让外面的风能钻进去。不过，其实是里面放的书太沉，所以房间的整体才会倾斜。之前我们还商量过，在存够钱之后，好把公寓改建一下。"

"你们二人经常联系吗？"

"当然了。我们什么话都说。所以这边发生的事情，我大概都知道。在我不在的时候，光贵虽然没有带博人出过门或是参加什么活动，但是他拍了好多博人的照片，每次来美国的时候，他都会拿给我看。他还说过，等博人十八岁了，就带着博人来美国和我一起生活。但是博人不太愿意，因此这件事最终也没能实现。"

"博人知道你吗？"

"博人根本就不想知道吧。他对自己的父母不抱有任何关心。"

"那，你不生气吗？"

"哎，是啊。"

"没到想放火去烧他房间的那种程度吗？"

李美目不转睛地盯着我。过了一会儿，她爆发出了一阵笑声。

"你怎么这么笨呢。如果我要放火烧那栋公寓的话，肯定不会忘了在你住的那个房间泼汽油的。这样一来，不仅可以销毁犯罪现场，还能让毫无干系却在我的地盘撒野的侦探消失。然后，我帮助博人……从火海中把他救出来，和忘记了不必要的记忆的那个孩子一起，幸福地生活下去。"

车厢还在下降，快接近地面了。能看见数名身穿制服的警察在摩天轮的下面待命。他们应该是收到邮件的当麻安排来的吧。

"和光贵最后一次说话的时候，他告诉我他生平第一次呵斥了博人，因为那个小子抽了大麻。和朋友半开玩笑地在天空城的摩天轮里。因为这件事好像有人受伤了，所以光贵把所有的事情都告诉给博人了：为什么妈妈不见了，爸爸为妈妈做了什么，还有一切的源头都是大麻。博人受到了很大的冲击，一边哭泣一边大喊。"

里奥大爷听到的他们在事故发生前一天晚上的口角，估计就是这

个吧。然后，光贵和博人在事故当天在天空城站前的理由，恐怕也是这个吧。

为什么一直没有和我说过呢？这明明和博人想知道的事情是有很大的联系的。这样想着，我把话咽进了肚子里。不能再说了。如果说了的话，他们家所有人的罪就全都浮出水面了。

"要是早些回来就好了啊。和家人待在一起。"

我不禁问她道。

"为什么没有回来？杀人的事没被暴露，被当成了私奔。你回来的话，就说自己被佐藤和仁抛弃了，这样难道行不通吗？虽然多少会被别人用有色眼镜来看吧，但是过一段时间之后，应该没有人会在意了吧。"

"那之前这样想过好多次。但是，光贵……他说过好多次危险，让我不要回来。住在异国，当我忍受不住寂寞的时候，光贵从日本飞过来看我了。所以，想着这样就能满足了。博人虽然是我的孩子，但是我把他当成是我婆婆的孩子。实际上，光贵在死前已经接受了这个事实。只要光贵还在的话，我就不是孤零零的一个人。"

非法入侵青沼家的那天晚上，我向李美说明了博人对我的委托事项。那时，她说了"什么啊""那种事情"。

事实上，博人是期待我帮他找到自己的母亲吧？即便如此，当时我也没有想确认这一点。不论他回答"是"或"不是"，我应该都只会感受到自己内心的愤怒吧。

离地面越来越近。太阳被云层遮住了。在空中获得的那种感受，在慢慢地消失。如果身处顶点之时意识能打开得更多的话，它便能飞向空中，到达更高的地方……做了这样的梦之后，我有些理解博人的心情了。

"我能最后再问你一个问题吗？"

"什么。"

李美面带困意地说道。

"你的眉毛，为什么会成那个样子？"

"因为变了眉毛的话，人的长相也会改变的。这样做的话，即使碰见了熟人，我也很难被认出来吧。我住在美国的人气占卜师家里的时候，给那人做过女仆。如果我的照片被突然传到网上，然后被谁看见的话，那我可就很危险了。这种可能性我也考虑到了。为了不暴露身份，我已经很努力了。毕竟我是个杀人犯。"

李美突然开始窃笑，她笑得都快直不起腰了。药片从她的手里滑落，洒在了车厢的地面。

"模仿占卜师，气场怎么样，图腾怎么样，说些奇奇怪怪的话之后，大家都觉得我是个脑子有问题的精神宗教者，也便与我保持了一定的距离。但是，我还是会在意他们对我的评价。你也会在意的吧？"

摩天轮到达了底端。车厢的门开了。被警察驾着走出车厢的时候，李美还紧抱着骨灰盒。她的脸上露出了微笑。

## 23

摩天轮里的对话，我全程都录音了。

因为是未经许可的录音，所以不能被当作证据。就算李美自供了，但是她二十多年前杀害佐藤和仁的行为，现在还能否被提起公诉？这一点有些微妙。而且，光贵早就把和仁的遗体给处理了，就连李美也不知道。犯罪现场也没有任何痕迹了。还有，如果是和仁拿着凶器上门的话，李美的行为能否构成杀人罪也是存疑的。

但是，这不是我该发愁的事情。把它交给当麻或者法院来判断吧。

与我们同龄的女工作人员一边犹豫地关上我们乘坐的车厢的车门，一边目瞪口呆地目送着警察远去。身穿印着白色"天空城工作人员"字样的红色运动夹克，戴着有两个小翅膀的帽子。运动夹克使她看起来显得更加丰满，帽子则是让她的脸看起来显得更大了。虽然服务别人乘坐摩天轮会感到开心吧，但不管是什么工作都有它的难处。

"您辛苦了。"我向她搭话之后，她回过了神。"您也辛苦了。"她回话道。她好像没有注意到我刚才是从后面挤进李美的车厢的。就算彻夜未眠也不会引人注目的女侦探。这句话说不定能成为我的宣传语。

"说不定能从其他方面打听到什么……你在此之前见过那位女性吗？"

看她以为我是警察的同伴，我便干脆利落地向她问话。工作人员歪着脑袋说：

　　"我觉得没有。来这里的净是些情侣或者拖家带口的人。一个人来的女性会很显眼的。"

　　"那，如果是一个人来的男性呢？"

　　"也不是没有。估计是为了传到社交网络吧。和一个人来的女性相比，单独来的男性则是在另一种意义上显得引人注目。不过，组团来的男性倒是不少。"

　　我表示出兴趣之后，她兴奋地继续说：

　　"之前某天，看到有一个车厢摇晃得特别厉害，我拨打了内线电话。不过对方只是回了句'别碍事'，就把电话给挂了。虽然规则上写了不能摇摩天轮的车厢，但是如果把整个摩天轮都停下来的话，再次启动会很麻烦的。那群男大学生迟迟没下车，最后整整坐了五圈才下来。"

　　"他们大概坐了多长时间？"

　　"一圈是十分钟。高六十米。人不多的时候，只要想坐，拿着一日通票按理说是可以随便坐的。但是，时不时会有些缺心眼的情侣。而且最近手机还能录像了，如果真的出现了非常露骨的情形，我会让他们下来的。"

　　工作人员皱着眉头。我用尽言语安慰着她，夸赞她的工作态度。等她的脸颊松弛下来之后，我继续问道：

　　"那些人里面，有没有在车厢里抽烟喝酒的？"

"有啊。刚才我说的那个大学生二人组，就是典型代表。满不在乎地把空易拉罐扔在车厢，车厢里满是烟味，被饮料洒过之后，车厢的地面也是黏糊糊的。我的同事让他们注意，他们像是喝醉了似的，对他大打出手。我的同事就是从那边的……"

工作人员登上摩天轮乘车处，指了指八段楼梯高度的位置。

"同事被他们从车厢里推了下来，所幸只是受了些皮外伤，但还是在一段时间无法动弹。我们做的是向客人售卖梦想的工作，如果可能的话，肯定是不想引起骚动的。只要不受严重的伤，就不会提出受害情况报告的。但是，生气是肯定生气。我们还在私底下商量过要不要把监控摄像头拍下的那两个犯人的影像放到网上去来着。"

对她鞠了个躬之后，我向着大门口走去。

在疲惫到恍惚的状态下，只是走在缓坡上，我都觉得有些心悸，感到喘不过气来。这里的这些设施，原本就是给那些精力过于旺盛的人们准备的。可能会引起心脏病发作的过山车，可能会引起血管阻塞的"热狗"，让血压急剧上升的尖叫机器，满是胆固醇的炸薯条，让血糖数值向过山车一样飙升的饮料。

纯色液体在玻璃杯里旋转，等待着点餐。这些令人毛骨悚然的红和蓝，让人不禁想到火焰茸、环纹蓑鲉、豹纹章鱼或者是厕所清洁剂的专利。但是，孩子们手里拿着印有"天空城刨冰"标志的塑料杯子，往自己的刨冰里添加那些纯色液体，开心地拍完照之后，使劲地唆了一大口。人类回避危险的遗传基因，应该在很久之前就已经被伤得体无完肤了吧。

正打算通过的时候，眼前的一个小孩子摔倒了。"天空城刨冰"的杯子从手里飞了出去，掉在了我的脚下。孩子又哭又喊，实在没办法，我捡起了杯子。闻到了香甜的味道。我不禁"啊"了一声。

……我知道这个味道。

博人衣橱里的那条牛仔裤散发的味道。

我并没有觉得不可思议。那条牛仔裤的口袋里，装有天空城的一日通票。博人在摩天轮上吸食大麻之后觉得不过瘾，于是又吃了危险的天空城刨冰，然后刨冰很有可能滴在了他的裤子上。

比起其他裤子都要肥的牛仔裤。

想起了李美说的话。和光贵最后一次对话的时候，他说过"生平第一次斥责了博人，因为博人出于好奇心而吸食了大麻，和朋友在天空城的摩天轮里"……

我把杯子放在正倒在地上哭着的孩子的鼻尖前面，快步走向了出入口。传达室稍微发生了些争执，不一会儿警卫从里面出来了。满头白发，松弛的眼睑，眼神非同寻常。他就像是脖子上挂着名牌的退休之后再就业的刑警。我给他看了当时拍下的从博人的牛仔裤口袋里找到的缎带，他立刻答道：

"这个亮绿色缎带，是用了去年发给附近住民的优惠券的客人的东西吧？"

和长相完全不同，他的声音很可爱。突然冒出的如动画作品中的音色，也把周围的其他工作人员给逗乐了。

"买票的方法不同，所附的缎带的颜色也会不同吗？"

"是的。为了收集不同种类的优惠券的使用频度、如何被使用以及用在了哪个项目上的数据情报，缎带的颜色也会变的。发给附近住民的优惠券，是在当初开园的时候赠送的。"

"附近的住民，指的是稻城市吗……"

"还有住在川崎市多摩区邻接地域的人们。"

道谢之后，我离开天空城。坐上巴士，一边返回车站，一边思考。

如果出石武纪说的是真的，那个缎带就能成为博人用优惠券入园的证据。博人从熟人那里得到了优惠券，然后不知道是和谁两个人一起……大学生二人组乘上了摩天轮，然后他们恐怕是真的坐了五圈，还吸食了大麻。

那之后，他们就像李美说的那样，受到大麻的影响而产生了"特异的攻击性"。由于这种攻击性，工作人员被他们从摩天轮上推了下来，还因此受了伤。虽然他们从现场全身而退，但是事后他们经常会对自己当时的行为感到害怕。天空城里有监控摄像头，要是被发现可就全完了。

因此，博人脱掉沾上了天空城刨冰汁的牛仔裤，换了一条不知道在哪里新买的裤子。但是，从尺寸上来看的话，那条裤子明显不是适合博人的。恐怕，那是和他在一起的另一位大学生的裤子吧。

他们二人很有可能是坐着博人的车出去的。脱掉的牛仔裤先被博人放进了车里，后来又被他给藏了起来。

游川圣的块头很大……

对于和博人的关系以及天空城的提问，游川神经兮兮地全给糊弄过去了。据出石交代，他在吃过一次那种东西之后就放弃了，但是游川好像一直在吃。和博人开始不谈论那个东西基本上是相同的时期，游川也不说了。

博人对他父亲说了天空城的事。然后，在知道自己的父母以前犯下的罪过后，他受到了强烈的刺激。使用药物会带来怎样的后果，他的父亲深有体会。被父亲说通之后，事故的当日，他们二人是去天空城道歉的吧。因为是为道歉而去，也就没了坐缆车赏风景的兴致，所以他们选择了坐公交过去。然后……

不知道是在什么时候，游川圣得知了他们要去道歉。出石之前说，他和游川真的都是在交通事故发生之后才知道青沼博人身受重伤、生命垂危的。可以试着想象一下，事故发生在天空城站前的公交车站，游川知道了博人是和他父亲一起去的。博人已经做好了觉悟，打算把那件事全都说出来。

从那以后，游川就开始关注博人的动向了吧。博人的伤势很严重，他每天都在坚持复健。而且博人还患有精神障碍，失去了关于事故前后的全部记忆。他这才觉得安心了。因为不管博人说什么，只要说"由于受事故的影响，他记忆已经混乱了"，然后，自己装作什么都不知道就好了。

然后就是我了。出石说听博人说起过"叶村女士"还有"我家的小货车和女侦探"。相同内容的话，游川应该也是知道的。博人开始和女侦探住在同一栋公寓。不过，博人一定没有把他委托我调查他和

父亲出现在天空城站前的事告诉他的朋友。

造成工作人员受伤的，恐怕是游川吧。证据应该就是那条牛仔裤。至少，那上面留有使用大麻的痕迹。是谁穿过的，一查便知。即使博人的记忆变得奇怪，但是有物证在，话就要另说了。

就连游川也没有想到，那条牛仔裤居然被放到了主屋里。他一定认为那条牛仔裤是在博人睡觉的寝室里吧。为了让可能会断送自己未来的博人、牛仔裤还有女侦探一并消失，给公寓放一把火便是不二选择，而且最好能伪装成失火……

这样一来，事件的逻辑就能说得通了。我一边在新宿站换乘中央线去吉祥寺，一边这样想到。但是我严重睡眠不足和精力枯竭的大脑，已经没办法再往深处验证了。我突然觉得，"游川犯人说"这种说法，与其说它不可能，倒不如说它好像少了些什么。这样想着，我自己的神经脉冲好像也停滞了。

晃晃悠悠地走到了白熊侦探社外面的楼梯。远处传来了十二点的报时声。

虽然有些饿了，但比起吃饭，我更需要的是先睡上一觉。明明这样想着，可是楼梯下的招牌猫在发现我之后，激烈地向我抗议并索要食物。实在是受不了了，我给它接了水，在重新洗好的饭盘里放上了猫粮。猫把脸伸进了盘子，然后背过了身，鼻子发出很响的声音。

啊，这样啊。你喜欢吗？这样啊？

你知道了？

我飞奔进二层的事务所，从壁橱里拽出被子，直接倒在了沙发上……

手机铃声没完没了地在我的耳边响着。停了一阵之后，又开始响，来来回回了好几次。我把手伸到沙发下面，捡起了之前被我扔在那里的手机，很不情愿地接了电话。电话的对面，是富山店长。他说：

"你终于肯接了啊？"

我用"嗯"和"啊"回答了他。富山生气地说：

"都已经一个半小时了。睡这么长时间，你头不疼吗？"

我想回他"你管得也太多了吧"，但是没有说出口。然后，富山和往常一样，毫无顾忌地开始说了起来。

"打给书店的电话，被转送到我的手机上了。刚才那位女性问我这里是不是叶村晶的侦探社，她说要来找你，让我把地址告诉给她。我详细地把从吉祥寺站来这里的近路以及书店二层靠里的那扇门的位置告诉了她。仔细一想，叶村，你没在事务所的门前挂招牌吧？请找个时间挂上吧，要不然会让委托人溜走的啊。"

说完想说的话之后，富山就把电话给挂了。委托人？非得现在吗？

电话铃声持续在耳边响着。刚挂了，就又打来了，往复了几次。

没办法，我只好接了电话。电话那头的瑠宇说道：

"你总算接了啊？"

我用"嗯"和"啊"回答她之后，她生气地说：

"都已经两点半了啊。你睡这么久，之后不会头疼吗？"

　　我想回她"真是劳您费神了"，但还是把这话咽进了肚子。瑠宇继续开朗地说道：

　　"其实，我今天借了公司的小货车。晶，你屋子里剩下的那些行李，我想着都给你送去吧。借给我车的车主就住在三鹰，一会儿还车的时候，我正好顺路去你那里。"

　　"……把行李从二层拿下来，还要装车，你一个人能行吗？"

　　"没关系的。巴说她跟建筑公司的人聊完之后就过来，帮我把东西抬上车。不过，从车里卸东西的话，只能靠我们两个了。晶，你只剩下书架、床被和三箱书了，对吧？把书从箱子里拿出来，一点儿一点儿搬也行，之后的活儿咱们两个人干的话，完全没问题的。"

　　一瞬间，我犹豫了。我很喜欢那个古董书架，如果书架被不懂行的人在搬运的时候不小心给刮伤了的话，可就糟了。不过，它本来就有伤。古道具店把它打磨得很漂亮，还重新上了一遍漆。所以，我也便能付得起它的价格了。

　　"其实，我也下定决心了。"

　　瑠宇继续不慌不忙地说：

　　"晶走了之后，看着近乎空了的房间，我才接受了斯坦贝克庄时代的结束。托你的福，我发现我已经忘了他了。而且，不可思议的是，我立刻就找到了一个好房子。位于三鹰站北边的一处独栋别墅院内的独屋。房东家的人都很好，他们把小货车借给了我，说'既然是去帮忙，那就开车去吧'。"

　　"完成这次的工作之后，就打算立刻用那台小货车搬家。"瑠宇说。她让我到时候也给她帮忙去。

她确认了杀人熊书店的地址，说差不多五点半的时候到。通话结束了。我一边闭眼，一边觉得安心了不少。悬案又了却了一桩。虽然我不是从斯坦贝克庄远走高飞吧，但是对于轻易就把人扔进拘留所的那群人，我还是想和他们保持一定的距离。

取而代之的是，我必须帮助瑠宇搬家。我一边犯困，一边想。我不知道她开的是多大的小货车，但是放在那边玄关的大量的纸箱，一两次可是运不完的。话虽如此，但是如果自己去找车的话，不用给钱已经是万幸的了，而且还不能有丝毫的抱怨吧……

电话铃声持续在耳边响着。刚挂了，就又打来了，往复了好几次。

没办法，我只好伸手抓住了电话。电话那头的当麻茂警部说：

"你总算接了啊？"

我"嗯""啊"地回答道。他吃惊地说：

"你这会儿难道还在睡觉吗？都三点半了啊。正经的社会人就是能睡午觉啊。"

在我似醒非醒的大脑里，想对他回答的话接二连三地浮现了出来。我可是忙了一整夜，一直在到处找青沼李美啊。托你的福，我被青沼家的邻居彻底讨厌了。朗读会还没结束的时候，我就离开了杀人熊书店，相应的时薪自然也就没有了。交通费和天空城的门票，都是我自己掏的。假如我没有坐进摩天轮的车厢，李美就会把手中的药片全部吞进肚子。那个时候，你又在哪里干什么呢？是一边在成田或者

293

羽田的出境口岸监视，一边优雅地喝着咖啡吗？

"首先，非常感谢你帮助我们抓捕青沼李美归案。"

当麻说道。

"她承认了自己杀害佐藤和仁的行为，但是对于其他的问题，她一概没有回答。她所持的药物，是从美国带回来的安眠药。没有找到羟考酮，但是也可能被她扔到哪里了吧。"

"……谁知道呢。"

"总而言之，这次真的辛苦你了。算不上是奖励吧，但是我有一个东西。你之前一直想看的青沼家的监控录像。"

"能让我看了？"

我不禁从床上坐了起来。当麻冷静地回答我道：

"不是的。我指示郡司去检查那个录像了。详细的内容，你去问他吧。"

提起这些家伙，真是气不打一处来。明明处处在利用我，到头来却毫无信任可言。

"如果录像里没有出现拿着灯油炉去博人房间的青沼光枝的话，能麻烦你重新去询问一次邻居们吗？从火灾的兴奋中冷静下来，光枝也已经去世了，他们的供述说不定会发生变化。"

恐怕邻居里有人想趁早结束骚乱，然后才说出了"光枝带了灯油炉"的目击情报。善于编瞎话的大场大声地对搜查员如是说，仿佛这就是她的亲眼所见。由于炉子的真实颜色和目击情报声称的颜色均为红色，所以以泉原为首的搜查员相信了目击者的证言。

"详细的事情，你去问郡司吧。"

当麻很干脆地挂断了电话。他已经让青沼李美承认了非法走私羟考酮的犯罪行为，证明了自己预判的正确性，给了上司和麻药取缔部一个惊喜，他的脑子应该已经塞不下别的东西了吧。

那个愿望能否实现，还是存疑的。

我潜入青沼家的那个夜晚，和青沼李美说了光贵和麻药的事情。那个时候，我问李美："如果癌症晚期患者深受疼痛折磨，光贵会不会把麻药给他呢？"李美说："为什么不是医生的他，要做那种事情呢？医生就能开出正规且安全的吗啡，光贵没有必要多管闲事……"

电话铃声持续在耳边响着。刚挂了，就又打来了，往复了好几次。

没办法，我只好接了电话。电话那头的郡司翔一说：

"你总算接了啊？"

我用"嗯"和"啊"回答他之后，他生气地说：

"你难道是在睡觉吗？都已经下午四点半了啊。"

如果你们这群人不打搅我休息的话，我其实小憩片刻就能起来了。我抑制住了想要大喊的心情，说道：

"话说，那个监控影像怎么样？"

"啊。我从头到尾地看了一遍。首先要告诉你的是，没有看到光枝抱着灯油炉走在院子里的画面。"

"果然。"

"但是，天色变暗之后的影像，很难看清楚。特别是进入十一月以后，风变强了，那一带晚上经常停电，以致有些影像几乎是纯黑

的，所以我也不能说绝对没有。"

"在停电的晚上，没有人会抱着灯油炉在外面走动的吧？"

"嗯，说不好啊。所以说，关于灯油炉的事，只能再去问一次青沼家的邻居了。对了，我还有一件比较在意的事，是读了泉原警官的报告书之后才注意到的。"

郡司说他发现了奇妙的偶然，想见面跟我说。他现在在杉并西警察署，一个小时以后到白熊侦探社来找我。

看来必须要起床了。我洗了一把睡肿了的脸，用湿毛巾擦拭了身体，换好了衣服。肚子饿得我自己也很吃惊，于是我立刻出门去买吃的了。沙龙放着冰箱，烧水壶和小锅在厨房。虽然在事务所生活也没有什么不自由的地方，但是我还是想买一台小冰箱。还有微波炉和平底锅。要是这些家庭财产都配齐了的话，我说不定真的就会在这里安家了。

在门边贴上白熊侦探社的名片之后，我出门了。

令人生气的是，我真的感到头好痛。我一边走着，一边努力地整理着思路。到目前为止的调查，听了很多人说的很多话，这里面有我非常在意的内容。比如说泉原。他把博人的死归因于自杀的时候，这样说道：

"在交通事故发生的八个月之后，博人因火灾而死。到目前为止，悲剧偶然般地相继发生在了同一个人的身上。意外是起因，火灾是结果。这样想应该就可以了……"

但是，我也不知道自己为什么在意他说的这些话。

回过神的时候，我已经来到了街上。进入了atre的一层。已经是晚上了，生鲜食品的卖场被顾客围得水泄不通。考虑到收入和支出的比例，我不得不削减自己的伙食费。不过，不用付押金还是稍微好过了一些，给富山打电话的那个女人说不定还能成为我的委托人。如果现在能立刻接下委托就好了。

我选了五百克便宜的猪肉片、鸡蛋还有几种减价处理的蔬菜，把烤鸡胸肉和降价的披萨一并放入了购物车之后，排在了收银台旁的队列中。我呆望着等候结账的客人，一边打着哈欠，一边看了时间。太阳落得比以前更早了。明明还不到下午五点，外面已经是一片漆黑了。这个时间搬家的话，会被邻居抱怨的吧？以前，附近住着一个对噪音很敏感的老太太……啊。

我不禁被吓得脸色发青。

郡司是四点半给我打的电话，说他一个小时之后来。瑠宇也说是大概五点半把东西给我运过来。

糟了。他们要见面了。

## 24

想着尽快回到杀人熊书店，我加快了步伐。今天，左膝好像没什么痛感了，但是左腿的小腿肚子却又开始疼了。不停换着痛点的我的身体，好像是在告诉我它已经老化了。不过，比起身体来说，记忆的劣化是最让我觉得头疼的。虽然睡得迷迷糊糊，但是和最不能碰面的

一对儿分别约好了相同的时间，真令人难以置信。

中途试着联系了郡司好几次，但是他一直没接电话。一边弹着舌头，一边离书店越来越近。突然，我收到樱井打来的电话。

"叶村，你可真是着力气用我呢啊。"

他开口便这样说。

"片桐龙儿的联络方式，我找到了。"

想回他"现在不是说这个的时候"，但是直到今早我还想要龙儿的联系方式，所以我还是对他表示了感谢。善良到根儿上了的樱井肯定做梦也没有想到，他打来的这通电话，其实是在给我添麻烦。

"不是我找到的，是望月。龙儿那个家伙，在半年前准备就职的时候，好像是由于人际关系还是什么，他决定重启人生，甚至连自己的社交网络账号都给删除了。"

"这又是为什么呢？"

想着这通电话应该没法很快结束，我又接着问他。

"我没有调查那个。不过，他的家人好像遭遇了不幸。望月说龙儿的高中篮球社团的交流网站上有这样的话题。"

"家人的不幸？是什么事？"

"谁知道呢。既然说是不幸，那就是有人死了吧。"

我想，龙儿的母亲片桐似乎没有说起过这个事。用"家人的不幸"这个说辞的话，明明很轻松地就能把烦人的侦探赶走。

难道说，他所说的不幸，指的是半年前博人遭遇的那起交通事故？博人说片桐龙儿只去探望过他一次，而且露出了一副认定了博人肯定没办法活下去的表情。龙儿受到的冲击，恐怕比博人想象得要大吧。和我相遇的时候，博人脸上的伤已经好了不少。八个月前的他，肯定是一副惨不忍睹的样子。比起鼻子被压骨折，他的伤需要更久的康复时间吧。所以，他虽然有和我电话联系，但是一直没想见我。

想着把这些事情也告诉樱井吧，我张开了嘴，但是突然又觉得现在还不是时候。"下次，请一定让我在中野的烤鸡肉串店里，好好向你道谢！"我飞快地把这句话说完之后，就挂断了电话。与此同时，我也走到了书店的前面。

太阳早已落山，四周一片昏暗。从前段时间起就一直发出滋滋响声的像是在发泄着不满的街灯，总算是要动真格了吗，来来回回地快速闪灭着。由不平而生的黑暗，完全把书店给包围住了。

书店是由位于住宅街的二层小楼改建而成的，所以它能自然地融入当地的街景。找不到更好的词语来形容了。站在马路对面，能看到"杀人熊书店"的店名和印有抱着书、挥着刀子的小熊的灯箱式招牌。招牌下面挂着一个字样很普通的"白熊侦探社"的小名牌。在不营业的今天，灯也没有开。

我讨厌冬天。讨厌它天黑得太早。

想着点亮招牌和一层外廊下的灯，我打开了一层店铺的门。

手握住门把的时候，我的背后传来了响声。与此同时，我感到了向我而来的杀意。冷汗和肾上腺素都冒了出来。

对了，如果出石武纪把昨天深夜他与我见面的事情，告诉给了游川圣的话……就算再不擅长说谎，游川也不像是脑子不好使的人。

就算他的危险回避能力遗传基因有缺损，他多少也能察觉到我在调查天空城和摩天轮的关系吧。只要检索一下"吉祥寺、书店、侦探"，我们书店的主页大约就会在检索结果第七条的位置出现。何止是店的位置，连路线都被写得清清楚楚。

如果我想的没错的话，他就是那个冷酷无情的纵火犯。他要是想收拾一个穷酸的侦探，更不会有半点儿犹豫的吧。

手握拳，把钥匙夹在指缝。放下手中购物袋的同时，迅速扭头向后看。

并没有任何人。旁边的停车场的灯光，透过室外楼梯照到了我这里。在隐约的阴影中，地面上的影子刚出现就又消失了，是被风刮跑了吗？招牌猫在室外楼梯的下面现身了。是想对它白天时的蛮横道歉吗？只见它妩媚地叫着，立着尾巴用身体蹭我的脚。

我长舒了一口气，紧接着产生了强烈的愤怒感。虽说害怕黑夜难以冷静吧，但是我怎么会这么糊涂地判断错误了啊。以为即将被杀人犯袭击，结果出现的是猫。如悬疑片里的约定一般的，陈腐的展开。唉，真是的，鸡蛋肯定碎了。小猫，你说你要怎么赔我？

"叶村。"

我尖叫着跳了起来，猛地回过了头。郡司翔一呆站在那里。大概是为了不让别人看出他是在搜查的警察官吧，他穿着黑色皮革衣领的炼瓦色的大衣，围了一条巴宝莉的围巾。

"怎么了啊？我可是按时来的。"

"……倒也是。"

心脏剧烈地跳动着。深呼吸做得太过了，感到头有些晕。

"也是什么啊？没事，算了。"

他迅速地回话道。他的鼻翼膨胀了起来，看起来很兴奋。

"我刚才也说过，之前让叶村你看的那些文件里，我有几处比较在意的地方。即便没有收到让叶村看监控录像的指示，我至少也会重新看一遍那些文件的，再确认一次那些被涂黑了的人名和联系方式。看过之后，我发现了很有趣的事情。在交通事故的文件和火灾的调查文件里，出现了相同的名字。"

"怎……怎么回事？"

总算调整好了呼吸，我问他道。书店外面传来了车子停下的声音。我踮起脚尖，看向马路。白色的大型运货车停在了路边。熄火了，门开了。瑠宇从车上下来了。

哎呀。

已经没有时间犹豫了。我打开书店的门，急忙把郡司推了进去。我推他的时候，嘟囔了一声"瑠宇"，不过他好像没听清。郡司被推进去的时候，还在不停地说着。

"也就是说，你看，交通事故的加害者堀内彦马。他的亲属写了请求酌情判罚的上报书。写这封上报书的他的亲属，也是火灾调查的目击证人之中的一位。"

"晶，你在吗？"

瑠宇从公寓的墙角把脸露了出来。我从门里向外探出了半个身子，向她挥了挥手。

"瑠宇，不好意思啊，我现在就去。"

听到"瑠宇"这两个字时，郡司猛地深吸了一口气。瑠宇在我的对面点了点头。

"要从车里拿行李哦。你快一点。"

确认她向货车的方向走去之后，我把装着食物的塑料袋塞给了郡司，打开了位于收银台旁边的室内照明的开关。郡司咬牙切齿地说：

"这是怎么回事？你可没告诉过我她会来啊。"

"她是来给我送搬家剩下的东西的，你如果不想见她，就在这里待着好了。等之后我再和你细说。"

"喂，叶村，我们之前是约定好了的吧？"

我把郡司眼前的书店大门给关上了。约定好了。确实。关于他和瑠宇的事，我不会主动和当麻警部说的，只是这样而已。我可不记得我有说过不把郡司暴露在瑠宇的面前。

小跑着去了货车的跟前。即使点亮了店外的灯，住宅街还是一片漆黑。货车紧邻着绿化带。能看到正在打开车子后方货箱门的瑠宇的脸，但是看不清她的表情。我放心了。恐怕，我现在的表情应该是很可怕的吧。

"书、书架和被褥，对吧？还有，巴让我拿些锅碗瓢盆给你，我就随便拿了几个。还有罐装的茶和米。总之，先把它们卸下来吧。"

"……谢谢。"

先把被褥搬到了室外楼梯的下面。至于大正时代的书架，则是把它分成了上下两个部分，分别小心翼翼地让它们立在了楼梯的下方。可能是因为并没有想象中那么沉的原因吧，没有看到令我担心的伤痕。不过话虽如此，她没有给书架做任何保护措施这一点，也着实出乎了我的预料。如果在搬它上楼的时候不小心手滑了的话，可就糟糕了。

"先把装书的纸箱搬过去啊。"

瑠宇一边用手给脖子扇风，一边说道。

"晶，你在工作上搬装书的纸箱搬习惯了，可我的腰受不了呀。要不然我把里面的东西拿出来一些，不整箱搬，可以吗？"

"直接把东西放在这里，好像不太好吧。"

"那放到店里不就行了？"

瑠宇一边脱大衣，一边把手放在了书店的门上。我赶紧凑到她身边，一把拿过大衣，把大衣放在了装着垫子的布盒子上，然后拽着瑠宇就往货车的方向走去。

"把我的书放到书店的话，会和书店的书混了的。还是整箱搬吧。"

从货车里搬出纸箱，在楼梯边放好。招牌猫不满地徘徊着。我尽快地把剩下的行李搬到了楼梯边上。瑠宇喘着粗气说：

"喂，我说，这么着急干什么？小心明天肌肉酸痛。到时候动不了了的话，别说我没提醒过你。咱俩都不年轻了，别逞强啊。"

"没事的，没事。"

我装得很平静。

"你帮我一起把书架拿到二层吧，剩下的我自己慢慢搬就行。

还有，早点儿把货车给人家还回去吧。等都弄好了，稍微冷静一下之后，作为犒劳，我请你在吉祥寺吃饭。"

"听你这么说，我倒是很开心。不过，对了，能让我进到里面看看吗？"

"里面，什么里面？"

"书店里面。我想看看它里面是什么样子。"

"啊……那个，你是想去我住的白熊侦探社的事务所看看吧？请，请。把书架拿好，跟我上二楼。"

"哎呀，这是谁家的小猫呀？你们店养的吗？"

瑠宇的声音变了。我追着她的视线看去。猫两条后腿立着，趴在门上，正在用前爪抓门。是烤鸡胸肉啊。我说它刚才为什么和我那么亲密呢，一定是因为闻到了我提在手上的鸡肉的味道。正当我这样想着的时候，瑠宇说了一声"请吧"，把店门给推开了。招牌猫开心地飞奔了进去。瑠宇微笑着，朝着我好像是要说什么。不过，在又看了一眼店内之后，她整个人都定在了原地了。

书店里面，郡司提着我的购物袋，被小猫来回蹭着。我也呆住了。我不知道该如何是好，只能傻站着。路上的街灯滋滋地叫着。突然，灯灭了，马路的一侧立刻暗了下来。

最先有动静的是瑠宇。她没有说话，沉默地转了身，浑身像散架了一样，摇晃着朝着货车走去。

紧接着，购物袋从郡司的手上掉到了地板上。他摇摇晃晃地去追瑠宇了。

我慌乱地在书店来回踱步，冷静不下来。远处传来了像是瑠宇和郡司说话的声音。没听到车子的引擎声。估计他们不会打起来。大概。

我现在什么都做不了。比起这个，我从一开始就不想被卷进他们的事。

趁着生气的瑠宇要把运过来的东西给烧掉之前，我决定还是先把搬家的工作做完。我把瑠宇的大衣放在书架上，抱着装有羽毛被的袋子，登上了楼梯。一边爬楼，一边想着：坏了，我以为二楼外廊的灯是开着的。仅靠停车场的昏暗灯光根本不够，二层果然是一片漆黑。

马路那边，像是在控诉着什么似的声音频频传来。是郡司的声音。他也变了。很害怕被别人知道他和瑠宇的事，所以追了上去。还对我说交通事故和火灾之间有联系。

居然有人能共通于这两者之间啊……

奇妙的事实在我的脑中里开始串联。去天空城的摩天轮恶作剧的时候，和博人一起的大学生二人组，像是使用过的发放给附近居民的优惠券。据出石交代，博人是"从住在天空城附近的朋友叔叔那里得到的"，最开始听到这话的时候，我以为博人有"住在天空城附近的朋友"，然后从朋友的叔叔那里得到。但是，这句话其实应该被解释为"他认识一个住在天空城附近的大叔，那位大叔是他的朋友"吧。

他认识一位住在天空城附近的大叔。

在交通事故中把青沼光贵给轧死了的堀内彦马。他住在川崎市的多摩区。多摩区的面积很大。虽然不清楚他是否住在天空城的附近，

但是如果真的住得很近的话……如果交通事故和火灾调查中真的出现了共同的名字的话……

我又想起了从以前开始就很在意的泉原说过的话。"到目前为止，悲剧偶然般地相继发生在了同一个人的身上。意外是起因，火灾是结果。这样想应该就可以了……"

如果不是偶然呢？如果一开始就想伪装成交通事故杀掉博人，失败之后又选择了放火的方法的话？

我爬上了二楼。把羽毛被放在地上，我在黑暗之中停下了脚步。

青沼光贵和博人，都被堀内彦马驾驶的车辆碾轧了。这一点是没有疑问的。根据郡司说的，火灾恐怕也和彦马的家人有关系。如果是这样的话，和博人一起上了天空城摩天轮的大学生，就不是游川圣。我认为，在三鹰台的那起火灾的相关文件中，地方出身、现在住在西武池袋线大泉学园站的游川和与他相关的人的名字应该没有被记载在里面。虽然我不能说他一定不会吧，但是，有比他更符合条件的人。

这个人是博人的好朋友，但是他说"自己不觉得博人还能活下去"，也就没去医院看博人。但是，就在火灾即将发生的时候，他给博人打了电话。问出了博人想喝什么药和喝了什么药。

拿到了大公司的内定，拥有玫瑰色一般绚烂的未来。即便做了错事，但是在药物的影响下，也不会知道对他人实施了加害行为。恐怕，对博人和光贵说过如果他们要去天空城谢罪的话，那他也要一起去，然后天空城站前环岛等待汇合。也就是说，在肇事车辆冲上来之前，这个人已经让作为他的目标的二人在那个时间和地点等候了。

还有，博人住在公寓的一〇二号房间，那个房间的窗户没有被关紧。由于青沼家有太多不用的旧物了，即便博人的房间里出现一盏旧灯油炉，也没什么不自然的。次日，旧书店和遗物整理人即将开始房间的大规模清扫工作，恐怕也是他告诉给他妈妈的。

能满足上述所有条件的人——

只有片桐龙儿。

怎么会这样？我一边想着，一边抱着被子。路边传来的男女对话的声音里，没有笑声，也没有叫声。那边也有那边的不容易啊。瑠宇会恨我的吧？她拼命寻找的人，我明明早就知道了，却没有告诉她。比起瑠宇的心情，我优先考虑的是抓住郡司的弱点，好从他的身上获取情报。被恨也是理所当然的。

叹着气从口袋里取出钥匙，在黑暗中凝神注视的时候，背后街灯突然停止了罢工。路灯亮了。二层的廊下也亮了。有人站在了白熊侦探社的门前。片桐龙儿，不是，是位女性。带光泽的深蓝色的外套，漆皮浅口鞋……

片桐女士反手握着一把大菜刀，恶狠狠地盯着我。

她无声地向我袭来。

事发突然，我没来得及发出声音。我条件反射般地拿起了羽毛被。"噗"的一声闷响，刀刃被羽毛被给吸住了。随着难以形容的喉咙的震动和难看的脸色，片桐双手握住刀柄，使劲地把刀子往下按。

我使出全力用被子把她给撞飞了。从被子里喷出的羽绒飞舞在了空中，在路灯灯光的反射下，周围变成了一片白茫茫的世界。

被顶飞了的片桐女士，踉跄着撞上了外廊下的栏杆。但是，菜刀还在她的手上握着。她调整了姿势，左右挥舞着菜刀向我走来。

我挥着用来装被褥的袋子。片桐女士用菜刀把我的袋子打到了一边。片桐挥着菜刀，我用被褥袋子打她的菜刀。我们二人就像是在笨拙地跳舞一样，互相和着对方的气息，注视着对方手臂的动作，脚向左向右来回转动。脸上沾了很多羽毛，快被憋得无法呼吸了。布一点点地被切碎切小。菜刀很大，刀刃很锋利。

互相过招的时候，刀尖有两三次切到了我的皮肤。血飞溅了出来，羽毛粘在了伤口上。

我条件反射般地发出了惨叫。飞舞的羽毛的对面，就是楼梯。我想着：做好跳楼的觉悟，逃跑吧。不知道是不是猜出了我的心思，片桐站在了我和楼梯的中间。头顶落满了羽毛的她，双手紧握菜刀，嘴角露出了一丝窃笑。

不行啊，快被她干掉了……

一瞬间，我好像听到了在说着与石和梅子之战的光枝的声音。

"那个女人，她准备再给我一拳呢。我立刻闪躲，把她推了下去。不论是在楼梯上还是在别的地方，一直没停手的是梅子。我只是想保护自己罢了。你有什么意见吗……"

看着被挥起的菜刀，我猛地沉下身子。反应速度比我想得要快。我用头使劲地顶了片桐的肚子。

## 25

电梯门开了之后，面前是一扇巨大的窗户。窗户的对面是一片夜景。时值冬至，深蓝色的大海上架着一座白色的桥，车辆和船只像是红色或白色的光粒，在桥上快速地划过。高楼建筑群巍然耸立在黑暗之中，天空一边映着地上的微光，一边泛着深沉的黑色。

用余光看着夜景，我径直地朝着休息室走去。身着黑衣的男人漫不经心地检查了我之后，说道："你是来等人的？"他的声音里透露着些许的鄙视和不安。

他的反应也不是没有道理。我身上穿的是便宜的大衣和西服套装，脚上踩的是已经穿了五年的短靴。我恐怕是休息室开放使用以来打扮得最廉价的人了吧。还不止这样，我的额头上贴着创可贴，虽然眼睛周围的青紫色已经淡了一些，但还残存着引人注目的内出血的痕迹。我左臂吊着固定带，轻轻地一边拖着左腿，一边走着。像是有一段时间没去过美容院了，而且指甲上的竖纹也没有消退。

看见我穿着一身黑衣服，那个人像是用尽了想象力，坚定地说着座位全都被预订了，大概是想让像我这么不吉利的客人赶紧回家吧。离鸡尾酒时间还早，宽敞的店里坐着一对冷静端庄的情侣，深处柜台的角落站着一位穿西装的男士，除此之外，还有零星几个人。

这时，坐在柜台的女性把手举得很高，对我打着招呼。黑衣男和我几乎在同一时间注意到了她。只见她面带伤感地向我鞠了一躬，说

道："这边请。"

几周没见，江岛茉莉花把头发剪短了，染成了茶色。她穿着浓茶色的高领毛衣、印着几何图案模样的白色裤子，戴着有涂色层的太阳镜。她伸出的手指甲上被涂上了银色的指甲油。和第一次见的时候一样，她还是驼着背、手肘撑着柜台。她喝的是粉红色的看着很甜的东西。

"真是活见鬼了啊。侦探。"

茉莉花刚一开口，就立刻让我大吃一惊。随着她身体的活动，浓厚的茉莉花香弥漫了开来。

"你的对手只是个普通家庭主妇啊，对吧？你可真能下狠手啊。"

我坐上了她旁边的高凳。柜台的对面，是一面能将夜景尽收眼底的大窗。为了不妨碍客人欣赏夜景，调酒师在稍微低一些的地方工作着。每天都在这里一边俯视尘世一边饮酒，每当黑暗来临之时，说不定他会经常说着"光，快些出现吧"。

"老师，您看起来精神不错啊。"

杯垫和菜单被端来了。我点了一瓶巴黎水。茉莉花又点了一杯刚才的那个甜的东西。

"喂。你明明是个侦探，却只是喝巴黎水吗？"

"你的指甲可不短啊。明明是个医生。"

茉莉花看着自己的手指，冷笑了两声，说道：

"距那件事的发生，还不到一个月。我打算七十五天之后重新回归医生的岗位。"

巴黎水来了。茉莉花拿起了装着鸡尾酒的酒杯。我说道：

"恭喜您成功保释，茉莉花老师。干杯。"

"你是在笑话我吧？"

茉莉花的表情不像是在开玩笑。

"你完全否认了嫌疑呢。你丈夫说不定承认了什么吧。"

"我区区一个院长夫人，能有什么实权啊？我只是个医生，只是个为了缓解病人的痛苦而用尽全力的医生罢了。"

"你把羟考酮给过患有腰痛或是关节痛等病症的患者吗？"

"你在说什么啊？"

"毕竟，即使是捏造需要进行缓和关怀的患者，能用处方开出来的羟考酮也是有限的。"

"侦探，我说，你难道是麻药取缔部的间谍吗？"

"不是的。"

我立刻回了话。茉莉花撅起了嘴。

"算了，无所谓了。托你的福，我听说那场火灾是博人导致失火的结论已经变成了一张白纸。警察好像以杀人和放火的嫌疑抓捕了博人好友的母亲？"

"你知道的可真多。是谁告诉你的？"

"对了，你知道吗？我成了新闻热点之后，之前还一直被我当作是朋友的人，把我的联络方式卖给了来路不明的记者。在保释之后，就有自称是记者的人联系我。所以，我把手机扔了。这下可好了，何止是记者找不到我，我连自己的朋友都联系不上了。如此一来，我的情报源就只有电视了。"

"所以今天你才会叫我？"

"我已经出来三天了，实在是太闲了啊。而且，上次见面的时候，我们不是约好了第二天晚上再喝一杯的吗？我明明给你打电话了，谁知你却不接，所以我也只好算了。要知道，我可是个守约的人。"

"我可和你不一样哦。因架空请求欺诈和违反麻药、精神药物取缔法而被逮捕的美女大夫在被保释之后，现在正在位于湾岸的一流酒店的天空大厅里享受着绝美的夜景。说不定，我会把这个情报卖给哪个小报呢。"

"别说傻话了。关于博人的那件事，你为什么非要一口咬定就是我干的呢？你仔细听我说啊。"

我后来才知道，片桐女士的全名是片桐凉子。那个时候，我使劲顶了她的腹部，受到我拼了老命的抱摔之后，她并没有来得及抵抗，我们就那样缠在一起坠到了楼梯的下面。片桐凉子趴在了地上。由于她摔得很狠，如果位置稍微变一些的话，她说不定当场就死了。

其实，在楼梯的最下面，还有刚才装褥子的袋子，片桐的头摔在了它的上面。受到她人肉缓冲垫的反作用力，我一下子被弹了开来，撞上了那个大正年代的书架。伴着剧烈的响声，书架一瞬间就成了碎木头。

郡司翔一和瑠宇赶来的时候，片桐凉子的手上还握着菜刀。只见她仰面朝天，人已经昏过去了。我被困在了支离破碎的书架或者说是它的残骸中，动弹不得。

我被救护车送到了启论大学的急诊室。不知道为什么，陪我坐在救护车里的瑠宇和郡司十指相扣。诊断结果显示，我左手手腕的尺骨出现了裂痕，左手手指也折了好几根。不过幸运的是，我的鼻子没被压烂。

虽然头盖骨没有开裂，但我绝对是被凉子打到头了，而且我的肩胛骨和腰骨也骨折了，过了三天才恢复了意识。在这期间，警察询问了片桐龙儿和他的祖父堀内彦马。龙儿全部交代了之后，紧接着堀内彦马也招供了。他们说的，基本上和我想象的是一致的。

龙儿和博人在天空城的摩天轮上做了傻事，因为很后怕，他们约定好就当那件事没有发生。龙儿把牛仔裤落在了博人的车里。几个月之后，博人对父亲说了摩天轮的事。然后，在三月二十日前一天的晚上，博人哭着给龙儿打了电话。"明天早上，我和我爸准备一起去天空城谢罪。我本来没想提龙儿你的，但是一不小心就对我爸说了……"

只是，这之后的事情，便与我想的不一样了。龙儿把事情经过全都告诉了母亲。他打算跟着博人一起去天空城谢罪。不过，片桐凉子却有不同的想法。为了守护儿子美好的未来，她可以不择手段。

按照母亲交代的内容，龙儿和博人父子约好于第二天的正午时分在天空城站前环岛的公交站旁会合。片桐凉子的父亲堀内彦马，并非是被龙儿请求，而是在受到了凉子的恳求之后，才驾车碾轧了博人父子，之后说自己不小心把刹车和油门踩错了，坚称这只是一场意外事故。龙儿的"家人的不幸"，就是他祖父撞死了人这件事的委婉表述吧。

但是，令堀内彦马没有想到的是，毫无干系的家庭主妇被卷进了事件之中，重要的受害者博人也活了下来。龙儿因博人伤势严重，受到了很大的惊吓，想着干脆去自首好了。

不过，如果真的去自首了，祖父会怎么样呢？现在的结论是很常见的高龄驾驶员造成的交通事故，如果知道了是驾车杀人的话，祖父一定会被关进监狱的吧——龙儿最终还是听了他母亲的话，选择了保持沉默。对他们来说颇为幸运的是，博人失去了事故前后的记忆。

但是，时间在流淌。博人拼命地复健，虽然恢复不到事故前的状态，但是每天都在逐渐好转。此外，博人还雇了侦探，说是想找回之前的记忆。

如果博人回忆起了事故前夜和龙儿的约定……如果可以作为物证的那条牛仔裤被找到了……如果大麻出现了……如果知道了和龙儿勾扯上关系的是大麻……这些假设，对于犯下了严重罪行的片桐凉子来说，都是会令她倍感不安的隐患。

都快忘得差不多了，光枝最初向邻居们介绍我的时候，说我是"旧书店的叶村"。但是在火灾之后又过了几周，当我见到片桐的时候，她却对我说"你就是住在青沼家公寓里的侦探吧"。

恐怕，在我刚开始进出蓝湖公寓的时候，凉子就命令他的儿子联络博人，向博人套话了吧。与此同时，作为邻居，她还通过多种形式收集了大量的情报。所以说，凉子其实是知道旧书店里有位侦探的。我准备收拾公寓房间的事，还有和光枝一起打扫主屋的事，她应该也是知道的吧。

那天晚上，龙儿从博人那里获得了什么情报。博人对龙儿说了喝药的事吧。听儿子说了那件事之后，她一定是想着反正现在博人也已经无处可逃了，让博人还有与他有关的全部的事情，都化为灰烬吧。但是，在交通事故中险些丧命的年轻人，如果在半年后又放火，世间一定会关注的。如果没做好的话，那起交通事故的嫌疑，说不定就会出现的。所以，她用准备好的红色灯油炉、毛巾和塑料油桶伪装成了一起失火事故，然后操控了邻居里的那位段子小偷。

对那人说了"光枝把红色灯油炉拿进了博人的房间呢"等话。即便光枝否定这一点，比起相继失去儿子和孙子的高龄女性来说，第三者的目击证言更加有可信度。事实上，光枝身受重伤，处于濒死状态……

想着说这样就能结束一切了，没想到死里逃生的侦探却开始调查了。又出现了必须要收拾的对手。在网上检索一下"旧书店、侦探和吉祥寺"这几个词之后，她来到了杀人熊书店。

和那天富山店长在电话里讲的一样，她拜访了位于二层的白熊侦探社的事务所，不过是在我出了门之后。所以，她一直埋伏在二层外廊下的阴暗处。我没想到会有外人来，要去二层也只能用那个外部楼梯。她应该是心想着"我爬上来了啊，一层好像有人啊，外廊下没有藏身的地方啊"，于是便破罐破摔，直接袭击了我。

后来，郡司告诉我，片桐凉子也是这样供述的。把菜刀藏好，说些莫名其妙的借口，先退后两步，确认我是一个人来的之后再向我发动袭击——她并没有想到这样的策略。她也不是打心底里想犯罪的那种人。倒不如说在那个时候，她的心脏和大脑可能也快要炸裂了吧。

"母亲护儿子，天经地义。"

郡司告诉我，片桐凉子傲气十足地仰着头对审讯官说了这句话。

"可恶的是博人，他让我儿子吃那种药，让他做坏事，而且他最后居然还想通过谢罪，让别人觉得他改邪归正了。我杀了他也是理所当然的事。"

"我没有错，只要是爱子心切的父母，就会做和我相同的事的。"片桐凉子在法庭上对法官也是振振有词……

"她可真过分啊……"

一直沉默着听我说话的茉莉花，第三杯点了杜松子酒汽水。她喝了一口汽水，皱着眉头说道：

"杀了父亲和儿子，最后还觉得自己是正义的化身。真是有些过分了啊。明明光贵是想让他儿子去赔罪的啊。是这样吧？"

"是的。但是，茉莉花，这对你来说很好吧？"

我把剩下的巴黎水倒进了玻璃杯，一口气喝完了之后，问她道。

"很好？什么对我很好？"

"如果光贵让儿子赔罪了的话，他恐怕紧接着也会为自己犯下的罪行赎罪的吧。作为二十年前犯下杀人罪的共同正犯，你觉得这样真的好吗？"

茉莉花深深吸了一口气，又续了一杯，急忙地说道：

"你为什么觉得我会在意呢？虽然李美杀了佐藤和仁，但是藏尸的是光贵。那件事和我没关系。"

"也就是说，他们二人的犯罪行为，你是知道的吧？"

"啊……我是在新闻里看到的。"

茉莉花浅浅地笑了一下。伴随着冰块轻击玻璃杯壁的声音，杜松子酒汽水被摆到了她的面前。

"青沼李美被逮捕之后，有关她杀人的消息就在电视新闻里滚动播出了。这个月的七日到八日之间。今天是二十二日，那件事早都是旧闻了。在你被保释出来的这三天里，我不觉得电视上还会播出那条新闻。"

"是吗？我怎么觉得我看到了？那，应该就是我梦见的吧。"

茉莉花用食指搅拌了饮料，然后轻轻地吮了一口手指头。站在离柜台还有一段距离的西装男皱了皱眉头。

"佐藤和仁死了之后，好像有个打扮得很整洁的女人去了他的房间。应该不是李美，因为那个女人当时戴着鼻环，头上梳着麦穗辫。而且，在袭击李美之前，佐藤和仁对她说的是'我听说你要把所有的事都向警察坦白？'有人这样煽动佐藤和仁来着。"

"你想说那个女人是我吗？"

"光贵对李美说过'你的情况很危险，不要回日本'。佐藤和仁被杀这件事，并没有被公众知道，她应该是可以回来的。到底是什么很危险呢？真的不是你吗？光贵难道不是想保护李美免遭你的毒

手吗？"

茉莉花没有回答。

"你虽然和表弟琢磨院长结了婚，但是始终还是忘不了光贵。你之前也这样说过吧。"

想控制神经脉冲，应该很难吧。忘不了之前的恋情，结婚只是走个形式而已。

"但是，另一方面，他和李美相遇，结婚生子。你虽然给他们夫妇介绍了工作，但是却不想拴住他。让他服从于你，你的自尊不会允许吧？就算是让光贵服从于你，你也是想让他发自内心地自愿服从吧。"

茉莉花的喉咙轻轻地动了一下。

"你虽然计划除掉佐藤和仁之后再杀掉李美。但是由于李美的逆袭，你的计划全乱套了。但是，光贵让她逃走之后，碍事的人其实也就没有了。你以为这样就可以独占光贵了吗？你不知道他并不愿这样吗？你打算用杀人这个事实一直威胁他吗？光贵带着博人远离了你，去到美国和李美会合，在那里开始幸福的生活。为了让他留在你的身边。当杀人这个素材失去了新鲜度之后，你难道没有威胁过他'如果去见李美的话，我就把你走私麻药性镇痛剂的秘密揭露出来'吗？被迫屈服于你的光贵，这次你又打算用那个事实来威胁他吗？"

茉莉花的侧脸看起来很生硬。她小声说道：

"什么威胁不威胁的，侦探，你可真是失礼啊。这个结果是他自己选的。我充其量是给他提供了一条逃跑的线吧？为了缓解患者的痛苦，只不过是入手了在日本就算是医生也很难弄到手的只提供给极少数患者使用的药物——他说着这样的借口。"

茉莉花的脸上突然有了笑容。她用手指蹭着玻璃杯的边缘。

"什么都有可能啊。如果我知道了佐藤和仁被李美杀了的话。"

"你是想说你不知道吗？"

"我不可能知道啊。"

"那，在博人死去的前一天的晚上，你去找他做什么了？告诉他什么了吗？"

茉莉花"哼哼"地笑了两声，添了一下舌头后说道：

"都这把年纪了，别问这种无聊的问题好吗？侦探。一男一女在密室里，你觉得可能只是喝茶聊天吗？"

我差点儿没一把抓住茉莉花的衣领。博人还那么小，而且身体和心灵的创伤都还没有治好。对于比他大很多岁的医生来说，茉莉花有义务保护他才是。博人后来做噩梦的这一事实，已经道出了茉莉花和他的关系。

"我没想伤害博人。"

茉莉花理直气壮地说：

"前提是如果他没有伤害我的话。你知道我帮了他们多大的忙吗？不论是光贵还是博人，都没有拒绝我的权利。他们全面接受我，是理所当然的事。拒绝了理所当然的话，受一点儿惩罚也是情理之中的事吧。只是这些。"

"什么惩罚？"

"我好像只记得一点儿了。那就把这不多的内容告诉你好了。"

我有些喘不上气来，双手在颤抖。真想给她的侧脸来上一记飞踢。

"你对博人说了？他父母杀人的事。"

"我避开了这个话题。"

茉莉花窃笑道。

"我刚才已经说了吧？我完全不知道佐藤和仁被杀的事情。但是，博人是知道的。听了侦探你说的话，果然是那样呢。不过，由于交通事故的冲击，他忘记了那件事。要是突然想起来了的话，他也是够可怜的。"

茉莉花像猫一样伸了个懒腰，打了哈欠。

涌上心头的暴力的冲动，让我不禁感到头晕。我从高凳上滑落了下去。拳头放在柜台上，我努力调整着呼吸。茉莉花摆出一副获胜者的姿态，傲慢地俯视着我。我开口了，必须要说了。

"茉莉花大夫，你到最后还是被拒绝了，没能和光贵还有博人组成家庭。"

茉莉花脸颊一紧。她转了一下高凳，面朝着我，一脸不悦地说道：

"侦探，我说你啊。"

我咬紧了牙，从那里离开了。如果继续待着的话，我说不定会不小心这样说的：你刚才说的话，已经能够证明你是知道佐藤和仁被杀了的。就算你再否定几十次，也是没有用的。

我想起来了。翻看佐藤和仁的相册时，他那个露着虎牙的笑容，我觉得之前好像在哪里见过，有种似曾相识的感觉。连接江岛医院的主楼和副楼之间的长走廊上，有几个宛如萧条的温泉旅馆里会摆放的那种玻璃柜，里面展示着一些不怎么精致的罐子和毛发蓬乱的熊的剥制标本、人体模型和骨骼标本……被铁丝串着吊了起来的那副露着虎牙的骸骨。如果是塑料模型的话，它应该不会有虎牙的吧。也就是说，那是一副货真价实的骸骨。

　　作为医学生的光贵，想起来拜托熟悉的江岛医院帮忙处理尸体的可能性很大。把尸体和医疗废弃物混在一起，像是个不错的办法。光贵如此处理，是拜托了茉莉花，还是事后被茉莉花发现了？这已经不重要了。为了能让光贵听从自己的支配，茉莉花必须要保存好作为光贵和李美犯罪的证据的佐藤和仁的尸体。茉莉花没有把尸体藏起来，而是把它放在了每个路过的人都可能会不经意看到的地方。

　　但是，现在那具骸骨同时也在束缚着茉莉花的脖颈。

　　途中，我看到了穿着西装坐在柜台角落的当麻茂。突然，他对着准备起身离开的我露出了一副相当吃惊的表情。我想着之后再告诉他，在茉莉花处分那具骸骨之前，最好先调查一下。但是，我现在什么都不想说。

　　我坐上了电梯。只有我一个人的电梯，开始加速下降。随着电梯里的气压的变化，我觉得耳朵的深处像是被堵住了一样，听不清外界的声音。我感觉自己像是与现实世界隔绝了。和光枝还有博人一起度过的那几天，就像是被施了魔法的时光。那些出现在我人生中的美好

瞬间……和别人分享的难得的快乐时光，是他们赋予我的。正因为那是现实，我才会觉得现在的自己很虚无缥缈。

这样想着的时候，电梯降到了一层。地板摇晃了一下，我咽了一口唾沫。耳鸣、人群声和机械声清晰地传到了我的耳朵。

走到了外面。仰望夜空，看到了大楼楼顶上的眨着眼睛的点点繁星，听到了附近传来的汽笛声，感觉到了从头顶上吹下来的风。我硬着头皮睁开双眼，试着让头脑变清醒。寒冷的夜风让我不得不直面现实。干燥的空气里，还残留着些许没逃掉的水分。光枝和博人都不在了的这个现实，最终，我也没能为他们做到什么。我真是个没用的侦探……

手机铃响了。我把目光移开渗着美丽光芒的星星，一边蹒跚，一边接了电话。是富山打来的。

"叶村，明天有空吗？"

"……明天是休息日啊。"

"有些突然，不好意思啊。我拜托了一位认识的专家水管工，让他给你装一个新的浴缸。不过，我不知道他几点能来，请你明天一天都待在书店吧。拜托啦。"

"浴，浴缸？"

"你要在事务所住的话，肯定是需要个浴缸的吧？我和土桥已经商量过了。就算附近再怎么有大众浴池，出去洗还是挺冷的吧。一天就能装好。你别忘了把你放在浴室里的装着书的纸箱拿出来啊。"

我有些哽咽了。被我当作避难所的白熊侦探社的事务所……怕我出去洗澡冻着……为了我……

"这……实在是太感谢您了……"

"至于翻修的费用，你慢慢还就可以了。"

富山爽快地说道。我有些变热了的眼角，立刻又凉了下来。

"……这钱是我来付吗？"

"那是当然的啊。你觉得还有谁会去用那个浴缸吗？正式的费用我还没问，但是你又不用出房租，还个浴缸的费用还是不难的吧？对了，机会难得，下次干脆在书店办个'水管工推理节'好了。"

刚说完"拜托你了"，他就急忙挂断了电话。

穿过百合鸥线的高架桥，走在昏暗的滨离宫的旁边。冬至的潮风比往常更加猛烈了，不断地钻进我廉价大衣的内侧，掠夺着我的体温，但是它夺不走我发自内心的笑容。我一边笑着，一边这样想道。这之后，冬日仍将渐深，寒冷还会加剧。

但是，能看到太阳的时间也在变长。

**生锈的滑轮**

[日]若竹七海　著

周庠宇　译

**图书在版编目（ＣＩＰ）数据**

生锈的滑轮 /（日）若竹七海著；周庠宇译 . 一北京：北京燕山出版社，2022.3

ISBN 978-7-5402-6438-3

Ⅰ.①生… Ⅱ.①若… ②周… Ⅲ.①长篇小说 – 日本 – 现代 Ⅳ.① I313.45

中国版本图书馆 CIP 数据核字 (2022) 第 018938 号

**SABITA KASSHA**

by WAKATAKE Nanami

SABITA KASSHA by WAKATAKE Nanami

Copyright © 2018 WAKATAKE Nanami

All rights reserved.

Original Japanese edition published by Bungeishunju Ltd., in 2018.

Chinese (in simplified character only) translation rights in PRC reserved by POWER TIME COMPANY, under the license granted by WAKATAKE Nanami, Japan arranged with Bungeishunju Ltd., Japan through TUTTLE-MORI AGENCY, Inc., Japan.

北京市版权局著作合同登记号：图字 01-2021-7443 号

责任编辑　刘占凤　任臻

出　　版　北京燕山出版社有限公司

社　　址　北京市丰台区东铁匠营苇子坑 138 号嘉城商务中心 C 座

邮　　编　100079

电话传真　86-10-65240430（总编室）

印　　刷　北京盛通印刷股份有限公司

开　　本　880mm×1230mm 1/32

字　　数　220 千字

印　　张　10.5

版　　次　2022 年 3 月第 1 版

印　　次　2022 年 3 月第 1 次印刷

书　　号　ISBN 978-7-5402-6438-3

定　　价　56.00 元